다시 만나는 옛이야기 ❷

이제 그만 가보겠습니다

다시 만나는 옛이야기 ❷
이제 그만 가보겠습니다

초판 1쇄 펴낸 날 / 2018년 6월 8일

지은이 • 구광본 | 펴낸이 • 임형욱 | 디자인 • 예민 | 영업 • 이다윗 |
펴낸곳 • 열림과울림(행복한책읽기) | 주소 • 서울시 종로구 명륜4길 5-2, 403호
전화 • 02-2277-9216,7 | 팩스 • 02-2277-8283 | E-mail • happpysf@naver.com
인쇄 제본 • 동양인쇄주식회사 | 배본처 • 뱅크북(031-977-5953)
등록 • 2001년 2월 5일 제300-2014-27호 | ISBN 979-11-88502-07-3 03810   값 • 13,000원

* 열림과울림은 행복한책읽기의 임프린트입니다.

이제 그만
가보겠습니다

구광본 소설

열림과울림

다시 만나는 옛이야기

다 지나간 시대의 이야기를 단지 다시 한다면 그것은 때늦은 이야기입니다. 그런데 그 이야기에 누구도 생각지 못한 새로움을 담아내었다면 그것은 한참이나 앞서가는 놀라운 이야기일 수 있습니다.

옛이야기는 원래 마주하거나 둘러앉은 상태에서 구연하던 것이지요. 눈 오는 밤 등잔불 밝힌 방이나 더운 여름날 큰 정자나무 그늘에 둘러앉아 흥겨워하는 사람들의 모습이 떠오르시는지요. 옛이야기가 살아 있던 시대는 바로 그러했습니다. 그런데 진작부터 혼자 고독하게 책을 읽는 세상으로 바뀌었지요. 소설은 고독한 존재인 작가가 또 다른 고독한 존재인 미지의 독자를 향하여 자판을 두드려 보내는 모스 부호 같은 것이 아니겠습니까.

구술시대에는 말이 중심이었습니다. 문자시대에는 글이 중심이었고요. 메신저의 말풍선이 상징하는 오늘날은 어떤 시대인가요? 이미 시작되었고 앞으로 더 분명해질 새로운 구술시대, 마셜 맥루한이나 월터 J. 옹이 말하는 2차 구술시대에는 어떻게 될까요? 말과 글이 함께 어우러질까요? 옛이야기를 되살리는 작업은 그동안 주로 전래동화라는 이름으로 이루어졌습니다. 옛이야기는 원래 아이들만을 위한 것이 아니었는데도 말입니다. '다시 만나는 옛이야기'는 우리 옛이야기를 둘러앉아 말로 하던 원래 모습과 그 정신을 살려 복원합니다. 뿐만 아니라 전통시대의 단순 소박한 옛이야기를 사건 전개의 개연성과 구체성을 강화하며 현대적으로 계승합니다. 옛이야기를 소설화하는 이 같은 작업의 저변에는 전통시대 이야기의 힘과 공동체의 정신을 오늘에 맞게 되살리고자 하는 의도가 놓여 있다고 해야 할 것입니다.

발터 벤야민은 소설이 발흥하여 융성하는 사이 옛이야기와 그 판이 쇠퇴한 상황을 문화사의 거대한 흐름으로 살펴본 바 있지요. 입말투(구어체)로 구연할 수 있는 형식을 창출하며, 때로는 옛이야기가 구연되는 상황과 옛이야기가 실제 삶 가운데 살아 있던 당시의 세상을 함께 재현하는 이 작업은 그렇다면 무슨 의미를 가질까요? 읽을 수 있는 텍스트이자 들을 수 있는 텍스트이기도 한, 즉 일종의 구연 대본을 지향하는 듯한 이 작업의 의미는 무엇일까요? 그것은 문자문화의 등장과 함께 쇠퇴한 구술문화를 되살리면서, 오래된 이야기와 그 이야기판의 놀라운 힘을 동시에 되찾아오는 일입니다. 진작부터 논의된 우리 시대 서사의 위기가 이로써 하나의 돌파구를 찾는다면 더없이 좋겠습니다.

태곳적 세상의 모습을 그린 신화적 옛이야기의 1권부터, 무시무시하거나 기이한, 유쾌하거나 통쾌한 이야기들을 모은 2권, 민중의 좌절하지 않는 낙관적 삶과 기상천외의 발상을 담은 3권, 지하 세상 괴물 퇴치 모험담인 4권(경장편), 그리고 아기장수의 비극과 민중의 염원을 새긴 5권(경장편)까지.

'다시 만나는 옛이야기'는 모든 세대에게 충분히 의미 깊고 흥미로우리라 기대합니다. 무명의 이야기꾼들이 오랜 세월에 걸쳐 찾아 담아낸 삶의 깊은 지혜와도 가슴 벅차게 만날 수 있으리라 기대합니다.

차 례

나는 할멈이 아니오

가난한 떠꺼머리 노총각 한세상 어찌 살아갈꼬 생각하다, 옳다구나 소금은 꼭 필요하니 소금 장수라면 밥 먹고는 살겠구나……

소금 장수가 되어서 나는 생각대로 밥 먹고 살 수 있었습니다. 장가도 가게 되었습니다. 딸년까지 얻었으니 먼 길 걷는 게 고달파도 보람이 있었지요. 무시무시한 일을 겪게 되는 것은 우연히 발견하는 뼈다귀 때문인데, 그날도 나는 소금가마를 짊어지고 길을 가고 있었습니다. 길을 가다 어느 고개 아래에 이르렀을 때였습지요.

아, 다들 웬 할멈이 장터 주막에 나와 앉아 소금 장수 이야기를 하려나 싶어 쳐다보고 계시겠지요? 그 전에 먼저 웬 할멈이 사내 소리를 내는 게 신기해 고개를 빼서 쳐다보셨겠지요? 사당

패인가 했는데 혼자이고 또 웬 할멈인가 했다고요? 어쨌든, 앉은
건 할멈인데 나오는 건 사내 목소리. 어쨌든, 어리둥절해 다들
둘레둘레 서로 쳐다보며 어쨌든 둘러앉으셨겠지요?

오늘 날이 어떻습니까? 맑습니까 흐립니까? 비는 오지 않으니
장터가 이리 시끌시끌하겠지요. 나는 여러분을 볼 수가 없습니
다. 그렇다고…….

내가 눈먼 할멈이라는 소리가 아닙니다. 나는 할멈이 아닙니
다. 여러분이 보고 있는 이 할멈이 아니오. 나는 여러분이 듣고
있는 이 목소리의 주인일 뿐이오.

나는 소금 장수입니다. 할멈의 몸을 빌려 내 일을 이야기하려
는 것입니다.

*

무슨 소리인지 아직 제대로 잡히지 않겠지요.

어차피 이 이야기가 다 끝나야 무슨 소리인지 분명하게 잡힐
터. 그냥 계속하겠습니다. 소금 장수 이야기, 내가 겪은 무시무
시한 일을…….

하루는 내가 소금가마를 지고 길을 가다 어느 고개 아래에 이
르렀다고 했지요. 이럴 때는 누구든 쉬었다가 가게 됩니다. 그쯤

에서 한숨 돌리지 않고는 지게 지고 고개를 넘을 수 없는 일입지요. 그날은 중간에 한 번쯤 쉴 수도 있었는데 고개 아래까지 내처 가보자 하고 부지런히 걸어왔던 터라 지게를 진 어깨와 등이 몹시 욱신거렸습니다. 무릎이 아픈 것도 물론이었지요. 길가 아름드리에 지게를 받쳐 세워놓고 바위에 얼마간 앉아 있었습니다. 그리고 부근 개울에 가서 물도 마시고 얼굴도 씻고 해서는 다리를 뻗쳐보자고 풀밭에 누웠더랬지요. 그러고 또 얼마간 있다가 무심코 옆을 보니까 무슨 뼈다귀 같은 게 있지 뭐겠습니까. 짐승의 뼈가 아니라 사람 것 같았습니다.

부근에서 이장이라도 하다가 빠뜨린 것인가 싶어 봤는데 못자리 흔적은 없더군요. 어쩌면 큰물 때 어디서 흘러온 것일 수도 있겠지요. 나는 그걸 내 정강이에 대보았습니다. 딱 맞더군요. 누구의 정강이뼈였다 싶었습니다. 나처럼 곳곳을 돌아다니느라 고생한 사람의 것일지도 모른다는 생각이 들면서 짠한 마음도 들었지요. 그 사람 한평생이 고생바가지였을지라도 보람되고 기쁜 일도 있었기를 빌었습니다. 혹 그렇지 못했다면 다음 생에서라도 그럴 수 있기를 빌었습니다. 그 뼈다귀가 꺼림칙하다거나 하지는 않았습니다. 그렇지만 나는 괜히 탈이 날 수 있다 싶어 그쯤하고 제자리에 놓아두었지요.

그러고 나서 소금가마를 지고 고개를 오르기 시작했겠지요.

얼마쯤 갔을 때쯤일까요. 문득 고개를 돌린 나는 아까 그 뼈다귀가 내 뒤를 타박타박 따라오는 것을 보고 말았지 뭐겠습니까.

뼈다귀와의 만남은 그날 그렇게 시작되었습지요.

*

기함할 일이었지요.

뼈다귀가 걸어 다닌대도 놀랄 일인데, 그게 제 뒤를 쫓아온다고 생각해보십시오. 기함하고도 남을 일입지요.

물론 밤길에 정체 모를 자가 내처 따라오는 것이 더 무서울 수도 있겠지요. 이건 그것과는 좀 다르긴 합니다. 해 떠 있는 낮이고 뼈다귀가 뭐 당장 목을 조를 듯도, 칼을 들이댈 듯도 하진 않았으니까. 하지만 처음 그걸 봤을 때를 생각해보십시오. 아, 뼈다귀가 따라오고 있었다니까요.

어찌하려나 지켜봤습죠. 그 뼈다귀는 소금 장수 바로 앞까지 왔습니다. 바로 내 앞까지 왔더라, 이 소리입니다. 그리곤 멈춰 서는 겁니다. 나는 그만 가서 쉬지 왜 힘들게 걷느냐고 한마디 했지요. 뼈다귀야, 입 없는 뼈다귀야 뭐라고 하겠습니까. 그냥 가만 서 있기만 하더군요. 마냥 그러고 있을 수만도 없어 나는 다시 걸음을 옮겼습니다.

금방 고개를 돌리지는 않았는데, 그래도 뒤따라오는 것을 알 수 있었지요. 내 발걸음 소리보다는 작지만 그 뼈다귀도 분명히 소리를 내고 있었거든요.

걸음을 빨리해봤습니다. 뼈다귀도 빨리 걸어서 따라옵디다. 다음에는 천천히 걸어 봤습니다. 앞세워 보자 하는 심사로 그랬는데 어느 정도 다가와서는 저도 걸음을 늦추지 뭐겠습니까. 이게 고개를 넘으면서 몇 번이나 되풀이된 상황입니다.

다른 사람이 나타났을 때는 어땠느냐고요? 아, 그때는 보이지를 않아요. 벌러덩 누웠는지 어쨌는지. 아니면 어디 구석진 곳에 숨었는지도 모르지요. 빨리 걸으면 빨리 따라오고 천천히 걸으면 천천히 따라오고. 그것만으로도 미칠 노릇인데 사람들 있는 곳으로 가면 어느새 눈에 띄지 않다가 사람들 없는 곳으로 가면 금방 나타나고 하니 이건 더 미칠 노릇이지요. 다른 해코지는 하지 않으니 무시해버릴 수도 있지만, 잠잘 때 옆자리에 기어들기까지 하니…….

그날 해가 지고 어두워 찾아간 주막에서 저녁 먹고 방에 들어갔더니 어느새 뼈다귀가 그곳에 있는 겁니다. 이제 어찌하려나 지켜보니 그것도 돌아가는 사정을 살피겠다는 듯 가만 서 있어요. 나는 이불을 펴고 누워보았습니다. 그랬더니 그게 옆에 와 드러눕지 뭡니까. 그날 일은 이튿날도 그대로 되풀이되었지요.

이건 귀찮은 게 아니라 겁이 나는 일이었습니다. 이튿날 밤에 꿈을 꿨을 때, 나는 무슨 사연으로 이리 따라다니느냐고 물었더랬습니다. 그랬더니 뼈다귀는 복수할 사람들을 찾아다니는 것이니 상관하지 말래요. 그냥 길 안내나 잘하래요.

나한테는 해코지하지 않겠다는 뜻 같기도 했지요. 하지만 꿈에서 깨서는 꺼림칙해 다시 눈을 붙일 수가 없었습니다.

닷새째인가 되는 날에 나는 잔칫집 찾아가는 사람들을 보고서 뼈다귀를 따돌릴 방법을 생각해냈습니다. 마을 입구 숲 큰 나무에 지게를 받쳐 세워둔 뒤 나는 내 앞의 뼈다귀에게 말했지요.

"얘, 뼈다귀야. 너도 들었겠지만 저 동네에 잔칫집이 있나 본데 우리 잔치 음식 맛 좀 보자. 내가 잔칫집 찾아가서 떡이랑 고기랑 술이랑 먹을 것 많이 가지고 올 테니 너는 여기서 기다려라. 그동안 내 소금가마만 잘 지켜다오. 돌아와서 너랑 같이 나눠 먹을 테니, 너는 여기서 기다리기나 해라. 괜히 사람들 눈 피하며 힘들게 나 따라다니지 말고."

어찌 알아들을지 걱정이었는데 뼈다귀는 가만 서 있어요. 몇 걸음 걷다가 눈인사라도 하듯 고개를 돌려봤지요. 기다릴 테니 다녀오라. 그리 손짓하는 듯해요, 뼈다귀가. 나는 안도의 한숨을 내쉬었습니다. 그러면서 마음이 바빠졌지요. 얼른 내빼고 싶었지요. 하지만 어디 그럴 수 있나요. 그랬다간 다 된 국에 코 빠트

리기지요. 지게를 지었을 때처럼 천천히 걸음을 옮겼습니다. 그
래도 동네는 다가왔고 나는 마을 사람을 붙잡고 잔칫집을 찾는
척했습니다.

사실은 그때 마을 사람에게 물은 것은 동네에서 빠져나가는
다른 길이었습지요. 그동안 해코지는 하지 않았지만 께름칙했
고 복수 어쩌고 해 무서운 구석도 있었던 뼈다귀를 따돌린 게 기
뻐 샛길로 빠져서는 날듯이 걸었습니다. 아직 다 못 판 소금이며
지게가 무슨 대수겠습니까요. 그때는 그대로 달음박질쳐서 제
집으로 가는 게 최고지요.

뼈다귀는 그렇게 달아난 나를 따라잡을 수는 없었나 봅니다.
더는 뼈다귀가 나타나지 않았거든요. 나는 아무도 믿어주지 않
을 이야기 함부로 끄집어내지 않았고, 새로 얻은 아들놈까지 먹
여 살리기 위해 부지런히 길을 걸었습니다. 예전 가던 곳으로 다
니지 않고 다른 곳으로 다니면서 말입지요.

그렇게 몇 해가 지났습니다.

*

하루는 문득 그 뼈다귀가 떠올랐습니다.

그날도 소금 장수인 나는 집이 아니라 장삿길에 나와 있었지

요. 웬일인지 잠이 오지 않아 자리에서 일어나 밖으로 나와 봤더니 주막 지붕 너머로 달이 휘영청 떠 있는데 그 뼈다귀가 슬그머니 생각나는 것이었습니다. 고개를 오르다가 문득 뒤돌아봤을 때 타박타박 걸어 따라오던 그 뼈다귀가 말이지요.

뒤에 오신 분은 지금 무슨 상황인지 어리둥절하시겠지요. 다른 사람들이라고 해서 크게 다르지 않으니 그냥 들으십시오. 다 듣고 나면 알게 될 겁니다. 지금은 방금 옆 사람이 말해준 대로, 할멈의 몸을 빌려 어떤 소금 장수가 이야기하고 있구나 생각하십시오. 그게 사실이기도 합니다.

무슨 터무니없는 소리냐 싶겠지만, 이야기를 다 듣고 나면……

이야기를 계속하겠습니다. 이야기는 이제 시작되었고 진짜 무시무시한 일이 펼쳐질 겁니다. 몇 년이 흘러 뼈다귀가 생각났다고 했습니다요. 그렇습니다. 몇 년이 흘러 생각이 났습니다. 께름칙하기도 하고 무섭기도 하던 뼈다귀인데 몇 년이 흘러서인지 그새 그런 느낌보다는 저를 더 따라오지 못하게 된 뒤로 어찌 되었는지 하는 궁금증이 더 컸습니다. 또 저처럼 힘들게 먼 길을 오가며 살던 사람의 혼이 붙은 게 아니었던가 싶은 게 마음이 짠하기도 했지요. 복수니 어쩌니 하는 소리만 하지 않았으면 사연을 캐물어서라도 한풀이를 해줄 걸 그랬다 싶은 마음마저 드는 것이었습니다.

그간 저도 더 나이를 먹었지요. 세상살이의 고달픔을 더 깊이 느꼈겠지요. 어쨌든 소금 장수는 바로 마음먹었습니다. 뼈다귀가 어찌 되었는지 따돌린 그 자리에 찾아가 보기로. 마침 소금도 얼추 다 팔았고 그때 그 자리가 마침 크게 먼 곳도 아니었거든요. 아침에 출발하면 저녁 무렵에는 도착할 수 있을 듯했습니다.

이튿날 나는 남은 소금과 소금값 대신으로 받은 이런저런 물건을 챙겨 지게에 지고 그때 그곳으로 출발했습지요. 이때만 해도 나는 나한테 어떤 일이 생길지 전혀 내다보지 못했지요. 누군들 알겠습니까. 내일 밤에 생길 일을 어찌 알겠느냐고요. 어둠 속에서 느닷없이 누군가가 목을 죄어들어오고, 늘 다니던 길에서 낭떠러지인 양 푹 꺼져 떨어지기도 하는 일이지요. 언제 느닷없이 간 떨어질 일 생길지 모르니 여러분도 마음 단단히 먹고 내이야기 들으십시오.

소금 장수는 예상한 대로 아직 해 떨어지지 않은 시각에 그때 그곳에 도착할 수 있었습니다. 못 보던 오막살이 한 채가 앉아 있는 것 말고 다른 경치는 크게 변한 듯하지 않았어요. 한동안 다니던 길이라 그때껏 기억한 것이지요. 잘하면 뼈다귀를 만날 수 있겠다 싶어 길을 벗어나 지게를 세워둔 곳으로 들어가 봤지요. 수풀 뒤 예전 큰 나무에 지게는 그대로 기대져 있더라구요.

누가 가져가지 않았는지 지게는 다 썩은 소금가마의 흔적을 걸친 채 그대로였습니다. 물론 지게도 비바람에 삭아 예전처럼 무거운 짐을 실을 만하진 않았습니다. 그래도 이게 그때 제가 지고 다니던 지게구나 하는 건 알 수 있을 만했단 소리입지요.

그런데, 부근에 있겠거니 했는데, 뼈다귀는 얼른 눈에 띄지 않았습니다. 제법 주위를 꼼꼼히 살펴도 뼈다귀는 보이지 않더군요. 나는 누가 잘 거두어 묻어주기라도 했으면 제일 좋으련만 하고 생각했지요. 뼈다귀가 세상을 돌아다니면 좋을 일이 뭐가 있겠느냐고요.

나는 길가 오막살이에 찾아가 주인에게 물어볼까 하다가, 그전에 잔치가 있었던 마을을 먼저 둘러보기로 했습니다. 마을에 들어가 봤지요. 잠깐 만에 나는 예전과는 다른 기운을 느꼈습니다. 빈집도 눈에 띄고 사람들 낯빛도 밝지가 않았거든요. 소금장수를 보면 당장 소금값이 얼마인지 물어보는 사람이 있는 법인데 그러지도 않고 말입니다. 다른 소금 장수가 다녀갔을 수도 있는 일이지만 무슨 변고가 틀림없이 있었겠다는 생각이 드는 분위기였거든요. 아이 두 녀석이, 나를 흘낏거리면서, 마을 우물을 누군가가 돌로 메우는 것 같다는 소리를 저희끼리 하는 것 들은 기억도 납니다. 나는 남은 소금을 마저 팔려는 생각도, 하룻밤 묵어갈 곳을 찾는 일도 할 기분이 아니었습니다. 그 기분은 마을을 둘러볼수록 더했지요.

그래서 소금 장수는 마을을 나와 마을 입구 오막살이로 갔습니다.

네? 이 오막살이에서 틀림없이 일이 일어난다고요?

아, 그럴지 아닐지는 이야기를 마저 들어보면 알겠지요. 소금 장수가 이 오막살이에서 하룻밤 묵게 되는 건 맞습니다. 할머니 혼자 살고 있는 오막살이에서 하룻밤 묵게 되긴 한다, 이 소리입니다. 이 오막살이에서 무슨 일이 생길지 아닐지는…….

뭐라고요? 아, 오막살이에 사는 할머니가 꼬리 아홉 달린 여우라고요? 무시무시한 옛이야기에는 으레 구미호가 나오거나 하기는 합지요. 하지만…….

*

하룻밤 묵어가려면 절차가 있지요.

어느 집에서라도 소금 없이 살 수 없지만, 이 소금 파는 소금 장수를 그렇다고 사위 맞듯이 반갑게 맞이할 리는 없는 일 아니겠습니까. 세상이 어디 장사하는 사람들을 높게 보는 법이 있습니까. 힘든 일이니까 친한 사람이 한다고 생각하는 게지요. 그러니, 이리 오너라, 과객이 하룻밤 묵어가고자 하니 주인에게 아뢰어라 어쩌고 뭐 그런 소리를 할 형편이 아닙지요. 소금 장수는 말입니다.

먼 동네 이야기도 풀어놓고 그 동네 사정도 들어주고 하다가, 날이 저물어 갈 곳이 없으니 헛간에서라도 하룻밤만 묵어가게 해주십시오, 하구서 잠자리를 얻게 되는 것이지요. 소금 장수는 말입니다.

오막살이 할머니는 별로 까다로울 것 없이 묵어가랬지요. 소금 장수가 소금 한 됫박을 내놓기도 전에 말입니다. 과년한 딸년이 있어서 안 된다느니 어쩐다느니, 주인어른이 멀리 출타 중인데 함부로 들일 수 없다느니 어쩐다느니 하는 소리가 나올 것도 없었지요. 혼자 적적하게 사는 터라 반갑다는 눈치였습니다.

저녁 먹기 전에 할머니한테서 그동안 동네에 흉사가 여럿 있어 죽은 사람도 많고 이사 간 사람도 많다는 소리를 들었습니다. 산신제를 한사코 반대하던 서당 훈장부터 해서 여럿 죽었다지요. 흉사라고 할 수밖에 없는 죽음이 여럿이었대요. 훈장은 제 가슴에 손을 집어넣어 심장을 쥐어짜는 기괴한 꼴로 죽어 나자빠져 있었다지 않습니까. 효부로 칭찬받던 어느 집 며느리는 산나물 따러 간다더니 칡넝쿨에 목이 졸려 혀를 빼문 채 발견되었다지 않습니까. 그런 일이 이어지자 할머니 아들네는 도저히 그냥 못 살겠다며 처가 부근 동네로 이사 가게 되었다지요. 할머니

24

가 자기는 차마 조상님 산소 버리고 떠나지 못해 동네 입구 쪽으로 옮겨와 혼자 산다고 할 때는 몇 차례나 폭 하고 한숨을 내쉬었어요. 그 소리를 들으니 소금 장수는 뼈다귀가 어찌 되었는지 물어볼 수가 없더군요. 마을의 흉사가 그 뼈다귀와 혹시 관련된 게 아닌가 싶고, 그렇다면 모든 게 그곳으로 뼈다귀를 데리고 온 내 잘못 같았기 때문에 말입지요.

다행히 할머니는 그동안의 마을 흉사나 제 처지를 오래 하소연하려 하지는 않았습니다. 소금 장수인 나는 저녁밥을 먹고 나서는 마을에서 하룻밤 묵으려 하지 않기를 잘했다고 생각하며 뼈다귀에 대한 궁금증은 덮어놓기로 했습니다. 아랫방에 일찌감치 자리를 봐두고 앉았는데 할머니가 탁주 한 사발 할 생각 있으면 건너오래요. 아까 못다 한 소리를 하시려나 싶어 윗방으로 건너갔습니다. 많이 걸어 곤하긴 하지만 금방 잠이 올 것 같지 않아 할머니 말벗이나 되어주며 탁주도 한잔하는 게 나쁠 게 없다 싶었거든요. 윗방으로 건너가는데 보니 그새 밖이 꽤 어두워져 있었습니다.

환하게 달이 떠야 할 날인데 저녁 무렵 날이 흐려지더니 구름이 다 가리고 말았나 봐요.

탁주를 따라주고서 할머니가 뭐라는지 압니까?

할머니는 소금 장수 보고 이야기를 한 자락 펼쳐보래요. 소금 장수는 대개 이야기꾼이기도 하지요. 뭐 별달리 연습해서 이야기꾼이 아니라 온갖 곳으로 돌아다니니 본 것 들은 게 좀 많겠습니까. 그러다 보니 자연스레 이야기꾼이 되는 거지요.

"하나 해보시오. 혼자 적적하게 사니 이야기 들은 것도 언제인지 다 잊었소."

"제가 뭐 아는 게 있어야 이야길 하지요. 오래 사신 할머니가 하나 해보시지요."

얼른 머리에 떠오르는 것도 없고 해서 나는 그렇게 사양했습니다. 그랬더니 할머니가 이래요.

"왜 할 이야기가 없겠어. 돌아다니는 사람은 보고 들은 것도 많고 겪은 것도 많을 텐데, 이야기가 없을 리가 있나. 본 것도 이야기, 들은 것도 이야기, 겪은 것도 이야기이니 그 중에 하나 하시오. 아, 소금 장수들은 깊은 산골 같은 데 가서는 헛간에서나 자겠다고 하고서는 꾀를 잘 써서 처녀의 하룻밤 신랑이 되어주기도 하고, 바람피우는 여인네 혼쭐을 내주고는 재물까지 두둑하게 얻어온다지 않소. 그런 이야기래도 좋지. 아, 어떤 소금 장수는 마을 사람들에게 존경받던 재 너머 할머니가 사실은 백여우라는 걸 잔칫집에서 지게막대기로 내리쳐 밝혀내기도 했지."

어이쿠, 지금 내가 할머니 목소리까지 그럴싸하게 내고 있습니다. 나는 재주 많아 사내 목소리도 내는 할멈이 아닙니다. 아닙니다요. 나는 할멈 몸을 빌려 이야기하고 있는 소금 장수 사내일 뿐입니다. 여태 낸 소금 장수 사내의 목소리가 나였습니다. 그런데 갑작스레 할멈의 소리까지 내게 되는군요. 온몸에 소름이 다 돋았습니다.

후유…….

맞아요! 맞습니다! 내가 하룻밤 묵어가게 된 오막살이의 할머니가 바로 지금 여러분 앞에 앉은 할멈입니다.

그냥 계속하겠습니다. 자꾸 그것 따져봤자 설명도 제대로 안 될 테고, 이야기는 이야기대로 나아갈 수가 없을 테니 말입니다. 산골 처녀의 하룻밤 신랑이니 어쩌니 하는 소리를 들으니 할머니가 어쩜 나보다 더 소금 장수 사정을 안다 싶더군요. 나는 손사래를 쳤습니다.

"아이고, 할머니. 그런 소금 장수가 있기도 하겠지요. 하지만 저는 그런 푼수가 못 됩니다. 그저 묵묵히 걷고 걸어 소금 팔아 처자식에게 먹을 것 입을 것 가져갔다가 다시 또 먼 길에 오르고 하며 사는 소금 장수일 뿐입니다. 그리고 소금 장수가 잠자리를 한꺼번에 두 개씩이나 해결했다거니 하는 이야기는 웃자고 지어낸 이야기인 경우가 더 많을 겁니다. 또 지게막대기로 잔칫집에 온 재 너머 할머니를 내리쳐 백여우인지 구미호인지 밝혀냈다는 것도 다……."

그러자 할머니는 지어낸 것이면 어떻고 무서운 것이면 어떠냐고 해요. 지어낸 것이든 무서운 것이든 한 자락 펼쳐보라고 해요. 할머니가 그렇게 바짝 청해대니 이마에 땀이 흐르는 게 안 되겠다 싶더군요.

"네, 알겠습니다요. 이렇게 탁주까지 얻어 마시면서 이야기 한 자락 안 펼쳐놓아서야 도리가 아니긴 합니다."

그새 할머니는 흐뭇한 듯이 미소를 지으며 얼굴을 빤히 바라보고 있었습니다. 나는 목을 가다듬었습니다. 바람 소리가 드세진 것을 알아챈 것은 아마도 그때쯤이 아닌가 합니다. 달이 훤했으면 좋으련만 하는 생각도 그때쯤 했던 듯합니다.

나는 바로 내가 겪은 일을 이야기하기로 했지요. 생각도 안 한 그 이야기를 말입니다. 아, 누구 탁주 한 사발 주십시오.

목이 타고 가슴이 떨려…….

*

이 장터 주막에서 난데없이 이야기판이 벌어졌군요.

국밥 한 그릇 먹으러 왔고 또 탁주 한 사발 마시러 왔겠지요. 어쨌든 다들 할멈이 내는 사내 목소리에 놀라며 무슨 이야기가 나오려는지 지켜봤습니다. 이제 거의 고갯마루에 다다른 셈입니다. 목 축였고 뛰는 가슴 가라앉혔으니 계속하겠습니다.

그때도 먼저 탁주를 한 사발 마셨던 것 같습니다. 숨을 돌리고
서 나는 할머니에게 이야기를 시작했지요. 이건 그냥 옛이야기
가 아니고 내가 몇 해 전에 겪은 일이라면서.

"……어떤 고개 아래에 이르러서는 쉬게 되었습니다. 부근 개
울에서 물도 마시고 얼굴도 씻고 해서는 다리를 뻗쳐보자고 풀
밭에 누웠더랬죠. 얼마간 그러고 있다가 무심코 옆을 봤는데 무
슨 뼈다귀 같은 게 있지 뭐겠습니까. 짐승의 뼈가 아니라 사람
것 같았지요."

"사람의 뼈라면 이장을 하다가 빠뜨린 건가?"

할머니가 혼잣소리처럼 중얼거렸습니다. 나는 말했지요.

"그건 모르겠습니다. 큰물에 휩쓸린 것일 수도 있고 아니면
억울하게 죽임을 당해 파묻혔다가 그것 하나만 삐죽이 드러나게
된 것인지도 모르지요."

"그래, 온갖 경우가 다 있겠지. 그 뼈다귀를 보고선 어쨌는
데?"

할머니는 고개를 끄덕이고 있다가 그렇게 이야기를 재촉했습
니다. 아, 지금 내가 할머니 소리까지 그럴싸하게 내고 있는 것
맞지요? 그렇지요? 내가 들어봐도 그럴싸합니다.

계속합니다. 계속하겠습니다. 할머니에게 말했지요. 그 뼈다

귀를 집어 들고 보다가 내 정강이에다 대어 봤더니 꼭 내 정강이 뼈 같더라고요. 크기가 말입니다. 그러고서 그 뼈다귀가 내 뒤를 쫓아온 일이며 잠자리에 기어든 일이며 다 이야기했지요. 여기 주막에 모인 여러분께 내가 한 이야기 그대로 말입니다.

드디어 뼈다귀 놈 따돌릴 방법 생각해 낸 것도 이야기했고, 따돌린 일도 이야기했고, 몇 해가 지나 어찌 되었는지 궁금해서 찾아온 일까지 이야기했지요.

"할머니, 귀찮고 꺼림칙하고 무섭기도 하던 뼈다귀가 어찌 되었는지 궁금해서 오늘 이 동네까지 와 본 겁니다. 그동안 이곳으로는 다니지 않았습지요. 마을을 둘러보고 왔는데 예전과는 달리……."

"흉사가 겹쳐 그리되었지 뭐. 나도 마을 밖으로 이렇게 집을 옮겼고 말이지."

다시 흉사 이야기였습니다. 제 심장을 쥐어짜는 손과 칡넝쿨에 목이 졸려 빠져나오는 혀가 퍼뜩 떠올랐습니다. 얼른 머리를 내저었지요. 나는 내가 데려온 뼈다귀와 흉사가 어떤 관련이 있지는 않은가 하는 말까지는 못하고 그쯤에서 이야기를 끝냈습니다. 그리곤 탁주 한 사발을 들이켜고는 무심코 중얼거렸지요.

"그런데 그 뼈다귀는 어찌 되었는지……."

"아, 그 뼈다귀?"

탁주를 따라주려던 할머니의 목소리는 혼자 중얼거린 듯 낮았습니다. 어느새 할머니는 내 앞에 가까이 다가와 있었는데, 나는 옛일을 되새기며 별 뜻 없이 혼자 고개를 끄덕이고 있었습니다. 그러다 사발을 들어 올리려 했겠지요.

"내가 그 뼈다귀다!"

*

일부러, 일부러 일어난 게 아니었습니다.

나도 모르게 벌떡 일어나버렸습니다. 무섭게 하려고 일부러 벌떡 일어난 게 아니라니까요. 저절로 그러고 말았다니까요. 그때 할머니도 벌떡 일어나는 듯했지요. 벼락 치듯 소리치면서 말입니다. 내가 그때 여러분처럼 흠칫했는지, 뒤로 나동그라졌는지 기억이 없습니다.

탁주를 따라주려나 싶던 할머니는 벌떡 일어나 "내가 그 뼈다귀다!" 하고 벼락 치듯 소리치고는 곧장 소금 장수를 덮쳤습니다. 소금 장수의 입은 떡 벌어졌지요. 손발은 어쩌지 못한 채 말입니다. 어리벙벙해 나는 무슨 일이 일어나는지를 제대로 헤아리지 못 했을 겁니다. 실은 이리 앞뒤 나누어 생각할 틈도 없었습니다만, 지금 떠올려보면 그렇습니다. 어쨌거나 눈 깜짝할 새 할머니는 나를 덮쳤고, 무릎과 팔꿈치와 손을 어떻게 쓰는지 나를 꼼짝도 못하게 했습니다. 무슨 일인지 헤아리지 못했지만 놀라 눈알이 터지는 듯했습니다. 나는 다리를 버둥대며 캑캑거렸습니다. 버둥대었지만 할머니를 밀어낼 수는 없었지요. 이리 힘이 센 사람을 나는 그때껏 만난 적이 없었다니까요.

아, 그때 정말 벼락이 쳤습니다. 봄밤에 날벼락이었지요. 돌풍이 부는지 오막살이가 통째로 흔들렸습니다. 장지문은 뜯겨나갈 듯 요동쳤습니다. 그때 술상은 방문 쪽에 나뒹굴고 있었고 말입지요. 탁주도 엎질러졌고 말입니다. 할머니가 달려드는 통에 그랬는지 내가 뒤로 나자빠지며 발로 차는 통에 그랬는지는 누구도 모르지요. 모를 일이지요.

그리고 어찌 되었느냐고요? 할머니는 그대로 나를 잡아먹었습니다.

*

이 이야기가 그것으로 끝난 것은 아닙니다.

아, 아까 목소리 가느다란 분 말씀대로 오막살이에서 일이 일어난 게 틀림없습니다. 무시무시한 일이지요. 그렇지만 그게 일의 전부가 아닙니다요. 아니고말고요. 나는 죽기 전에 소리쳤습니다. 도대체 무슨 원한이 있기에 나를 죽이려 하느냐고요. 내가 무슨 죽을 잘못까지 저질렀느냐고요. 할머니가 정말 옛날 그 뼈다귀가 맞긴 맞느냐고요. 그랬더니…….

"네놈이 버리고 간 그 뼈다귀라고 이미 말하지 않았느냐!"

또 그렇게 소리치는 것이었습니다. 나는 알겠다며, 그건 알겠다며, 버리고 간 것 때문에 노하셨다면 이만 풀어달라고, 그때는 무섭기도 하고 귀찮기도 해서 그리 거짓말을 하고 따돌렸던 거라고, 억울한 일 있으면 말씀해달라고 했습니다. 이젠 도와드리겠다면서요. 우선 나를 좀 놓아달라고 했습지요. 목이 졸려 캑캑거리면서도.

무슨 착오가 있는 게 아니라면서도 할머니는 더욱 힘줘 나를 옴짝달싹 못하게 하는 것이었습니다. 그리고는 목덜미를 무는 것이었습니다. 이런 젠장! 다음 순간 나는 내 목살이 뜯겨나가는 통에 비명을 내질렀지요. 할머니는 목을 부러뜨리기라도 하겠다는 듯 턱에 힘을 주었습니다. 그대로 숨통이 끊기려나 하는 찰나 살 속으로 파고들던 이가 멈추더니 입을 떼어내는 것이었습니다. 그리곤 할머니의 소리가 났지요.

"내가 누구인지 이제는 아무도 모르지. 내가 해놓은 일이 얼마나 어마어마한지는 다 잊어버렸지. 잊어버린 게 아니라 아예 나를 내쫓았지. 남쪽 어떤 큰 섬의 사람들이 나를 이 마을과 저 마을의 산봉우리에 한 다리씩 걸치고 오줌을 누는데 그럴 때면 바위가 깨질 정도라거니 어쩐다거니 하는 식으로 기억하기도 했지. 내가 물에서 끌어 올린 흙과 돌 쌓아 산을 만든 일이며 온갖 생명을 낳은 일은 다 잊어버렸지. 언제까지고 기억하고 기려야 할 그 일을 말이지. 어디 산신으로라도 모시면 다행이고 대부분은 불여우니 구미호니 하며 온갖 흉악한 탈을 씌워 내쫓고 경계했지."

그리고 다음 순간 내 오른팔을 휙 돌려 꺾어버렸습니다요.

아……

*

눈물이 절로 납니다.

다시 떠올려 봐도, 난데없는 일입니다. 기가 차는 일입니다. 벼락같이 소리치며 덮쳐서는, 목을 물어뜯었고, 또 드디어는 오른팔을 한 바퀴 휙 돌려 꺾어버렸습니다요. 아, 우두둑거린 소리로 봐선 당연히 부러뜨렸겠지요. 그리고 다짜고짜 몸통을 뜯어먹기 시작했습니다. 내 몸을 뜯어먹기 시작했다니까요. 당장 숨통이 끊어지지 않은 채로 나는 내 몸의 살이 발리고 뼈가 꺾이는 것을 느껴야 했지요. 다행인 것은 오래가지 않아 정신을 잃은 것이지요. 드디어는 숨통도 끊겼고 말이지요. 눈물 콧물 흘리며, 땀으로 범벅이 되며, 오줌까지 지리며, 피범벅이 되어서…….

그러나 이렇게 이야기가 끝나는 것도 아닙니다. 어떤 재주가 있어 그리되는지 모르지만 사내 몸통 하나를 꿀꺽 다 삼킨 뒤 할머니가 자리에 앉았습니다. 먹구렁이가 닭이나 토끼를 통째로 삼키고는 의뭉스런 눈빛을 쏘며 똬리를 틀 듯 그렇게 앉았습니다.

그리고는 이리 말했습니다.

"나는 잊혔어. 내가 되살아나려 하면 사람들은 이상한 탈을 씌워 내쫓기 바빴지. 나는 겨우 그 뼈다귀 하나로만 남아 있었어. 사람의 온기가 돌면서 나는 오랜 잠에서 마침내 깨어났다. 너를 길잡이 삼아 내 갈 길을 가 볼 수 있으려니 했다. 사람의 정강이뼈라 생각한 그건 사실 내 귓속뼈의 한 조각일 뿐. 그러니 나는 얼마나 크겠어. 쉽게 짐작도 못 할 걸. 내가 누구인지 정말 궁금해? 어찌 이렇게 미친 짓을 하고 다니는지 궁금하지 않아? 구미호의 정체를 밝힌 옛이야기의 그 소금 장수처럼 네놈이 내 정체를 밝혀봐! 몽둥이를 휘두르든 가마솥에 넣고 삶아서든 말이야!"

나를 뱃속에 다 삼켜 놓고서도 그렇게 다그쳐대는 것이었습니다. 그때 맥없이 혼이 흩어져 있던 나는 실제인지 생각인지 모르겠습니다만, 끙 하고 신음을 하고는 무슨 소리가 이어지려는지 귀를 기울여봤습니다. 그랬더니 내 그런 기척을 알아채기라도 한 듯 이러는 겁니다.

"내가 누구인지 알아내 봐. 그리고 내 정체를 세상 사람들에게 제대로 알리면 살려주지. 어때?"

목소리는 좀 전처럼 길길이 날뛰는 그것은 아니었습니다. 나야 그때도 혼을 제대로 거두어들이지 못한 채였지요. 죽은 마당에 혼을 거두어들였느니 하는 소리가 이치에 닿지 않는 듯합니다만……

"내가 무엇 같으냐? 대답할 수 있겠어?"

내가 어찌 대답할 수 있겠습니까. 알지도 못하거니와 죽어 뱃속에 삼켜진 마당에 말입니다.

"내일 장터로 나가볼까? 어디 주막에라도 앉아서 이야기를 해봐. 이 마을 사람들은 훈장부터 서당 개까지 하나같이 귀가 막혀 좀체 알아듣지를 못 하던데 장터에 온 사람들은 어쩌는지……"

나는 죽었으나 그 혼이 있어 듣고 있었습니다요. 워낙 급작스럽고 또 끔찍하게 당한 일이라 황망해 혼도 다른 곳으로 가지 못했던 겁니다. 할머니 뱃속에 갇힌 채 그대로 있었던 것입지요. 흩어졌다면 다시 뭉쳤고 나자빠졌다면 다시 일어난, 혼이 듣고 있었지요.

그리고 드디어는 되살아날 길을 찾을까 하고 할머니의 제안을 받아들였습니다.

*

이제 어찌 된 영문인지 아시겠습니까? 다들…….

누가 국밥을 엎질렀습니까? 뭐라고요? 뒤로 나자빠졌다고요? 네네, 놀랄 일 맞습니다. 나도 부들부들 떨고 있습니다. 지금까지 나도 이 악물고 이야기를 해왔습니다. 재담을 하는 게 아니라니까요. 별스런 재주를 부리는 것도 아닙지요.

할멈의 몸을 빌려 죽자사자 여러분 붙들고 늘어졌습니다. 죽었는데도, 보지도 못하는데도, 목은 타고 가슴은 뛰어 탁주까지 한 잔 얻어 마셨습니다. 여태까지 살 방도를 찾기 위해 여러분께 이야기를 했습니다. 이건 이 소금 장수만의 문제가 아닙니다. 여기 모인 여러분도 살 방도를 찾아야 합니다. 그렇습니다. 다들 술렁거릴 만한 일이지요. 그렇습니다만, 이제부터 진짜 중요한 이야기가 이어지니 마저, 마저 들어주십시오. 웬 할멈이 사내 목소리 내는 재주 부린 일 아니라는 것 이제 다 밝혀졌잖습니까! 놀란 가슴 가라앉히고, 다들 이제 좀 도와주셔야겠습니다. 나는 바로 요맘때, 매화도 지고 벚꽃도 지고는 새잎이 연한 채로 나날이 짙어지며 바람에 흔들리는 바로 요맘때 길을 걷는 게 더없이 기쁜 사람입니다. 그 길 걸어 처자식 있는 집으로 돌아가 한 며칠 푹 쉴 수 있게 해주십시오. 그럼 나는 또 힘을 내어 소금가마 지고 어떤 장사치도 좀체 찾지 않는 산골까지 걷고 또 걸어 기어 이 찾아갈 터이니…….

이 할멈이 도대체 뭔지 여러분이 밝혀내고 제 대접을 해주면 이 소금 장수가 어찌 살아날 방도가 생길지도 모르겠습니다. 도 대체 뭡니까? 누구입니까? 가난한 떠꺼머리 노총각이 한세상 살 기 위해 소금 장수 되었습니다. 부지런히 발품 판 덕에 밥 먹고 도 살게 되었고 처자식까지도 얻었습니다. 그러나 달리 배운 게 없어 이 할멈이 도대체 무엇인지 모르겠습니다요. 어찌 대접해 야 제대로 대접하는 것인지도 모르겠습니다요.

많이 모였으니 학식 높은 분도 계시겠지요. 학식은 아니래도 무슨 방술 같은 거라도 쓸 줄 아는 분 계실 수도 있겠지요. 말씀 해 주십시오. 제가 어찌하면 살 수 있겠는지 말씀해 주십시오. 네? 네, 맞습니다. 정말 무시무시한 것일지도 모르지요. 온갖 흉 악한 탈을 씌워 내쫓은 뒤로 원망 생기고 원한 맺혔다고 하니 무 시무시한 것입니다. 그냥 내버려 두어서는 안 될 일입니다. 오랫 동안 잠들었던 자신을 깨워 길잡이로 나섰던 나를 잡아먹은 다 음에는 본격적으로 세상을 휩쓸어버릴 것이라고 했습니다. 무시무시한 일이었습니다. 또 무시무시한 일이 벌어지려 하는 참입니다.

환갑잔치하는 부잣집 내외부터 아직 젖도 못 뗀 갓난애까지 다 돌림병으로 휩쓸어 버릴지, 아니면 산을 만든 흙과 돌을 본래의 바다에 빠뜨려 초목까지 다 삼켜 버릴지 아무도 알 수 없는 일입니다.

네? 군자는 요사스런 것에 휘둘리지 않는다고요?

*

제발.

이 할멈 정체가 무엇인지 밝혀내 주시오. 그리고 제 대접을 해 주십시오.

이 소금 장수 살아날 수 있고 세상도 화를 피할 수 있을 것이오. 우선 달래라도 보십시오. 물에서 흙과 돌을 끌어 올려 산을 만들고 온갖 생명을 낳았다지 않습니까. 이 마을과 저 마을의 산봉우리에 한 다리씩 걸치고 오줌을 눌 정도로 큰 무엇이었다지 않습니까. 그렇다면 우리는 이 할멈의 치마폭에서 태어나 치마폭에 안겨 살아 왔는지도 모릅니다. 지게막대기로 내려칠 생각 말고 우선 달래라도 보십시오. 지게막대기로 내려치면 백여우

나올 일 없을 겁니다. 그냥 이 소금 장수가 영영 죽고 말 일만 있을 겁니다. 요맘때의, 아기 손같이 보들보들한 새잎이 바람에 살랑거리는 나무 아래를 여러분이나 나나 모두 다시는 걸어보지 못할 일만 남을 겁니다.

그런데 왜 이리 조용합니까? 모두 숨 죽이고 듣고 있습니까? 가난한 떠꺼머리 노총각이었다가 소금 장수가 되어 한세상 살기로 한 이 무지렁이도 짐작 가는 바가 있는데 다들 왜 아무 말 없습니까? 모두 나보다 세상 도리에도 밝을 터. 무슨 말이라도 해보십시오. 반듯한 말로 내 짐작을 끄집어내 주시구려. 할멈에게 물어보기라도 해보시오. 서당 훈장처럼 뻗대지 마시고요. 좀 전에 군자는 어쩌고 하다가, 또 종묘사직 이외에 달리 섬길 게 뭐가 있겠느냐 하다가, 슬그머니 제 가문 자랑 늘어놓고는 자리 피한 선비처럼 그러지 마시고, 제발 나를 도와주시오. 도와주십시오.

터무니없는 소리라니요! 아, 그럼 그냥 지게막대기로! 누구 힘이라도 센 사람 있으면 나를 끄집어내 주기만이라도 하시오! 죽은 채로라도 끄집어내란 말이오! 먹구렁이가 뱃속에 삼킨 닭을 녹여버릴 듯 꿈틀거리기 시작했다니까요.

아무도 없습니까? 모두 어디 가버렸습니까?

수, 숨이 막혀 더는 못 견디겠습니다요.

무, 무섭고, 답답해서…….

여우 누이와
세 오빠

옛날 어떤 곳에 한 부잣집이 있었어. 이 집에서는 소와 말을 많이 키웠지.

그때는 부자라면 대개 농토가 많은 시절이었어. 농토에서 먹고살 게 다 나온다고 해도 좋던 시절이야. 아, 장사도 좋은 돈벌이지. 그때는 장사해 돈벌이를 크게 하는 사람도 막 나오기 시작하던 무렵이기도 해. 그렇지만 소나 말을 키워 부자가 된 사람은 좀처럼 찾아보기 어렵던 시절이야. 대개 농사일의 힘을 덜기 위해 한두 마리 키우는 정도인 게지. 그런 시절, 그런 옛날에 한 부자가 살았는데, 소와 말을 많이 키웠더랬지. 조상은 먼 북쪽 끝도 없는 듯한 들판에서 말 달리며 짐승을 키우는 사람들이었어. 전쟁 때 이 산 많고 강 많은 남쪽 땅에 들어왔다가 무슨 연유인가로 돌아가지 못 했나 봐.

그 부잣집 선조의 피는 몇 대가 지나며 흐려졌겠지. 그런데 소나 말 같은 짐승 다루는 재주는 이상하게도 빛을 잃지 않았어. 거친 세상에서 농사짓는 것보다 훨씬 힘들게 일하며 살던 사람들이 이곳에서보다도 더 아들을 귀하게 여기는 풍습도 바뀌지 않았지. 이 부자는 아들을 셋이나 두었어. 풍족한 살림에 건강한 아들 셋. 이러니 남부러울 게 뭐가 있겠어. 나라에 벼슬한 선조나 학문을 크게 한 선조가 있는 것은 아니지만, 제사상 크게 차리고 늘 감사하며 살 일이었지. 부자는 복 받은 삶이라 만족하며 살았어. 그런데 언제부터인지 왠지 허전해. 뭣 때문에 허전할까 따져보던 그는 딸 하나만 더 있었으면 하는 생각을 하게 되었어. 재롱부리는 계집아이가 집에 있다면 금상첨화라 생각된 게지. 그 부자가 하루는 헛기침하고 딸 얘기를 끄집어내었더니 부인도 기다렸다는 듯 반겨.

*

이날부터 이 부자 내외는 딸 낳기를 소원하게 되었어. 두 내외 뜻이 맞으니 머잖아 딸을 안아 들 수 있을 듯했어. 그런데 웬걸 이때부터는 부인 뱃속에 태기가 들어서지도 않아. 두 해 가까이 집안에 늘 조상님 밥을 떠놓고 공을 들였는데도 소식이 없어. 한

44

동안 막내인 셋째 아들을 딸아이처럼 옷 입히고 머리를 꾸미기도 했지만 그것으로 마음이 다 달래지지 않았지. 안 되겠다 싶자 두 내외는 그동안 여러 곳에서 얻어들은 비방을 놓고 궁리해보다, 삼신할미에게 비는 게 제일 좋겠다고 생각하게 되었어. 인근 고을에서 삼신할미에게 빌기에 제일 좋다는 산으로 이 부잣집 내외는 자주 갔지. 그래도 좀체 소식이 없던 중 하루는 부인이 산으로 가는 길에, 소 발자국에 고인 물을 발견하고는 마시기까지 했어. 그동안 어디선가 들은 비방이지만 그렇게 물을 마신 것은 처음이었지.

부인의 그런 모습을 보자 남편도 마음가짐이 달라졌나 봐. 그날 그 부자는 삼신할미에게 아들을 모두 잡아가도 좋으니 딸을 하나 점지하여 주십사 하고 빌었지 뭐야. 그만큼 간절히 원한다는 뜻을 전달하고 싶었겠지. 삼신할미가 그 소리를 정말로 들었다면 놀랄 소리였지. 그 시절은 다들 아들 낳기를 빌던 시절인데, 아들을 잡아가도 좋으니 딸만 낳게 해 달라고 비니 어리둥절했을 거야. 어쩌면 괘씸한 마음이 일어났을지도 모르지. 제가 점지해 준 아들을 잡아가도 좋다니 괘씸할 만한 게지. 아, 그 소리를 삼신할미가 들었다면 말이지.

삼신할미가 그 소리 들었는지 어쨌는지는 모르지만, 그리고 돌아온 그 부자 내외가 하루 저녁은 태기를 확인하고 환호작약

하게 되었어. 딸이 틀림없다고 생각했지. 한동안 태기조차 없다가 삼신할미에게 단단히 마음먹고 찾아간 뒤 아이가 들어섰으니 치성의 결과라 생각한 게지. 그렇다면 당연히 여자아이가 뱃속에 들어서지 않았겠어.

드디어 해산날. 산모의 양수가 터진 뒤 안아 든 것은 부자 내외의 소망대로 여자아이였어. 딸 낳고 이리 큰 잔치 하는 건 처음 본다는 사람들을 집안 가득 받아들여 먹이고 놀리고 하여 자축한 뒤 부부는 딸아이를 불면 날아갈까 쥐면 꺼질까 하며 온갖 정성을 다 들여 키웠어.

부모가 금은보화보다 더 귀하게 여기는 누이동생은 세 오빠에게도 자랑거리였어. 다섯 살 터울의 셋째아들까지도 부모의 사랑을 빼앗겼다 생각하지 않고 좋아했어. 몸을 뒤집어 기고 일어서고 걷고 할 때마다 누이동생은 집안 모두의 눈길과 환호를 받았지. 그 부잣집은 건강한 세 아들에 재롱덩어리 딸 하나까지 더하여 어떤 집도 부러워 할 일이 없는 날들이 오래 계속되었겠지.

*

이 부잣집에 심상찮은 일이 생기기 시작한 것은 그 딸이 열세 살쯤 되었을 때였어.

밤이 지나고 나면 소나 말이 한 마리 죽어 넘어져 있곤 하는 일 말이야. 한두 번이 아니었지. 오래 가축을 기른 이 집에 그동안에도 소나 말이 죽은 일이야 없지 않았지. 허약한 짐승이 병들어 그리되는 경우도 있고 산짐승이 달려들어 그리되는 경우도 있고 했지. 그런데 이번에는 경우가 달랐어. 여러 가지로 알아보아도 소랑 말이 죽는 이유를 통 알 수가 없었거든. 갑작스레 짐승이 죽으면 돌림병이 도는 게 아닌가 해 여러 가지로 조사하고 관찰하게 된다고. 그런데 돌림병 징후는 없어. 무서운 돌림병 아니라도 발굽 달린 짐승들에게 생기는 여러 병이 있는데 죽은 소나 말은 그런 병의 징후도 없었거든.

그래, 귀신이 곡할 일이라 할 만했지. 하루는 아버지가 손 놓고 있어선 안 되겠다 싶어 큰아들보고, 밤에 자지 말고 말이랑 소가 어째서 죽는지 지켜보라고 하기에 이르렀어. 집 밖에서 따로 기르는 짐승들이야 일꾼들에게 맡긴다지만 집 안의 외양간 정도는 스스로 지켜야 하지 않겠느냐면서. 아버지는 세 아들을 불러 모은 자리에서 큰아들에게 그리 일렀어. 그리고는 모두에게 이렇게 특별히 주의를 시켰어.

"너희 누이 모르게 움직여라. 어린아이가 집안에 무슨 귀신이라도 드나드나 싶어 겁먹기 십상이다. 알겠느냐?"

세 아들은 모두 "네" 하고 대답하고는 고개를 끄덕였어.

큰아들은 밤새 자지 않고 집 한 모퉁이에 숨어서 외양간의 소와 말을 지켜보게 되었지. 소와 말이 각각 열댓 마리 정도씩 나뉘어 있는 외양간에서는 짐승들의 잠꼬대 같은 숨소리가 푸푸 나올 뿐 별달리 이상한 조짐이 없었어. 한밤중에 소리가 났는데 그건 외양간에서 난 게 아니었어. 큰아들은 문 열리는 소리를 알아챘고 곧 발걸음 소리가 나는 것도 들었어. 달빛에 드러난 것은 누이동생이었어. 어린 애가 한밤에 왜 나왔나 싶어 고개를 빼서 보는데, 부엌으로 들어가는 눈치야.

큰아들은 숨은 곳에서 나가 누이동생에게 갔지.

"배가 고프니 목이 마르니?"

부엌에서 눈이 마주친 누이동생은 목마르다고 하고선 허둥지둥 나가. 그리고는 우물로 가는 것도 아니고 제 방으로 들어가는 거야. 큰아들은 누이동생이 잠결에 정신이 없나 보다 싶어 그릇에 물을 떠서는 방에 넣어주었어.

다시 숨어 외양간을 지켜보는데 아무리 기다려도 수상한 기척이 없어. 새벽에는 꾸벅꾸벅 졸기도 하면서 어쨌든 무슨 일이 생기려나 하고 지켜봤어. 하늘이 부옇게 밝아올 때 아들은 외양간에 아무런 이상이 없음을 확인하고는 제 방으로 갔지.

큰아들은 소나 말이 죽지 않은 게 제 공인 듯 자랑했어. 하루 더 자신이 지켜보겠다고 자청도 했어. 혼례를 올리고 서너 달밖

에 안 된 새 신랑인지라 처의 눈치가 보이긴 했지만 맏아들로서
의 책무를 다하고자 했지. 저녁밥을 먹고 밤이 꽤 이슥해진 시각
에 그는 또 어제 숨었던 곳에서 지켜보았어. 이날은 좀 더 일찍
졸기 시작했을 거야. 그래도 내처 자지는 않았어. 부옇게 하늘이
밝아올 무렵 그는 그날도 아무런 일이 일어나지 않았다는 보고
를 하려고 외양간을 쓱 둘러보았어.

어럽쇼, 이게 뭐야! 말 한 마리가 나자빠져 있지 뭐겠어. 거짓
말같이 말이야.

이제 아버지는 둘째 아들에게 외양간을 지키라고 했겠지. 둘
째 아들은 저녁밥을 먹고, 외양간 가까이 숨을 곳을 특별히 마련
해 지켜보았지.

이튿날 아침 또 말 한 마리가 죽어 나자빠진 것이 발견되었지.
둘째 아들은 절대 졸지 않았다며 어찌 된 영문인지 모르겠다고
했어. 우직한 큰형과 달리 평소 눈치 빠르고 동작이 날쌘 작은형
이 그러며 그냥 물러나 앉은 걸 뒷날 셋째는 의아스러워해. 그러
나 그때는 별달리 생각 못 했지. 어쨌거나 아버지는 큰아들 때도
그랬듯 둘째 아들의 말도 곧이곧대로 듣는 듯하지 않았어. 잠시
라도 잠이 들었고 그때 틀림없이 일이 일어난 거라면서 인상을
찌푸리기까지 했지. 이제 셋째 아들이 나서야 할 차례였지.

"그래, 셋째 너도 우리 집 자식이니 마땅히 해야 할 일이다. 너

는 낮에 잠을 자두도록 해."

셋째 아들은 아버지 말대로 잠을 자보려 했지. 미리 잠을 자두는 게 마음같이 쉽게 되지 않았으나 그래도 얼마간 눈을 붙였어. 셋째는 집안의 괴변을 반드시 밝혀내야 한다는 다짐을 하며 이슥한 밤에 방에서 나가 먼저 외양간을 둘러봤지. 그리고 숨어 지켜보기 시작했어.

단단히 마음먹고 나섰지만 졸음이 몰려왔지. 다리를 꼬집어가며 졸음과 싸우던 셋째는 어디선가 방문이 드르륵 열리는 소리를 들었어. 누군가 마당으로 나왔는데, 달빛이 푸르스름하니 흐릿하긴 했지만 누이동생임을 알아볼 만은 했어.

누이동생이 마당 가운데서 훌딱, 훌딱, 훌딱 재주를 세 번 넘지 뭐야. 그리고는 여우로 변해 있는 거야. 셋째는 비명을 막느라 제 손으로 입을 힘껏 가렸지. 누이동생이 여우였다니! 집안에서 움직일 때마다 한 무더기 꽃을 피워 올리는 듯하던, 그 귀엽고 예쁘던 누이동생이 요물이었다니! 치마저고리를 입고 서 있었지만 그것은 여우였어. 누이이고 여우인 그것이 부엌으로 들어가. 그리고 나오는데 참기름 냄새가 진동하네. 셋째는 제 심장 고동치는 소리를 낮추려고 애를 쓸 뿐 달리 뭘 어찌할 수가 없었지.

어느새 여우이자 누이인 그것은 외양간으로 들어가고 있었어.

날이 밝고 소가 죽어 쓰러진 것을 아버지와 함께 보고 나서도 셋째는 아무 말을 하지 못했어. 졸았느냐는 아버지의 다그침에 놀란 듯 아니라 하고는 고개를 저었지.

제가 지켜본 바를 털어놓은 것은 이틀이나 지나서였어. 재주를 넘어 여우가 된 누이가 소 꽁무니에 손을 쑥 넣어서는 소가 음매 하며 잠시 움찔하는 사이에 뭔가를 끄집어내 한입에 날름 먹어 버린 일, 다시 재주를 홀딱, 홀딱, 홀딱 세 번 넘더니 도로 사람이 된 누이가 제 방으로 들어간 일.

아버지는 어이없다는 듯 셋째 아들을 쳐다보았어. 아버지 얼굴이 차차 일그러지며 노기가 들어차더니 고함이 들려왔지.

"하나뿐인 누이를 시샘해도 유분수지! 어디, 거짓말을!"

화가 난 아버지는 그따위 소리를 계속하려거든 썩 집을 나가라고까지 소리쳤어. 막내딸 노리개를 방물장수에게 특별히 부탁해 막 사들이고서 입이 벌어져 있던 어머니도 셋째를 보는 눈이 곱지 않았어.

*

두 형의 반응은 어땠을까?

큰형은 셋째의 이야기에 어이가 없는지 멍하니 쳐다보기만 했어. 작은형은 심각한 낯빛이 되어 뭔가 생각하는 듯하더니 곧 아무래도 꿈꾼 걸 착각한 모양이라고 해.

아무도 믿어주지 않으니 답답한 노릇이었지. 한동안 말이 오간 끝에 형들이 부모님께 용서를 구하라고 일러주어 찾아간 자리에서 셋째는 그만 다시 제가 본 게 틀림없다고 주장하고 말았어. 믿어 달라 하고 말았어. 이번에 날아온 것은 고함 정도가 아니야. 아버지의 목침. 엉겁결에 팔로 막지 않았다면 얼굴이 피범벅이 되었을 정도로 세게 던진 목침이었지. 두 형이 끼어들어 아버지의 주먹세례도 피할 수는 있었지. 그러나 내쫓기는 신세까지 면할 수는 없었어.

너희에게 나는 익히 알려진 이야기를 그대로 하고 있다. 그렇지?

익히 알려진 그대로의 이야기를 상세하게 하고 있어. 두 형의 반응이니 하는 것도 상세하게 하다 보니 말하게 된 것 아니겠어. 계속 그렇게 할 테니까, 들어봐. 집에서 쫓겨났댔지?

자, 집에서 쫓겨난 셋째 아들은 발길 닿는 대로 걷고 또 걸었어. 형들은 산천 유람이라도 하는 셈 치고 얼마간 밖에서 지내다 오라 했지. 하지만 부모님, 특히 아버지의 화가 쉽게 풀리리라 생각하지 않았고 그 자신도 서운함이 이만저만이 아니었어. 억울한 마음에 화증이 일기도 했어. 그 화증도 비참한 기분에 밀려난 다음 마침내 깊은 산 속 어느 암자에 닿았어. 집을 떠나 두 달

가까이 떠돌아서는 소슬한 가을날 어스름 무렵의 산속 암자에 이른 것이었지. 떠도는 동안 부잣집 자식 티는 온데간데없고 장삿길에 도적 맞아 빈손이 된 어린 도부꾼이 이렇지 않을까 싶게 행색이 초라했겠어.

그는 그날 하루만 아니라 불목하니로 그곳에서 겨울을 나고 싶었어.

우선 하루 신세를 진 다음 이튿날 그곳 스님에게 말씀을 드렸지. 스님은 살림 넉넉하지 않은 산중이라 제 밥값은 누구 할 것 없이 제가 해야 할 거라는 말로 그를 받아주었어.

셋째는 부처님에게 하듯 스님에게 절을 올리고 그곳 생활을 시작했지. 셋째가 제 밥값 할 뿐만 아니라 심성이 괜찮다 싶었나 봐. 하루는 스님이 아예 머리를 깎고 공부를 해보는 건 어떠냐고 물어왔어. 민들레 같은 봄꽃이 한창 피던 그때 그는 자신이 공부할 그릇이 아니라고 했어. 그리고는 제가 어찌하여 그곳 산속 암자까지 오게 되었는지 털어놓게 되었지. 집안 내력에서부터 시작해 소와 말을 많이 키워 부자가 된 집의 셋째 아들로 남부러워할 것 없이 살다가 누이동생의 정체를 알게 되면서 부모님의 노여움을 사게 되어 쫓겨나게 된 사연 말이야.

마지막에는 부모님에 대해 원망도 하게 되었겠지. 다 듣고 난 스님은 소나 말의 고깃값으로 여태 호의호식하며 살았으니 앞으로는 짐승들에게도 뭘 좀 나눠준다 생각하고 살아보라고 해. 또 여우 누이에 맞서려면 공부를 크게 해보는 수밖에 방법이 없다 고 하셔. 제 밥값 하기에 바쁜 가운데서도 셋째는 새벽에 일어나 면 먼저 부처님께 절을 올리는 것으로 하루를 시작해 틈나는 대 로 가부좌를 틀고 앉아 마음을 고요히 하거나 생각을 하나로 모 아보려 노력했어. 그게 스님이 말한 공부이겠거니 요량하고서 말이지.

어느덧 암자에 온 지도 두 해가 더 지났어. 내에서 물을 긷고 산에서 나무하고 약초까지 캐는 틈틈이 나름의 공부까지 하며 지내는 동안 말이야.

세 번째 겨울을 보내고 봄을 맞이하는 동안 셋째 아들은 전에 없이 집 생각이 자꾸 나고 식구들이 걱정되었어. 그즈음 억울함 과 분함은 이미 깡그리 식은 재가 되었지. 대신 마당에서 홀딱, 홀딱, 홀딱 재주를 넘어 여우로 본모습 드러내던 누이와, 소의 밑구멍으로 손을 집어넣어 뭔가를 빼내 먹어치우던 누이가 꿈에 까지 자주 나타났지. 어둠 속에서 목격했던 일이 꿈과 기억 속에 서는 핏빛을 뒤집어쓴 채 또렷했어. 산속에서도 추위 걱정은 이 제 더 하지 않아도 된 무렵 셋째는 스님에게 말씀을 드렸어. 집 에 한번 다녀와 봐야겠다고. 그랬더니 스님은 아직은 때가 아니 라고 하시는 거야. 집안일은 다른 누가 아니라 남은 집안 식구들이 감당해야 할 일이기도 하다고 했어. 그러면서 또 공부 이야기를 끄집어내시는 거야.

스님은 셋째의 요동치는 마음을 알아챘나 봐. 공부를 더 해보는 것이 어떠냐고 하시면서도 그를 주저앉히지는 않았거든. 그가 암자를 떠날 때는 잘 맞서보라고 격려도 해주었거든.

그럼, 셋째의 발길이 곧장 집으로 향했겠느냐? 그래, 아니었어.

소나 말과 같은 큰 짐승을 단숨에 죽여 버리는 누이 아니냐. 그 누이에 맞서는 자신의 모습이 잘 그려지지 않아 그는 당황했어. 스님이 공부를 더 해보라 하신 것이 괜한 말씀이 아니라는 생각도 들면서 말이지. 누이가 소와 말을 다 죽이고 드디어는 부모 형제까지 잡아먹으려 하는 모습이 휙 지나가고 나면, 얄궂게도 셋째아들인 저만 빠진 채 집안 식구 모두가 한 상에 둘러앉아 크게 웃는 모습이 번뜩 떠오르곤 했어.

암자를 떠나올 때의 다짐은 어느새 다 흩어져버렸어. 이제 그는 정처 없이 발길 닿는 대로 걸어갈 뿐인 떠돌이가 되어 있었지.

*

떠돌이가 된 셋째가 하루는 바닷가 마을로 왔어.

그날 셋째는 아이들이 거북이 한 마리를 잡아 놓고 있는 것을 보게 돼. 가까이 다가가 살펴보니, 물이 묻어서 그래서이겠지만 거북은 눈물을 줄줄 흘리는 듯했어. 잠깐 눈길이 마주쳤는데 이때는 아예 살려 달라고 애원하는 것 같았어. 제 신세 때문인지 그는 십중팔구 죽을 처지인 거북을 그냥 내버려둘 수가 없었어. 잠깐 주저하다가 얼마를 주면 팔겠느냐고 아이들에게 물어보게 돼. 한나절 장난거리 정도로만 생각하고 있던 거북이를 사겠다는 사람이 나오자 아이들은 잔꾀를 부려 보통 거북이가 아니라느니 어쩌느니 하며 만만찮은 돈을 요구해. 어떤 애는 아예 팔 생각이 없다고 하기까지 했지. 그는 아이들 요량을 다 넘겨다봤지만 오래 흥정하지 않고 거북을 샀어.

거북을 안고 그 마을을 빠져나오면서 셋째는 거의 잊고 있었던 옛일을 생각해냈어. 누이가 두어 살이던 무렵 외양간으로 들어갔다가 뿔에 떠받히거나 발굽에 밟히려는 것을 그가 몸을 내던지다시피 해서 막아낸 일. 아버지가 그를 칭찬했는지 누이를 제대로 살피지 않았다며 꾸지람을 했는지는 기억에 없어. 그는 단지 누이를 구하고 그것을 제 자랑으로 마음에 담아둔 일만 한동안 기억했거든. 옛일이 생각나며 거북을 사서 놓아주려는 자신이 괜한 짓에 마음을 쏟는 건 아닌가 싶은 게 어딘지 개운치가 않았어. 하지만 거북을 보니 구해주어 정말 고맙다는 듯한 눈빛이지 뭐야. 그는 달리 더 생각할 것 없이 바닷가로 가서는, 다시는 사람에게 잡히는 일 없이 오래오래 잘살라는 말과 함께 물 위에 놓아주었지.

확실히 거북이는 제게 일어난 일을 이해하는지 잠깐 돌아서서 그를 쳐다보기까지 해. 셋째아들은 그저 신기한 일이거나 제가 지나치게 마음을 쏟은 것으로 생각하며 자리에서 일어났지. 그리고는 얼른 자리를 떴지만 머잖은 곳에서 거북이 사라진 바다를 향해 오래 서 있었어. 다시 떠돌이가 된 제 신세가 떠올랐을지도 모르지.

아, 어쩌면 부잣집 자식일 때는 눈여겨보지 않았던 세상살이의 곤궁함과 험난함에 대해 그동안 몸소 느낀 바를 되새겼는지도 모르겠어.

*

하룻밤 그 마을에서 자고 이튿날 막내아들은 또 정처 없이 걸어갔어. 이제 바닷가를 떠날 작정이었어. 바다에 닿은 강을 거슬러 올라가기로 했지.

강을 따라 길이 잘 나 있어 한나절 꼬박 걸으면 큰 고을에 당도할 수 있었지. 그런데 아침나절에 얼마쯤 걸었을까. 빠른 걸음으로 걸어 등에 땀도 좀 나고 해 쉬어볼까 할 때였지. 아, 그래, 아예 쉬려고 강가에 내려섰을 때였을 거야. 맞춤 맞은 바위 같은 것이라도 발견하고는 그리로 향했겠지. 그때 강에 소용돌이가 일어. 잠깐 그러더니 무엇이 쑥 솟아오르는 거야. 보니 그게, 하얀 말이고 초립둥이인 거야. 말을 탄 초립둥이가 물속에서 나온 것이지. 셋째가 거의 나자빠지듯이 해 있는데 그 초립둥이가 다가와 이러는 거야.

"당신이 어제 우리 누님이 죽게 된 것을 살려 주었습니다."

셋째는 아무 말도 할 수 없었어. 초립둥이는 이렇게 말을 이어.

"우리 아버지께서 어서 당신을 모시고 오라고 하십니다. 같이 가시지요."

셋째는 우선 침을 꿀꺽 삼키고 정신을 차려보려 했어. 그리고 말했지. 무슨 영문인지 모르겠는데 자신이 사람을 살려 준 일이 없다고 말이지. 너무 두려워하는 모습은 보이지 않으려 했지만 그는 사실 와들와들 떨고 있었어. 말을 탄 초립둥이는 그를 놀라게 했다는 것을 깨달았는지 얼굴 가득 미소를 짓고는 해치려고 하는 것 아니니 아무런 걱정을 말라고 해.

그리고는 무슨 일인지 설명하겠다며 이래.

"어제 아이들한테서 거북이를 사신 적이 있지요? 물에 풀어준 그 거북이가 우리 누님입니다. 용왕님의 딸이기도 하고요. 누님이 몰래 사람 세상에 구경 나갔다가 그만 아이들한테 붙잡혀 죽게 됐는데 당신 덕분으로 살아 돌아왔습니다. 누님이 자세히 이야기해주던 걸요. 이야기를 다 들으시고 아버지인 용왕께서는 그런 은인이라면 모셔서 잘 대접하는 것이 도리라면서 나를 보내셨습니다. 아무 걱정하지 마시고 나를 따라나서시기만 하면 됩니다. 자, 어서 같이 가시지요."

반신반의하는 셋째를 향해 초립둥이는 잠시 틈을 두었다가 제가 탄 말의 뒷자리를 손으로 쳐. 그 자리에 타라는 눈치야. 셋째가 엉거주춤 다가가니 손을 잡아 휙 끌어 올려주지 뭐겠어. 그리고는 제 허리를 꼭 잡으라고 해. 다음에는 눈 깜짝할 사이 강에 소용돌이를 일으키더니 휙 뛰어들었지.

그곳은 강이라고는 생각하기 어려울 정도로 깊은 곳이었어. 머리 위에서는 소용돌이가 치는데도 그곳은 고요해. 셋째아들은 눈앞이 하얗게 빛나는 것을 보았다 싶었는데 어느새 별천지 세계인 용궁에 와 닿은 것을 알 수 있었어.

이 별천지 용궁에 대해 설명하자면 한참이 걸릴 거야. 사실은 제대로 말하기가 쉽지가 않기도 해. 그래서 이 용궁에서의 일은 무슨 사건이 있었는지를 중심으로 빠르게 정리하는 게 좋을 듯해. 그래도 용궁 궁궐에 대해서만 너희에게 조금 말해보기로 하자면, 벽은 빨간 산호 기둥으로 세웠고, 지붕은 청옥 같은 조개로 이었으며, 벽은 또 온갖 진주로 치장하였으니 그 아름다움이 선계를 그려놓은 병풍인 듯했겠지. 이런 용궁으로 들어가는 길에 온갖 물고기들이 늘어서서 나발을 불며 셋째를 맞이하고 있었다고 상상을 해봐.

용왕은 또 어땠냐 하면 말이지, 셋째가 들어오는 것을 보자 몸소 용상에서 내려와 그의 손을 덥석 잡기까지 했어. 그리고는 큰 잔치를 베풀었겠지.

*

잔치를 시작으로 셋째아들은 꿈 같은 며칠을 보내게 돼.

풍악 소리가 흥겹게 울리는 가운데 전에 맛보지 못한 음식을 먹고 나비가 나는 듯한 춤을 보며 온갖 기예에는 절로 탄성과 함께 손뼉을 치며 보내는 나날이었어. 꿈 같은 며칠 아니었겠어. 아니, 그건 꿈엔들 있을 법하지 않은 며칠이라고 하는 게 차라리 나을지도 모르겠구나. 어쨌든 용왕은 극진히 대접해주었어. 아들이 주로 그를 안내하고 옆자리에서 이런저런 설명도 해주고 해. 그건 다 용왕이 시킨 일이었거든.

용왕의 아들은 용궁에서 제일 신기한 게 무엇이냐, 돌아갈 때

꼭 가져가고 싶은 것은 무엇이냐 하고 묻곤 하더니 드디어는 이렇게 말해.

"이제 곧 사람 세상으로 돌아가실 터인데, 그때 용왕님께서는 당신에게 선물을 주실 겁니다. 여러 가지 값진 보물 중에 하나를 가지라 하실 터이니 미리 생각해두시는 것도 좋을 겁니다. 그래서 그동안에도 이리저리 넌지시 여쭈었습니다만, 아무런 욕심을 내지 않으시더군요."

"욕심이 없어서가 아니라, 벌써 과분한 대접을 받았지 않습니까. 이 신기한 세계를 구경한 것만으로도 이미 과분한 대접입니다. 달리 가져갈 게 뭐가 있겠습니까. 인연이 그리되어 벌어진 일이니, 굳이 욕심을 내보자면 제가 구해드렸다는 용왕님의 따님이나 잠시 뵈면 그만이지요."

그러자 용왕의 아들은 멈칫거려. 그러더니 "그게 사정이 있어서⋯⋯" 하고 얼버무리네. 어이쿠, 셋째아들은 무슨 결례를 했나 싶어 황급히 이렇게 받았어.

"형편이 되면 그랬으면 좋겠단 것이지요. 사정이 있다니⋯⋯."

여하튼 그 일이 있고 이틀인가 뒤 사람 세상으로 떠나기에 앞서 셋째는 용왕 앞에 불려갔어. 아들이 미리 말해준 대로 용왕은 그에게 용궁의 이런저런 보물들을 대고, 또 그것 아니라도 따로 봐둔 보물들이 있다면 그 중에서 하나를 골라보래. 자기 딸을 구해준 은인에게 무엇을 주어도 아까운 생각이 들지 않을 거라면서 말이야. 그는 황송해하며 용왕의 아들에게 했던 것과 비슷한 말을 늘어놓았어. 이미 과분한 대접을 받았다는 말을 말이지.

그냥 말치레만은 아니었어. 그 마음이 전해졌는지 용왕이 이래.

"오, 자네는 듣던 대로 욕심이 없구먼. 사람으로서 보기 드문 성품이네. 혹 다른 사람을 돕는 데 쓰일 수도 있으니 하나 골라보게. 이건 우리 용궁에서 하는 부탁이니 부디 거절하지 말게."

이리 나오니 어쩌겠어. 뭐든 하나 고를 수밖에.

그때 눈에 띈 게 무엇인가 하면 말이지, 용왕 옆에 앉은 고양이였어. 멋진 몸매에 윤기 나는 털빛인데도 어딘지 풀이 죽은 채 용상 옆에 가만히 앉았거나 가냘픈 소리를 낼 뿐인 고양이였어. 자주 제지당하기도 하는 것으로 봐 어딘지 벌서는 느낌도 들던 고양이였어.

셋째아들은 그 고양이를 구해주고 싶다는 생각을 앞뒤 가리지 않고 하고서는 용왕에게 말했어.

"꼭 무엇 하나를 가지시라면 저 고양이를 가지겠습니다. 좋은 것으로 넘쳐나는 이곳이지만 저 고양이에게는 어딘지 불편한 모양입니다. 제가 데려가 쥐도 잡으며 활발하게 살 수 있도록 해주고 싶습니다."

용왕은 잠깐 아무런 말도 하지 않아. 어딘지 얼어붙은 듯도 한 게 셋째가 보기엔 이상해. 제가 큰 실수를 했나 싶은데 용왕이 헛기침하고서는 이러는 거야.

"한낱 고양이일 뿐인 것을 데려가서 무엇하겠나. 용궁에서 보물을 준다고 하고선 고양이를 내주었다고 해서야 사람들도 흉을 볼 터. 다른 좋은 보물이 많으니 그것들을 골라 보게."

그만 포기했을지도 모르지만, 그때 셋째는 좀 전부터 고양이가 자기를 빤히 쳐다보고 있는 것을 알았고 그 눈빛이 꼭 구해달라는 것만 같았어. 그는 말에 힘을 실어 그 고양이만을 달라고 했어. 받는다면 고양이를 받고 그렇지 않다면 아무것도 받지 않겠다고 분명히 말했지.

뭐라고 혼잣소리를 하고서 용왕은 낭패스럽다는 듯이 혀를 차. 제 아들을 쳐다봐. 아들에게 너의 뜻은 어떠냐고 묻는 눈치였어. 그 아들이 이렇게 나와.

"누님을 살려 준 은인이 원하는 바이오니 일단은 주시는 게 맞을 듯합니다. 단, 저 고양이가 자기도 저 사람에게 가는 게 좋겠다고 한다면 말입니다."

용왕이 고개를 천천히 끄덕이네. 그렇게 해서 셋째아들은 용왕으로부터 고양이를 건네받았고, 제자리로 돌아오며 고양이 목덜미를 쓰다듬었어.

그랬더니 이게 무슨 일이야! 고양이가 예쁜 처녀로 변하네!

*

용왕의 딸이었지. 고양이는 바로 셋째가 구해준 용왕의 딸이었어.

사람 세상 구경을 하려다가 큰 소동을 일으켰던 그녀는 그동안 고양이가 되어 아버지 곁에서 자숙하고 있었던 것이지. 너는 눈치를 채고 있었다고? 정말이냐? 에잇. 못 믿겠는걸. 그래, 그렇다고 하고. 자, 이제 용왕의 딸이 선택할 차례가 되었구나. 맞지?

그녀는 그를 신랑으로 맞이하겠다고 해 또 깜짝 놀라게 하지 뭐야. 아버지와 동생이 적잖이 놀란 눈치이지만 제일 놀란 건 다른 누가 아니라, 우리 이야기의 주인공인 셋째아들이었지. 거북과 고양이를 구해 주려다 용왕의 딸과 결혼하는 뜻밖의 행운을 차지한 셈인데, 암자의 스님이 고깃값으로 여태 호의호식하며 살았으니 앞으로는 짐승들에게도 뭘 좀 나눠준다 생각하고 살아보라고 한 말을 의식하고 그가 그리한 것은 아니었어.

셋째는 이 처녀와 결혼을 하게 되었으니 그날 사람 세상으로 돌아가는 것은 없던 일이 되었지. 한 세 해 넘게 그는 용궁에서 부마 노릇 하며 재미나는 나날을 보냈어. 문득문득 부모 형제 소식이 궁금할 때도 있었으나 금방 잊곤 했어. 그런데 어느 날 한 번 생각이 나더니만 도무지 뿌리칠 수가 없는 거야. 이미 제가 집에서 쫓겨나게 된 일을 부인에게 다 얘기한 터였지. 그는 이제쯤은 집에 다녀와 보는 게 좋겠다고 했어. 부인은 눈을 감고 제 나름 뭔가를 헤아려봐. 그러더니 어두운 낯빛으로 이래.

"부모님도 안 계시고 살던 집도 모습이 확 바뀌었을 텐데요. 굳이 가실 필요가 있을까요? 살던 동네까지 쑥대밭이 된 걸 보면 마음만 더 아프실 겁니다. 안타까운 일이나, 다 지나간 것이니 잊는 게 나을 듯합니다."

누이가 저질렀을 일이 마구 상상이 되기 시작했어. 끔찍했지. 하지만 그는 제 결심을 물리지 않았어. 견디기 힘들지라도 그동안의 일의 결과를 제 눈으로 직접 봐두지 않고는 앞으로 더 괴롭힘을 당할 것 같았거든. 결국 아내도 그의 뜻을 받아들였어. 대신 조심해서 갔다 오라 하면서, 요물이라 하여 먼저 활을 쏜다는 둥 칼을 휘두른다는 둥 하며 물리치려 하면 모습도 웬만해서는 보여주지 않을 거래. 차라리 빈 몸으로 두려움을 떨치고 마주 서는 게 나을 것이고, 제 나름 맺힌 게 있어서 털어놓는 이야기가 있으면 잘 들어주래. 그러다 보면 기회가 있을 수 있대. 그리고 급박하게 쫓길 때 도움을 받을 수 있다며 흰 병, 파란 병, 빨간 병을 내어주는 거야. 그 병은 다 그가 아무것도 선물한 게 없다며 바다 돌을 오랫동안 갈아 만들어 부인에게 주었던 것이지. 이제 그 병들에 특별한 기운을 담았다며 부인은 급한 순간에 하나씩 내던지라고 해. 그리고 말 한 필을 내주었지.

드디어, 말에 오른 막내아들은 병 세 개를 품에 지니고 바닷속에서 나왔어.

*

전에 살던 동네를 찾아가 봤더니…….

그래, 부인이 예견한 그대로, 또 너희가 알고 있는 그대로였어. 그래, 한마디로 말해 쑥대밭이었지.

먼저 어디서도 인기척이 나지 않아. 뿐더러 비루먹은 강아지 한 마리 돌아다니지 않지. 그리고 싸리 담장 같은 건 다 허물어지다시피 했고 그 너머 마당은 풀이 수북해. 사람과 말과 소와 수레가 다니던 길에도 풀이 무성하니 마을이 쑥대밭 되었다고 할 수밖에 없지 않겠어. 마을에서 십 리는 족히 떨어진 곳에 이르러 만난 촌부도 손을 내저으며 결딴이 났다고 했지. 무슨 연유냐고 물으니 온갖 소문만 무성하고 진상은 누구도 알지 못한다고 해. 여우가 마을 사람들을 홀린다는 소문도 있어 관가에서 나섰지만 별무소득이었대.

　부인과 촌부의 말대로 쑥대밭이 되긴 했으나 그래도 길은 나 있어. 풀에 뒤덮인 길 말이지. 셋째아들이 크게 숨을 들이쉬고 예전 살던 집을 찾아갔어. 갔더니 허물어진 담이 나오는데, 위에는 사람과 말과 소의 해골바가지며 뼈다귀가 즐비하게 놓여 있지 않겠어. 그 담장 안에는 집 한 채가 있고 말이지. 마을에서 제일 온전한 집이었어. 마을은 사람과 짐승이 모두 잡아먹혀 사라진 정도가 아니라 무슨 괴이한 기운이 휩쓸어 모든 것을 부숴버린 듯했거든.

　셋째아들이 타고 온 말도 느낌이 이상했나 봐. 히힝거리고 걸음발이 고르지가 않네. 셋째아들은 말의 목덜미를 두드려 안정을 시키고는 길로 내려섰어. 각담 밖에서 예전 살던 집이 틀림없는 그곳을 조심스레 기웃거렸지. 부모와 삼 형제 그리고 누이동생에 집안의 일꾼들까지 너르게 살던 집의 안채는 허물어졌으나 예전 모습을 그려볼 수는 있었어. 누이의 방이 있는 곳은 제일 멀쩡한 듯해. 기웃거린 지 얼마쯤 되었을 때였을까. 집안에서는 아니고 어디선지 처녀 하나가 다가와. "아이고, 오라버니!" 하는 소리가 들리는 순간 그는 처녀가 제 누이동생임을 알아챘어. 나이가 들어 몸이 자랐지만 헤어질 무렵의 얼굴 모습을 충분히 찾아낼 수 있었지.

"아니 어디 갔다가 이제 와요? 오라버니, 어서 오셔요. 어서 들어가셔요."

손을 잡고 법석을 떠는데 어느새 벌써 셋째아들은 누이동생에 끌려 집 안으로 들어가고 있었어. 누이는 또 잽싸게 말고삐를 잡아끌고 와 문간에 묶어두기까지 해. 마을에 들어선 뒤로 괴이한 기운이 감싸온다 싶었는데 셋째아들은 그때가 되어서는 자신이 무엇에 홀렸다고 생각했어. 더럭 겁이 나며 정신을 차려야겠다고 마음을 다잡았지.

방으로 밀어 넣는 누이에게 그는 물을 한 대접 달라 했어. 그렇게라도 한숨을 돌려야 정신을 찾을 수 있을 것 같았거든. 알았다며 누이동생은 부리나케 방을 나서 금방 물그릇을 내놓아. 얼어붙은 듯 서 있던 그는 누이의 재촉을 받으며 자리에 주저앉았지. 물을 마시고 나니 가슴이 진정되는 듯한데, 한순간 누이의 눈이 빨갛고 입은 귀밑까지 찢어진 것으로 보여. 그런데 그건 잠깐이고 다시 예전 누이의 얼굴로 보이네.

더 무섬증이 일려는 것을 막아내기라도 하듯 셋째아들은 헛기침을 두어 번 하고는 말했어.

"부모님과 두 형님은 어떻게 되었니?"

누이동생이 뭐랬느냐 하면 말이지, 오라버니가 그걸 몰라서

묻느냐고 하지 뭐겠어. 자기가 아는 만큼 오라버니도 다 아는 일이래. 그리고는 새삼 생각났다는 듯 화들짝 이래.

"아, 오라버니 진지를 해 드려야지. 먼 길 오셨는데 얼마나 시장할까."

누이동생은 머릿수건을 쓰더니 정갈하게 진지를 해 올리겠다며 방을 나가. 부엌문이 열리는 소리가 나고 그릇 덜그럭거리는 소리도 나고 그러더니 금세 다시 방문을 열고 빙글거리며 이러지 않겠어.

"오늘 저녁 한 끼는 오라비 잡아먹고, 내일 아침 한 끼는 말 잡아먹고. 히히히, 오라비 한 끼, 말 한 끼."

그리고는 농담이라고 해. 오싹했지만 셋째아들은 껄껄 웃고서 저도 농담처럼 받아쳤어.

"잡아먹더라도 해주기로 한 밥은 잘 지어 내놓아다오!"

"물론이지요!"

*

부모와 형제의 안부를 물은 것에 대한 대답이며 농담이라고 하는 소리. 너희도 다 들었지? 그런 게 다 누이가 오라비인 그를 홀려놓았다고 생각하고 그러는 것 아니겠어? 손바닥 안에 올려놓았다고 믿는 거지. 아닌 게 아니라 부엌에 있으면서도 방문 지키는 건 문제가 아닌 듯 움직이고 있기도 했지.

셋째는 누이를 멀찍이 떨어뜨리고 그 틈에 달아나야 한다고 요량했어. 꾀를 냈지.

"고추가 먹고 싶구나. 우리 집 텃밭은 여전하니? 우리 집 텃밭은 볕이 좋아서인지 푸성귀가 잘 되었지. 푸성귀가 있으면 여러 가지 다 맛을 보고 싶구나. 고추는 꼭 있었으면 좋겠고."

"아, 텃밭이야 제가 잘 가꾸고 있었죠. 오라버니가 반드시 돌아오리라 믿고 가꿨죠. 없는 것 없답니다. 오라버니 좋아하는 고추가 빠졌을 리도 없고요."

"그럼, 고추가 있으면, 텃밭의 고추도 좀 따다 밥상에 올려놓아다오."

알았다는 소리는 그가 말을 하기 바쁘게 나왔어. 그런데 그게 부엌에서 한 게 아니고 방문 앞에서 한 것이었어. 숨이 콱 막힐 노릇이지. 누이는 또 이러지 뭐야.

"그런데, 그사이에 가려고? 도망가려고?"

팔짱을 끼고서 방문 앞에 떡 버티고 서는 시늉을 하기까지 해. 오라비를 놀려먹고 있는 것이었지. 그는 장난질에는 장난질로 맞서는 수밖에 없다 생각했어. 마침 얼른 눈에 띈 게 이불 홑청을 뜯어 만든 듯한 끈 다발이었어. 그는 끈의 끄트머리로 제 손

70

목을 묶고는 끈 다발을 누이에게 내밀었지. 무서워 죽을 지경이지만 겉으로는 호기롭게 한바탕 놀아보자 하며 말이야.

"자, 이걸 잡고 가거라. 그럼 되지?"

이랬더니 누이는 믿어주는 건지 어째서인지 생긋 웃으며 끈을 잡고 물러나네.

누이는 밥 짓는 것부터 먼저 해야겠다며 텃밭으로 금방 갈 계산이 아니야. 끈을 쥔 것만으로 안심하지 않는다는 듯 계속 그에게 말을 시켜. 여섯 일곱 해 동안 어디서 뭘 하며 살았는지를 물어와. 그가 지어내어 몇 차례 대답하고 난 다음부터는 누이가 쫑알대며 제 혼자인 것처럼 이야기하는 거야. 어린 시절 부모로부터 제가 귀염받았던 일이며, 외양간에 들어갔다가 위험한 순간에 오라비인 그가 구해준 일이며를 늘어놓아. 달아날 방법을 이리저리 머릿속으로 계산해보던 셋째에게 이런 소리가 들려.

"……오라버니는 내가 여우가 되어 짐승들을 잡아먹게 된 건 무슨 까닭이라고 생각해? 내가 태어날 때부터 여우였을까? 아버지 어머니는 나를 낳으려고 치성드릴 때, 아들자식 다 잡아가도 좋으니 딸자식 하나 점지시켜 달라고 빌었다더라고."

"아버지 어머니가 그렇게까지 치성을 드렸다고?"

"그래. 나한테 잡아먹히기 전에, 당신들이 나를 얼마나 공들여 얻었으며 또 얼마나 애지중지하며 키웠는지 눈물 쏟으며 얘기하는 중에 털어놓으셨지. 아들자식 다 잡아가도 좋다느니 한 건 그만큼 간절하다는 뜻 아니었겠어. 삼신할미는 달리 받아들여 괘씸하게만 생각하고 여우를 딸로 태어나게 했던 것인지도 모르지. 어쩌면 어머니가 소 발자국에 고인 물을 마셨는데, 그게 이미 여우도 마신 물이라거나 아니면 여우 발자국도 그 안에 찍혀 있었다거나 해서 생각지도 못한 기운이 들어간 까닭인지도 몰라. 어쨌든 나는 내가 애초부터 여우였다고는 생각지 않아. 설사 여우로 점지 되었더라도 사람이 될 기회가 있었단 뜻이야. 나는 사람에게서 났어. 사람에게서 났다고!"

"그래, 너는 사람에게서 났어. 아버지 어머니의 사랑 받았고. 세 오빠의 보살핌도 받았어. 그런데 왜⋯⋯."

셋째는 가슴이 먹먹해지는 것을 느끼며 말했어.

"오라버니, 들어봐. 사람으로 태어나 왜 여우가 되었는지. 내가 밤이면 외양간에 드나들던 그때가 여우가 되느냐 사람이 되느냐 고민하던 때였지. 여우가 될 거냐, 사람이 될 거냐, 당시에는 몰랐지만 그런 무서운 고민을 하던 때 나는 여우가 되는 게 훨씬 더 귀염받으며 산다고 판단하게 되었거든. 그리된 일 말하자면 복잡해. 하지만 그런 판단을 하게 된 건 틀림없는 일이었어. 다 아버지 어머니의 지나친 욕심이 원인이었지. 그리고 어렵게 얻은 것에 대한 사랑으로 눈이 먼 탓. 셋째 오라버니가 이 누이 한 짓을 알고 말씀드렸을 때, 그때는 아버지 어머니로서는 받아들이기 어려웠을 거야."

"그걸 누가 쉽게 받아들일 수 있겠어!"

셋째는 울컥하며 목소리를 높였어. 누이는 그의 반응에 아랑곳하지 않고 제 이야기를 계속했어.

"아버지 어머니는 한때 딸 노릇 하며 사랑받던 오라버니가 단단히 시샘을 한 거고 그대로 두었다가는 무슨 일이 일어날지 몰라 내쫓은 것이라 했어. 참말로 그리 믿은 거지. 하지만 두 분은 뒤에 눈에 뻔히 보이는데도 안 본 것으로 못 본 것으로 하려 했어. 아버지가 목침을 던진 것은 셋째 오라버니에게만이 아니었다니까. 다 셋째 오라버니가 집을 떠나고 난 한참 다음의 일들이지만. 오라버니가 떠나고 나는 한동안 밤에 깨어나 외양간에 드나드는 일을 하지 않았어. 그러나 이미 여우가 되기로 마음을 굳힌 뒤였지."

"그게 다 아버지와 어머니의 욕심 탓이라……."

셋째아들은 누이의 이야기를 듣던 중 그렇게 혼잣소리로 중얼거렸어. 누이의 이야기는 그동안에도 계속되었지.

"……오라버니도 아는지 모르지만, 우리 조상은 먼 북쪽 들판에서 말 달리며 짐승을 키우는 사람들이었어. 전쟁 때인가 언제 이 남쪽 땅에 들어왔다가 남게 되었다지. 그런 경우 짐승과 함께 떠돌며 살던 습성 오래 버리지 못하다가, 짐승 가죽 만지는 갓바치나 짐승 잡는 화척으로 간신히 정착해 천대받으며 살지. 그런데 우리 집안은 일찌감치 정착했고 다른 양인들과 섞여 사는 데 성공했어. 말과 차림새가 다 이 땅 사람과 같아졌어. 그래도 짐승 키우는 재주는 잊지 않았지. 이곳에서보다도 더 아들을 귀하게 여기던 풍습도 바뀌지 않았지. 짐승 잘 길러 부자가 된 우리 집은 선조 때부터 그랬듯 아들을 더 귀하게 여겼다니까. 부모님도 마찬가지였어. 그런데 뒤늦게 딸 욕심이 생겼지."

"그래, 이제 보니 네 말대로 과한 욕심이었어."

셋째아들은 또 혼잣소리처럼 중얼거렸고 그동안에도 누이는 멈추지 않고 제 이야기를 계속했어.

"……어쩜 우리 집안 전체로 봐서 오랫동안 한쪽으로 기운 것에 대해 벌충을 하느라 아버지 어머니 대에 이르러 그리 일이 풀려나갔는지도 모르지. 어쨌든, 뭐, 딸을 귀하게 여겨 나쁠 건 없지. 딸도 소중해. 하지만 그 소중한 걸 잘 다루는 법은 몰랐던 것이지. 문제는 그거야!"

"문제가 그것이라고?"

누이의 이야기는 계속되었어. 흥분한 기색이 역력했어.

"……다른 사람들은 수군거리기도 했어. 딸아이 위해 비단옷이고 노리개고 가리지 않고 사들인다며 아버지 어머니 흉보는 소리 똑똑히 들었어. 아무리 귀여워도 버릇없이 키워서는 안 된다는 소리도 들었지. 내 정체는 모르면서도 그런 소리를 했지. 나를 알아본 건 셋째 오라버니야. 아, 둘째 오라버니도 내 정체를 알았어. 셋째 오라버니가 무서운 진실을 밝혔을 때 이미 의심했지만 다른 욕심이 있어 덮어버렸지."

"작은형에게 무슨 욕심이 있었단 말이냐?"

"첫째 오라버니는 아버지 집과 짐승들을 물려받아 잘사는 것만 생각했지만, 둘째 오라버니는 달리 잘사는 길을 넘겨다보고 있었지. 둘째 오라버니는 이 누이동생이 다른 마을 권문세가 도령과 혼인을 하면 저도 짐승 키우는 일 따위 하지 않고도 호령하며 살 수 있으리라 기대했지. 마침 그 도령이 한창 꽃답게 피어나기 시작하던 나를 탐내어 접근할 방도를 이리저리 알아보는 눈치를 이미 알고 있었던 것이지."

그때 셋째는 저도 모르게 신음 같은 소리를 내었어. 누이의 말은 계속되었지.

"다 지난 일이지만 이 이야기는 꼭 하고 싶었어. 이제 속도 좀 시원하고 그러네. 사람이 되기로 마음먹고 그리될 수도 있는데 일은 그렇게 풀려나가지 않았지. 짐승 다 잡아먹고, 마을 사람도 다 잡아먹고, 이제 오라버니 하나 남았는데, 오라버니까지 잡아먹고 나면, 오라버니의 간까지 삼키고 나면 나도 사람이 되는지,

그건 모르겠어. 오라버니 뭐해? 이 끈 잡아당겨 볼까?"

"나 여기 있다!"

셋째는 제 손목 묶은 끈을 먼저 당겨 흔들어주었지.

"그래 오라버니, 잠시만 더 기다려. 아, 이제 밥은 다 안쳤고, 불땀도 좋고 하니, 이제 찬을 만들 차례이니……."

*

부엌에서 나오는 발소리가 들려.

방으로 오나 싶은데 발소리가 멀어지네. 셋째아들은 얼른 방 문으로 다가가 밖을 슬쩍 살폈어. 누이가 텃밭으로 가는 눈치야. 다시 올 수 없는 기회가 온 것이지. 그는 얼른 손목에 묶은 끈을 풀어 문고리에 매 놓았어. 살그머니 밖으로 나왔지.

셋째아들은 손짓으로 말을 안정시켰어. 그리고 훌쩍 말 등에 올랐어. 이제 마구 달아나야 할 차례지. 그가 말을 달려 마을의 풀 무성한 길을 빠져나가려는데, 히히! 하하! 하는 소리가 등짝을 후려치듯 들려.

"히히! 오라버니. 하하! 오라버니. 진지 잡숫고 가라는데 왜 그냥 가?"

장난치듯 말은 그렇게 하고 있었지만 달려오는 기세가 무시무시해. 셋째아들은 박차를 가해 말을 달렸지. 그랬더니 누이는 치마저고리를 입은 그대로 여우로 변해서 달려와.

"가면 얼마나 간다고 도망을 가? 히히히, 오라비 한 끼, 말 한 끼. 아이고, 배고파라. 두 끼 먹을 것 놓친다. 오라비 하나만 더 잡아먹으면 되는데 놓치는구나! 안 되지! 안 될 소리지!"

여우 누이의 외치는 소리가 산과 들을 울릴 정도야. 그래, 나는 지금 너희에게 마지막 대목을 이야기하고 있구나. 너희가 다 아는 그대로다만 그래도 해야지.

아, 이번 이야기를 나는 다르게 하지는 않았다. 병을 준 게 스님이니 용왕 딸이니 다 다를 수도 있고, 아내로부터 받은 병이래도 세 개니 다섯 개니 다 다를 수는 있어. 옛이야기란 하는 사람마다 그런 게 달라질 수 있거든. 하지만 이야기는 그대로라고 봐야 해. 물론 달리할 수도 있는데, 이번에 나는 달리했다기보다 상세하게 했다고 본다. 다르게 느껴진 게 있다면 그 때문일 거야. 뭐? 너는 알고 있던 이야기 그대로에 느낌도 다를 게 없다고? 어, 이것 섭섭한데. 섭섭하다만 지금은 이야기를 마저 하는 일이 더 급하구나. 아무 말 않고 있어도 분명히 그리 느꼈을 친구가 있으니 나는 그 친구 눈빛을 응원 삼아 힘을 내어 계속하련다. 잘 들어봐.

우리가 노닥거린 사이 여우는 셋째의 뒤를 바짝 쫓아왔겠지.

그래, 여우가 막 말꼬리를 잡으려는 순간, 셋째 아들은 품속에 품고 있던 병 중에서 흰 병을 집어 휙 던졌어.

흰 병은 처음 만들었던 병이었지. 그 병이 깨지면서 무슨 조화인지 주위가 온통 가시덤불로 뒤덮였어. 여우가 가시덤불을 헤치며 캐갱캐갱 발버둥치는 동안, 셋째 아들은 말을 달려 마구 달아났지.

한참을 달리다가 이제는 괜찮겠지 하는데, 어느새 가시덤불을 헤치고 여우가 바짝 쫓아오네.

다시 여우가 막 말꼬리를 잡으려는 순간, 셋째 아들이 이번에는 파란 병을 휙 던졌어. 파란 병이 깨지면서 주위는 쏴 파도가 치는 물바다가 되네. 그때 셋째는 파란 병을 만들 때의 일이 생각났어. 바다에서 파란 돌을 주워 오래 갈고 갈아 그걸 만들 때, 어디 몹시 가뭄이 든 대지를 적시거나 헛소리할 만큼 갈증이 심한 누구의 목이라도 적셔줄 물 담을 수 있기를 기도한 일이 생각났어. 그런데 이리 험악하고 급박한 상황이 되다 보니 소망과는 달리 위력을 발휘하고 있었지.

어쨌거나, 여우가 물에 빠져 허우적허우적 발버둥 치는 동안, 셋째아들은 말을 달려 마구 달아났어.

한참을 달리다가 이제는 괜찮겠지 하는데, 여우 누이의 징글맞은 목소리가 들려.

"내가 놓칠 줄 알고! 어림없지. 히히히, 오라비 한 끼, 말 한 끼. 오라비 한 끼, 말 한 끼."

어느새 물을 건넌 여우가 바짝 쫓아온 것이지.

막 말꼬리를 잡아채려는 순간, 셋째 아들은 마지막으로 남은 빨간 병을 획 던졌어.

빨간 병이 깨지면서 주위는 활활 타오르는 불바다가 되었거든. 그 병은 누구의 언 손이나 언 발을 녹일 수 있는 따뜻한 물 담기를 기도하며 만든 것이었지. 불길을 껑충껑충 솟구치며 피해간다 싶더니 그동안 힘을 많이 쏟은 탓인지 여우가 주저앉아. 캐갱 비명을 내질러. 보니 불길에 휩싸인 듯해. 연방 비명을 내지르며 불구덩이를 빠져나오는데 다른 불길이 덮쳐. 몇 번 되풀이가 되는 걸 셋째아들은 말을 세우고 지켜봤지. 원망과 회한과 살의가 거센 바람을 일으키는 가운데, 과욕과 맹목이 빚은 비극은 마지막 기름을 독하게 태우고 있었지. 말을 세우고 똑바로 쳐다본 지 얼마 만일까. 참으로 긴 시간이 흐르는 듯도 하고 한순간이 흐른 듯도 해. 드디어는 여우가 불길과 하나가 되었고, 홀연히 산을 넘는 먹장구름처럼 꿈틀대었어.

여우가 훌쩍 솟구쳐 올랐을 때 그는 혹시 기사회생하는가 싶어 흠칫했어. 그런데 그게 마지막이었어. 여우는 잠시 버티고 선 채 머리를 뒤틀더니 앞다리를 접었고 곧 길게 바닥에 나뒹굴었거든.

불바다가 연기를 남기고 사라진 뒤 셋째는 숯덩이가 된 짐승 한 마리를 찾아낼 수 있었지. 이렇게 해서 셋째 아들은 누이이자 여우이던 것을 물리치고 용궁의 부인에게 돌아가 오래오래 잘 살았다고 해.

그 전에 마을로 가 옛집 담에 쌓인 온갖 해골바가지와 뼈다귀를 거둬 장례를 치르는 일을 먼저 했겠지.

산속 거인

오늘은 고렷적 이야기를 하나 해보도록 하마.

때는 고렷적 가운데서도 나라가 기울어 곧 끝나게 되는 무렵. 그렇지만 무능한 왕이 간신배의 계략에 놀아난다거나 또 무슨 야심가가 때를 노린다거나 하는 이야기는 아니야. 이 이야기는 역사적 사건을 다룬 이야기가 아니거든.

야사냐고? 야사도 역사 아니냐? 야사란 없는 것 꾸며내거나 부풀리거나 뒤집거나 한 것이지만 역사적 사건과 분명히 관련 있는 것이니 그 또한 아니야. 이건 말 그대로 옛이야기이거든. 편안하게 들어줘. 고렷적 평안도 박천골에 사냥해서 먹고살던 한 젊은이가 주인공이야. 이 젊은이가 묘향산에서 만난 엄청나게 큰 사람의 사위가 되고 그 딸을 얻어 돌아와 행복하게 살았더라. 뭐 그렇게 요약할 수 있는 이야기를 나는 오늘 너희에게 하려고 해.

거인의 정체가 밝혀지겠지. 아내를 얻고 행복하였다면 내처 행복하였는지 아니면 어떤 위기를 극복하고 비로소 행복해졌는지 하는 일들도 다 밝혀지겠지.

시작할 테니, 들어봐.

*

묘향산에서 누구를 만나게 된다고 했어?

그래, 그래. 박천골에서 가깝다면 가깝고 멀다면 먼 곳이 묘향산이야. 어쨌든 하루나 이틀짜리로 요량하고 나설 길은 아니지. 황해도에도 박천이 있는지 황해도 박천골이라고도 하는데 그렇게 되면 묘향산은 아주 멀지. 어쨌든 마음먹고 나서야 하는 묘향산까지 가는 것은 다른 사냥꾼들과 함께할 때지.

그때도 함께 움직이기로 한 동무들이 있긴 있었어. 공교롭게도 다들 사정이 생겨 묘향산 자락에 들어섰을 때는 그 혼자 몸이 되고 말았지만 말이야. 허탕 친 것으로 하고 되돌아서야 했지. 그런데 묘하게도 사냥꾼의 욕심을 불러일으키는 짐승들이 눈앞을 휙휙 지나가. 먼저 노루가 두어 마리 후닥닥 눈앞을 지나가. 또 얼마 안 가 이번에는 꿩 대여섯 마리가 푸드덕 풀숲에서 날아

올라. 그런 식으로 말이야.

혼자지만 어렵잖게 뭐든 잡을 수 있으리란 생각이 들 만하지. 그리해 젊은이는 혼자 묘향산 깊숙이 들어가게 된 것이야. 제법 깊이 들어왔다 싶고 곧 짐승들이 과녁처럼 제 몸을 드러내리라 예감하는 순간, 산을 가르는 듯한 둔중한 소리가 울렸어. 그 소리에 놀란 온갖 짐승들이 와르르 내달려 내뺐는지 어쨌는지 그 뒤로 분위기가 완전히 바뀌어버려.

온 길을 되짚어 가기에는 틀려버렸다 싶은 오후 느지막할 때쯤. 그는 메추라기 한 마리도 못 잡은 채였어. 문제는 그것보다 산중에서 빠져나갈 길이 눈에 들어오지 않는다는 것이었지.

얼마 안 있어 날이 어둑어둑한 것이 땅거미가 지기 시작하지 뭐겠어. 몸도 피곤하고 배도 고파. 하지만 당장은 그게 문제가 아니지.

다행히 달빛에 의지하면 산길은 얼마 동안 더 놓치지 않고 갈 수 있겠다 싶었어. 그는 부지런히 걸음을 옮겼어. 드디어는 불빛을 발견해.

아, 얼마나 반갑겠어. 그 불빛…….

불빛이 나는 곳으로 가 보니 이게 집인가 싶은 생각이 먼저 들게 하는 것이 나타나. 그 집은 여느 집과 달라서 산비탈에 옆으로 족히 오륙십 척이나 되게 뻗쳐 있는 그런 집이었거든. 대문이

나 담장도 없이 오륙십 척 길이로 뻗은 한 칸 집이니 어디서도 보지 못한 집이었지. 안에서는 불빛이 새어나오고 있으니 분명히 사람 사는 집일 터라 생각하고 그는 들어갈 문을 이리저리 찾아봤겠지. 문은 기다란 집채의 한쪽 끝에 나 있었어. 얼마간 문을 두드렸더니 사람 기척이 나고 문이 열리는데, 처녀 하나가 모습을 보이지 뭐겠어. 안에서 나오는 빛에 비쳐 보이는 것이지만 이런 산중에 있을 성싶지도 않은 아름다운 여자였지. 사냥꾼은 이 처녀를 멍하니 바라보다가 입을 열었어.

"길을 잃은 사람입니다. 박천골에서 어찌하다가 여기까지 오게 되었지요. 혼자 짐승을 잡아보려다가 길을 잃고 헤매게 돼 이런 깊은 곳에까지 왔습니다. 해도 지고 해서 낭패다 싶었는데 불빛이 보이지 뭐겠습니까. 어찌나 반갑던지요. 살았다 싶어 찾아왔습니다. 폐가 되겠지만 하룻밤만 재워 주시기를 부탁합니다."

사냥꾼이 말하는 내내 처녀는 생긋이 웃는 듯했어. 그리고 그가 부탁이란 말을 하는 순간 문에서 옆으로 비켜나며 이러는 것이야.

"예, 오실 줄 알았습니다."

무슨 소리인지 사냥꾼은 헤아릴 틈도 없었지. 그저 길을 잃고 헤매는 것을 멀찍이서 지켜봤다는 소리이겠거니 했어. 그런데 다음 순간, 아니구나 싶었어. 처녀가 이랬거든.

"조금 있으면 제 아버님도 사냥에서 돌아오실 겁니다. 손님이 먼저 오시게 되면 나 혼자서라도 잘 모시라고 당부하셨습니다."

그가 오리라는 것을 진즉에 알았다는 소리 아니겠어. 사냥꾼은 더럭 겁을 먹고 말았겠지. 그러나 돌아서서 나올 수는 없는 노릇 아니냐. 그는 처녀가 보기와 달리 짓궂은 데가 있어 장난이라도 치나 보다고 애써 생각하며, 헛기침을 하며 안으로 들어갔어.

이때 일을 두고 묻게 돼. 뒤에 말이야. 장난으로 한 소리냐고 묻게 돼. 젊은 사냥꾼이 말이야. 혼인을 하기로 하고 함께 집으로 간 뒤 어느 날 물은 것이지. 그때도 이 처녀는 생긋이 웃어. 그리고는 되물어. 자기가 무슨 재주로 알 수 있었겠느냐고 되물어.

아버지께서 천기를 읽으셨으리라. 그리 털어놓는 것은 한참 뒤의 일이야.

*

젊은 사냥꾼은 한동안 자주 이야기했어. 처녀에게 그날 일을 말이야.

산비탈에서 기다란 집을 본 순간부터 놀랄 일이 잇달아 일어났거든. 그 젊은이는 산중에서 얻은 아름다운 처녀에게 털어놓고 또 털어놓고 하며 모든 게 헛것이 아님을 확인하고 싶어서였겠지. 기다란 굴 같은 집에서 처녀가 차려온 밥상을 받아들었을 때도 그는 놀라지. 밥상에는 산중에서 맛볼 수 있으리라 생각 못한 반찬이 그득 차려져 있었던 거야.

저녁밥 다 먹고 나서 이런 이야기 저런 이야기를 하게 돼. 그때 처녀는 먼저 아버지를 모시고 단둘이만 산다는 소리를 해. 자기 집은 여태까지 사람이란 아무도 찾아온 일이 없으며, 아버지가 사냥한 짐승의 가죽이 산더미처럼 많이 있다는 소리도 하지. 사냥꾼은 믿어야 할지 말아야 할지 모를 소리라 생각하며 그저 고개를 끄덕이며 들었지. 한참 이야기가 나온 뒤에 처녀의 아버지가 돌아왔는지 "얘야, 아비 왔다" 하는 소리가 밖에서 들렸어. 그런데 그 소리가 어찌나 큰지 마치 하늘에서 천둥이 치는 것 같이 들렸거든. 이것도 놀랄 일이지.

소리만으로도 깜짝 놀랄 일인데 그 사람과 마주친 순간 사냥꾼은 그만 뒤로 나자빠질 뻔해. 아, 처음에는 정강이만 보았을 뿐이야. 아버지라는 사람 키가 얼마나 크던지 몸뚱이가 지붕 위를 훨씬 넘어서 까마득하게 솟아난 정도였다니까.

평안도 박천골 젊은 사냥꾼이 묘향산에서 만난 엄청나게 큰 사람의 사위가 된다고 이미 밝혔지? 장인 되는 양반이 이 정도로

까지 크다는 것도 드디어 밝혀졌구나.

하지만 사냥꾼은 다른 사람들에게 장인 양반이 그리 큰 거인이라는 소리를 할 수는 없었어. 괜히 허튼 소리나 하는 사람으로 몰리기 십상일 터. 다리만 해도 집 지붕을 넘어설 정도로 키가 큰 사람이 장인이라고 하면 누가 믿어주겠느냐 이거야. 물론 처녀의 아버지가 보통 사람보다 머리통 둘은 더 얹은 것만큼 키가 크고 힘이 세어 멧돼지를 맨손으로 잡는다는 정도로는 말을 했지. 그 정도에도 다들 쉽사리 믿어주는 눈치가 아니었지만 말이야.

관가에서 조사를 받게 돼. 그때도 장인이 얼마나 큰지에 대해 제대로 털어놓지 못했지. 아름다운 처녀에다 짐승 가죽을 산더미처럼 선물로 받아 돈을 벌게 되니 소문이 나지 않을 수 없었고, 그 소문에 관가가 또 아무런 의심도 하지 않고 넘어갈 리도 없었지. 관가에서는 그가 상점에 보관한 가죽과 그동안 팔았다는 가죽을 계산해보고는 한 사람이 모은 것으로 도저히 볼 수 없다고 추궁해왔지. 그는 달리 설명할 방도가 없었어. 장인이 보통 사람보다 머리통 두 개는 더 얹어놓은 만큼 키가 크고 힘이 세다는 소리밖에는. 장인의 다리만 해도 집 지붕을 넘어설 정도로 키가 크다고 바르게 털어놓은들 관가에서 믿어줄 리도 없었고 말이야.

관가에서는 그가 비적과 어떤 식으로든 관계가 되었으리라 보고 추궁했어. 관가의 의심을 뿌리치는 게 여간 어렵지가 않았지. 제대로 털어놓지 않아 의심을 사는 것이지만 그렇다고 제대로 털어놓는대도 믿어줄 리도 없는 일이잖아?

관가의 의심은 짐승 가죽에만 있지 않았지. 처음에야 그가 벼락처럼 부자가 된 일에 무슨 범죄가 개입되지 않았을까 해서 들여다본 것이었는데 점차 그의 아내가 된 처녀도 의심하기 시작했거든. 그가 얻을 만한 여자가 아니라 본 것이지. 대갓집 규수가 납치를 당했건 어쨌건 말 못할 사정이 생긴 것일 수 있다며, 믿고 모든 걸 털어놓으면 뒤탈이 없도록 도와주겠다며 공공연히 그와 갈라지게 하려고도 했어. 내외가 엎드려 호소한 끝에 함께 집으로 돌아올 수 있었지. 그렇지만 그 일은 박천골을 당분간 떠나 있기로 결정하게 되는 계기가 되기도 해.

박천골을 떠나던 날에도 사실 그는 장인의 정체를 제대로 알지 못했어. 아내를 얻어 반년 넘게 함께 살면서도 아내 집안에 대해 제대로 알지 못한 것이지. 저녁이든 아침이든 사람이 먹는 밥이 아니라 생 멧돼지 한 마리를 통째 먹는 엄청난 거인이며 그동안 모아놓은 짐승 가죽과 함께 딸을 주어 그의 삶에 엄청난 행운이 되어준 분이라는 것이 그가 알고 있는 장인의 전부였지. 하나 더하자면 천기라는 것도 읽을 줄 아는, 키가 크고 힘이 세기만 한 예사 사람은 아니라는 것 정도 아니었겠어.

*

앞질러 말해버린 것들 많구나. 너희는 덜 놀라겠지만 그래도 우리의 주인공이 놀라게 되는 일들을 이제부터 차근차근 짚어가 보도록 하마.

처녀의 아버지와 인사를 나눈 뒤 사냥꾼 젊은이는 집이 왜 기다랗게 생겨먹었는지 알게 돼. 이제 거인이 집으로 들어와야 하는데 다른 방법이 뭐가 있겠어. 문이 있는 한쪽 끝에서 기어 와서는 길게 다리를 뻗고 눕는 방법 말고 달리 뭐가 있겠어. 다리만 해도 지붕을 훨씬 넘어선다고 했으니 짐작이 가지? 앉을 수도 없는 노릇 아냐. 굴같이 기다란 집을 반 너머 차지하고 누워서 그 사람은 젊은이에게 이래.

"잘 오셨소이다. 이 깊은 산골까지 오느라 고생 많으셨습니다."

이번 말은 덩치와는 딴판이다 싶어. 부드럽고 다정스러웠거든. 물론 보통 사람 목소리보다야 훨씬 컸지. 그래도 웬 천둥 치는 소리냐 싶을 때와는 딴판이었지. 거인은 그에게도 자리를 잡아 앉으라 하고는 제 딸을 보고 손님에게 저녁 진지를 드렸느냐고 물었어. 그가 먼저 나서서 밥을 먹었다고 했더니 거인은 제 딸에게 자기 밥을 가져오라고 해.

밥은 도대체 얼마나 먹을까? 궁금한 일이잖아. 우리도 이리 궁금한데 우리의 주인공이야 오죽 궁금하겠어. 처녀가 밥을 가져왔을 때 사냥꾼은 이번에도 까무러칠 뻔해. 처녀가 가져온 밥이란 것은 돼지 한 마리였거든. 그것도 큰 생 멧돼지로 한 마리. 처녀의 아버지는 그놈을 손으로 움켜쥐고는 뜯어먹지 뭐겠어. 짐승을 잡으면 가죽을 벗긴다, 내장을 처리한다 하느라 피를 많이 보아 온 터이지만 사냥꾼은 흠칫하며 놀랐어.

밤이 깊어 잘 때가 되어 자리에 누웠어도 사냥꾼은 도무지 잠이 오지 않았어. 우리인들 그런 상황에 잠이 오겠느냐고. 아, 그래서 그냥 뜬눈으로 밤을 새우고 말았지.

이튿날 아침 젊은이는 또 잘 차린 밥상을 받았어. 처녀의 아버지는 저녁과 마찬가지로 생 멧돼지를 먹었고 말이지. 다음에는 자기 차례가 되는 게 아닌가 싶어 사냥꾼은 밥을 얼른 먹을 수가 없었어. 식사는 처녀의 아버지가 먼저 끝냈지. 식사를 끝내고서 그 거인은 밖으로 기어나가네. 나가서는 그 보고 천천히 다 드시고 나오래.

천천히 먹으란다고 마냥 시간을 끌 수야 있나. 밥숟가락 놓고 사냥꾼은 숨을 몰아쉰 다음 밖으로 나갔지. 산비탈에 엉덩이를 대고 앉아 있던 처녀의 아버지가 그에게 문 앞 평상에 앉으래.

"이보오, 젊은이."

부드럽고 다정한 목소리로 부르며 손을 내민다 싶었는데 사냥꾼의 손을 잡아. 엉겁결에 손을 맡기고 있는 사이 그 거인이 이래.

"여기까지 왔으니 내 청 하나 들어주게."

사냥꾼은 목소리가 떨리려는 걸 애써 참으며 말했어.

"청이라니 무슨 청인지요?"

간신히 그렇게 받았더니 거인은 혼자 고개를 끄덕이고는 제 말을 해.

"이 산중에서 내가 혼자 손으로 딸을 키웠소이다. 그런데 보시다시피 그 딸이 이제는 다 커서 혼례를 올릴 나이가 되었지 뭐겠소. 딸이 별로 본 바도 배운 바도 없어 미급한 데가 하나둘이 아니지요. 하지만 인물이 과히 추하진 않습니다. 그리고 마음씨도 착하고 어질지요. 혹 괜찮으면 데려가 아내를 삼아 주오. 내 청이란 다른 게 아니라 바로 이것이오."

혹시나 무슨 내기를 하자고 해 잡아먹을 구실로 삼지나 않을까 조마조마해 하다가 사냥꾼은 그런 소리를 듣고서 얼른 할 말을 찾지 못했어. 그 사이 처녀의 아버지가 다시 말을 이었어.

"내 딸과 혼인을 하겠다면 그동안 사냥해서 잡아 놓은 온갖 짐승 가죽을 내어 주리라. 호랑이 가죽이며 곰 가죽이며, 표범에 멧돼지, 또 노루와 사슴 등 온갖 짐승의 가죽을 모아놓았다오. 산중에서만 살아온 내가 해줄 수 있는 예물이라 생각하고 그것들 받아준다면 더할 수 없이 기쁜 일이겠소.”

그리고 거인이 일어나더니 부근 굴에 보관해놓았다는 온갖 짐승의 가죽을 가지고 와. 집 앞에 그걸 쌓아놓는데 보니 이게 사냥꾼이 평생 짐승을 잡아도 절대 모으지 못하겠다 싶을 정도의 양이야.

미리 말해서 짐작했겠지만 사냥꾼은 그 거인의 청을 받아주게 되지. 짐승 가죽도 짐승 가죽이지만 그때쯤 해서 그는 마음이 놓였던 거지. 거인이 자기를 잡아먹으려는 계산을 하고 있지 않다는 걸 알게 된 거지. 사냥꾼은 첫눈에 처녀를 매우 아름답게 보기도 했잖아. 상냥하게도 느꼈고. 그럼 다 된 것 아니겠어. 그가 황송해하며 대답을 하자 처녀의 아버지는 대단히 기뻐해. 얼굴이며 몸짓이 여간 기뻐하는 게 아닌 눈치야. 그도 기분이 좋아 절로 입이 벌어졌지. 거인은 딸에게 소식을 전한다 어쩐다 하더니 뭐가 그리 급한지 사냥꾼 보고 어서 자기 딸을 데리고 산을 넘어서 강 나루터로 가라고 해.

그렇지만 당장 그렇게 할 수야 없는 일이지.

처녀가 먼저 제 아버지에게 절을 올려. 이어서는 혼인을 약속한 두 사람이 함께 절을 올렸고. 그렇게 이런저런 이별의 예식을 치러야 했지. 처녀가 따로 집안 정리도 하고 챙길 물건 얼마도 챙기고 말이지.

그동안에 꿈인지 생시인지 분간을 못 할 지경이야. 사냥꾼은 말이야. 입이 자꾸만 벌어지는 것도 참기가 어려웠지. 드디어 모든 걸 마무리하고 사냥꾼은 집으로 돌아가는 길에 올랐어. 배웅하겠다는 처녀의 아버지를 뒤따라서 말이지. 거인이 나무들 사이를 지나갈 때는 보니 마치 갈대 같은 키 큰 풀들을 헤치고 가는 듯해. 계곡이다 싶은 곳은 도랑 건너듯 하고 말이야. 산더미 같은 짐승 가죽을 짊어진 거인을 길잡이 삼고 또 몇 번 도움도 받자 박천골 젊은이는 반나절도 채 안 걸려 험한 산중을 빠져나와 강가에 닿을 수 있었어. 얼마 뒤에는 나루터에 도착했고 말이지.

그 나루터에는 빈 배가 한 척 있었어. 사냥꾼과 처녀가 배에 타자 처녀의 아버지는 짐승 가죽을 짊어진 그대로 물로 들어가 배를 밀어 함께 강을 건넜어.

마을이 멀지 않은 강기슭에 짐승 가죽을 내려놓은 뒤 거인이 두 사람에게 말했어.

"이것만 팔아도 살림 밑천은 충분히 될 것이네. 다음에 오면 그때도 줄 터이니 그리 알게. 백일 뒤에 소 두 마리와 소금 백 섬을 가지고 와. 아까 그 나루터로 말이네."

사냥꾼이 거인의 말을 다시 확인하고 또 얼마간 다시 작별 인
사를 나누고 하는 일이 있었겠지. 그리고 그는 많은 짐승 가죽을
싣고서 자기가 사는 동네로 돌아갔지.

아, 당연히 처녀도 데리고 말이지.

*

예쁜 색시에다 덤으로 짐승 가죽까지 어마어마하게 얻었지.

그럼 사냥꾼은 동네 사람들을 청해서는 잔치를 베풀어야 하지
않겠어? 그랬지. 아, 이어서는 날을 잡아 많은 사람들의 축복 속
에 처녀와 혼례도 올리고 말이지.

그사이 짐승 가죽을 처분해 상당한 돈을 손에 쥐었어. 처녀의
아버지와 약속한 백일 뒤에 가지고 갈 소 두 마리와 소금 백 섬
을 준비하는 건 일도 아니었어. 돈으로 사람을 쓸 수 있으니 나
루터로 가지고 가는 것도 일이 아니었겠지. 짐을 다 부려놓고 나
루터에 혼자 남은 지 얼마가 지나서일까. 골짜기 쪽에서 요란스
런 소리가 나더니 숲 너머로 거인이 나타나. 이제 장인어른이라
고 불러야 할 사람이었지. 백일 만에 만난 그에게 젊은이는 안부
를 물었어. 그동안의 제 일도 알려주었어. 상점을 열어 돈을 많

이 벌기 시작했으며 처녀와 혼례를 올려 잘살고 있다는 게 중심 되는 내용이었지. 장인은 뭐 다른 것 묻지도 않고 만족스럽다는 듯 고개를 끄덕이며 들어. 그리곤 지난번만큼 가지고 온 짐승 가죽을 눈짓으로 가리키더니 자리에서 일어나.

"백일 뒤에 또 보세. 그때도 소 두 마리와 소금 백 섬을 갖다주게."

그리고는 사위가 제대로 인사할 틈도 없이 나루터를 떠나 산으로 갔지.

마을에서 탁주 몇 사발씩 마시고 돌아온 일꾼들은 입이 떡 벌어져. 짐승 가죽 쌓인 것을 보고 말이야. 사냥꾼은 장인에다 없는 처남들까지 꾸며 넣어 처가 집안이 사냥 솜씨가 대단하다고 둘러댔어.

다음에도 그는 별 어려움 없이 소 두 마리와 소금 백 섬을 준비할 수 있었지.

약속한 날에 그 나루터에 갔더니 장인이 먼저 와서 기다렸는지 일꾼들이 강을 건너 사라지고 나자 금방 나타났어. 그가 가만있었으면 지난번과 비슷하게 일이 처리되었을 거야. 이번에 그는 장인에게 이것저것 물었지. 처가에 대해서 여러 사람이 궁금해 한다며 집안 내력이 궁금하다는 소리도 했어. 어떤 걸 물어도 똑 부러지는 소리를 하지 않아. 장인이 말이야. 그래도 집안 내력을 거듭 묻자 무슨 옛이야기 같은 걸 하나 하긴 해.

"밥나무에 밥 열리고 옷나무에 옷 열리던 옛날 옛적에 거인이
하나 있었네."

그렇게 시작된 이야기는 사냥꾼이 어릴 때 어른들한테 들어본
이야기와 비슷했어.

이야기는 그 시절 왕이 거인을 가엾게 여겨 옷을 만들어 입히
도록 사람들에게 시켰다는 데서부터 시작되었어. 천이 부족해
비록 짤막하지만 거인은 옷이 마음에 들었고 기쁜 마음에 남쪽
고개에 올라 자주 춤을 추면서 태양빛을 가리게 되고 그 때문에
농사가 제대로 안 되었다는 식으로 이야기는 이어지지. 이때까
지도 사위는 무슨 옛이야기 같구나 하는 생각밖에 못했어. 그런
데 사람들이 거인을 내쫓아달라고 왕에게 호소했다는 대목에 이
르러서는 예전에 들은 이야기라는 기억을 처음으로 해냈어.

"왕은 예기치 못한 일에 안타까워 하다가 거인을 나라 밖으로
추방하기로 결정했네. 그리고는 거인에게 군사들을 보냈지. 왕
의 군사들은 나라의 남쪽 고개로 올라가 거인에게 왕의 명을 전
달하려 했네. 그런데 거인이 커도 어느 정도라야지. 아무리 외쳐
도 거인의 귀에 가닿지가 않아. 그사이에도 거인은 덩실덩실 춤
을 추고만 있어. 고심한 끝에 거인의 몸을 타고 오르기로 하고
날랜 군사 몇을 뽑아 임무를 맡겼어. 그 군사 몇은 천신만고 끝

에 거인의 배꼽에 이르렀어. 그곳에서 소리쳐서야 거인의 관심을 끈 그들은 옷이 햇빛을 가려 곡식이 익지 않아 더 돌봐줄 수 없게 되었다며 나라 변방으로 추방하라는 왕의 명령이 있었다고 전했어. 그때까지 춤을 추며 좋아하던 거인은 한바탕 꺼이꺼이 울어. 울고는 저 만주의 황량한 벌판으로 떠나갔네."

이때쯤 해서 사위는 뒷이야기도 어느 정도 떠올릴 수 있었어. 그가 떠올린 대로 그 이야기는 만주로 추방당한 거인이 황량한 땅에서 흙을 먹고 바닷물을 마시며 지내다가 어느 날 배탈을 일으켜 엄청난 양을 밑으로 쏟아내게 되는데, 그때의 배설물이 나라의 오늘날과 같은 온갖 산맥과 강줄기를 이루었다는 내용으로 마무리되었어.

"나라에서 가장 높은 산은 백두산이고, 저 북쪽에서 다른 방향으로 흐르는 두 강은 압록강과 두만강이 아닌가. 지금은 잃은 땅이지만 그것들은 까마득한 옛날 옛적에 그 거인이 쏟아놓은 것으로 이루어진 것이네. 내가 의지하고 있는 묘향산도 마찬가지일세."

사위가 장인 입에서 그 이야기가 왜 나오게 되었는지 알게 된 것은 헤어져 돌아오는 길에서였지. 처음엔 웬 뜬금없는 소리인가 싶었지. 곧 자기가 처가의 집안 내력을 물으면서 나온 이야기라는 사실을 깨달았지. 하지만 그게 처가 집안 내력과는 무슨 관계인지는 끝내 알 수 없었어. 아내에게 물어봐도 그동안과 마찬가지야. 별다른 말을 하지 않아. 사실은 자기도 제대로 알고 있는 바가 없다고 해. 옛적 거인 이야기를 들은 적이 있긴 하다고 했어. 왜 산중에서만 사느냐고 물었을 때 아버지가 해준 이야기라는 것이야. 거인은 딸에게 너는 산속이 아니라 세상에 나가 살게 되리란 말을 자주 하곤 했다지. 그럴 때 딸은 아버지가 사람들 눈에 너무 띄는 게 불편해 산속에서 지내는 것이려니 혼자 생각했다지. 사위는 장인이 까마득한 옛날 옛적 거인의 후손이겠거니 생각할 수밖에 없었어.

다시 백일 뒤 장인 만날 일을 준비하는 중에 문제가 생겼어. 앞선 두 번과 달리 이번에는 그 일에 어려움이 있었다거나 한 것은 아니야. 그럼 달리 어찌된 일인가 하면, 관가에 불려가 조사를 받게 된 것이지. 상인으로 부자가 된 소문을 관가가 흘려듣지 않았을 일 아니겠어. 한편 그는 의심을 뿌리칠 만한 설명을 내놓지 못했어. 처가 집안 사냥 솜씨 어쩌고 하는 것으로는 그동안 마을 사람들도 충분히 납득시키지 못한 터. 그러니 관가에서야 오죽했겠어. 묘향산 비적과의 관련성까지 추궁당하면서 고초를 겪어야 했어. 그동안 바르게 살아왔고 또 불의와 관련한 구체적 증거가 없어 옥에 갇히거나 하지는 않았으나, 짐승 가죽 상당량을 관가에 바치기는 해야 했어. 다 지키려고 했다가는 탈이 날 듯했거든.

어쨌든 한시름 돌리나 싶었어. 그런데 곧 그는 부근의 토호가 자신의 아내를 탐내는 것을 알게 돼. 비천한 신분인 자가 그토록 단정하고 아름다운 여자를 얻은 것은 틀림없이 약탈했거나 또 다른 무슨 어두운 사연이 있어서일 터. 관가가 나서서 조사를 하라. 그리 부추긴다는 소리까지 들려.

머리가 터질 듯해.

＊

약속한 날. 나루터로 가는 사위의 발걸음은 가볍지 않았어. 이번에 만난 장인은 장인대로 얼굴이 밝지가 않네.

"소하고 소금을 가지고 왔습니다" 하고 사위가 말하니, 장인은 고개를 갸우뚱하더니 이래.

"소를 가지고 오라는 말은 안 했는데……."

뭔가 잘못되었나 싶어 그는 얼른 설명을 했어.

"네, 맞습니다. 지난번엔 소를 가져오라는 말씀은 없으셨습니다. 저는 장인어른께서 빠뜨리셨겠거니 생각했습니다. 다 알고 있는 일이니 건성으로 말씀하셨을 수도 있는 일이구요. 그래서 소금 백 섬에 소 두 마리를 가져온 것입니다. 그동안 짐승 가죽을 많이도 주셨으니까 소 두 마리는 아깝지 않습니다. 그냥 받아 주십시오."

그렇게 말하는데도 장인 얼굴이 펴지지가 않아. 그는 이렇게 말을 돌렸지.

"필요 없다면 제가 되가져가지요 뭐. 그때 제가 다시 여쭙거나 했다면 이런 번거로운 일이 없었을 텐데, 다 제 불찰입니다. 이번에는 필요 없으시다니 다시 가져가겠습니다. 다음번에 필요한 것 말씀하시면 그대로 준비하겠습니다."

그제야 장인은 고개를 끄덕이고는 이래.

"이제 소가 쓸데없게 되었어. 그러니 자네 말대로 되가져 가게. 설명하자면 한도 끝도 없으니 그리 해주게. 그리고 이번이 마지막이네. 자네가 뭘 가져오는 일은 말일세. 무슨 말인가 하면 내가 자네와 만나는 것도 오늘이 마지막이라는 소리야."

"……."

얼른 뭐라고 할 말을 찾지 못한 채 사위는 쳐다만 봤어.

"부디 내 딸 데리고 편안히 잘 살게. 나는 이만……."

황급히 떠날 기세야. 그때서야 사냥꾼은 "아니, 갑작스레, 마지막이라니요!" 하고 소리치며 넙죽 엎드렸어. 그리고 말했어.

"마지막이라니요! 무슨 설명 같은 것 하지 않으셔도 상관없습니다. 다만 잠시만이라도 더 이 사위와 함께 마주해주십시오. 이게 영영 헤어지는 마당이라면 말입니다. 장인어른한테 의논드릴 일이 있고 그렇습니다요."

다급하고 애절했지. 사위가 그렇게 나오자 장인도 마음을 돌렸나 봐. 그리해 장인과 사위는 덩치 차이가 엄청나지만 어쨌든 마주 앉게 되었지. 사냥꾼은 미리 준비한 술동이도 내려놓고 해서 장인에게 권했지. 장인은 동이째 술을 들이켜고는 사위에게 의논할 일이 무엇인지를 물어.

사위가 장인을 만나 의논하려는 일이 달리 뭐가 있겠어. 그동안 관가에 불려가 조사를 받은 일이며 부근 토호가 자기 아내를 빼앗으려 하는 낌새가 있다는 소리를 털어놓고 어떻게 대처할지 조언을 구하는 것이지. 사위는 이런 소리도 했어. 자기 내외가 아이를 가지면 토호도 더는 욕심을 부리지 못할 것 같은데 아직 아이를 갖지 못 했다는 소리도 했어. 다 듣고 난 장인은 얼마간 묵묵히 있다가 자기가 있는 묘향산 자락 어느 마을에서 한동안 숨어 지내는 것도 좋지 않겠느냐고 해. 그동안에 산신에게 기도를 하면 자식은 틀림없이 얻게 되리라는 말도 해주었어.

그때 장인의 조언은 조언 정도가 아니었지. 그대로 따라야 할 말로 들렸어. 사위는 알겠다며 그리 하겠다고 아뢰었어. 그리고 사위는 뜬구름 잡는 듯하긴 하지만 장인이 웬일인지 세상 돌아가는 일에 대해서도 이러니저러니 하는 소리를 들을 수 있었어.

마침내 장인이 자리에서 일어나려 해. 그때 사위는 눈시울이 뜨거워지는 것을 느꼈고 황급히 물었어.

"무슨 곡절이 있어서 그 깊은 산중에 사시는지요? 처도 아무 말을 해주지 않아 몹시 궁금합니다. 혹시 장인어른께서는 묘향산의 산신님이 아니신가요?"

거인 장인은 "궁금해도 지금은 말할 수 없네" 하고서 자리에서 일어났어. 그리고 돌아서 걸음을 떼어놓기 전에 다시 말문을 열었어.

"내년 오월 단옷날에 청천강 제일 큰 나루터에 가보게. 푸른 도포 입은 귀공자가 있을 터. 그 귀공자에게 이러이러한 일이 있었노라 하고 물어보면 알게 될는지. 내 할 말은 이것뿐일세. 그럼 잘 지내게……."

그리고 거인 장인은 산으로 사라지고 말았겠지.

*

다음 해 단옷날 모든 비밀이 밝혀질 모양이겠지.

청천강 제일 큰 나루터로 가기 전에 잠깐 해둘 이야기가 있어. 다른 게 아니고 부부가 박천골 떠나 묘향산 자락 어느 마을로 옮겨간 일.

장인이 한 말을 사위는 아내에게 전해주었어. 아내는 제 아버지의 생각을 다 알고 있었던 것은 아닌지 제법 놀라는 눈치이고 더는 못 본다는 소리에는 확인까지 했고 또 두 눈에 눈물을 글썽거리기도 했어. 그녀도 조언은 그대로 따르는 게 좋다고 생각했지. 그래서 두 내외는 집과 상점을 믿을 만한 이웃에게 맡겼어. 한동안 송도 부근 절에 가서 기도를 하며 아이를 가져보겠다는 말을 남기면서 말이지.

　고려의 왕도가 어디냐? 송도 아니냐? 송도는 지금의 개성이니 평안도 박천골에서는 남쪽으로 방향을 잡아야 할 일이지. 얼마간 두 내외는 그 방향으로 길을 가다가 동북쪽 묘향산으로 향했지. 그동안 가슴은 내내 두방망이질했겠지.

　미리 알아봐 둔 마을로 다행히 무사히 올 수 있었나 봐. 두 내외는 그때부터 낮에는 열심히 농사짓고 아침저녁으로는 산신에게 기도 올렸어. 그러며 지냈어. 기도가 효험이 있었는지 오래잖아서 아내에게는 태기가 있었다는 것도 이야기해둬야겠군.

　자, 드디어 이듬해 단옷날.

　사위는 아침 일찍부터 청천강 제일 큰 나루터에 가서 기다리고 있었어. 푸른 도포 입은 귀공자를 말이야.

　그런데 귀공자는 좀체 나타나지 않아. 점심 때 지나고, 저녁 때 다 되어 사방이 어둑어둑해져 갈 무렵에야 푸른 도포가 말을

몰아서 나타났어. 그사이 사냥꾼은 별별 생각을 다 했지. 장인이
달리 설명하기 힘들어 아무렇게나 둘러댄 말에 속은 것은 아닌
가 하는 생각까지도 다 했다니까. 그랬는데 나타난 거야. 푸른
도포에 삿갓 쓰고 말을 탄 사내가 보니 귀공자야. 사냥꾼은 얼른
그이한테 가서 고개를 숙이고는, 자기가 묘향산에서 거인을 만
난 일에서부터 마지막 만남까지의 일을 다 털어놓았어.

그리고 자신의 장인은 도대체 무엇이며, 어째서 더는 못 보게
된다고 하는지를 물었어.

푸른 도포는 몇 번 숨을 몰아쉬고 또 고개도 끄덕이더니 이래.

"그 거인은 아마 우(禹)라는 영물이 아닌가 싶네."

"우라고요? 영물……."

"그러네, 영물 우."

푸른 도포는 또 한 번 고개를 끄덕이고는 이래.

"까마득한 옛날에 지금의 이 산천을 만든 거인이 죽었다 살아
나기를 거듭하면서 우가 되었다고도 하는데 나는 그것까지는 잘
모르겠네. 여하튼 그런 말이 있긴 하지. 이 영물은 하늘과 땅의
정기가 뭉쳐 사람 모양으로 된 것이라지. 이게 있는 동안에는 나
라가 태평하지만 사라져 없어지면, 좀 떠들썩해진다지."

"세상이 떠들썩해진다고요?"

"뭉쳤던 정기가 흩어지면 여러 사람으로 나누어 태어나게 된

다는군. 사람 중에서도 영웅호걸이라 할 만한 사람으로 태어나. 영웅호걸이 많으면 나라가 어지러워지고 위태롭게 될 수도 있고, 아니면 어지럽고 위태로운 나라를 바로 세우게 될 수도 있고 하지. 여하튼 떠들썩해질 일이 생기겠어. 한바탕 회오리가 치듯 하겠어."

귀공자는 잠시 먼산 팔다가 말을 이었어.

"우가 사람이 되려면 소금을 먹어야 하는데 소금을 갖다 달라고 한 것을 보면 우가 사람으로 태어나려고 결심한 게 틀림없어. 소금을 먹으면서도 날고기를 먹으면 사람 되는 날 수가 미뤄져. 소를 먹으면서는 멧돼지는 먹지 않았을 거야. 소 두 마리로 백일을 견디며 그전에 하던 섭생을 끊었는데 그것도 크게 보자면 다 사람으로 날 일을 준비한 것이지. 소와 소금을 달랬다가, 나중에는 소금만 달라고 한 것은 아마 때를 보고 그리 한 듯해. 마지막에 자네가 소를 가져가니까 언짢아했다는 것은 사람 되는 날을 이미 잡은 다음인 까닭이겠지. 우가 드디어 환생하게 되는군. 사람으로. 영웅호걸이 나와 나라가 어지럽겠어. 어지럽더라도 부디⋯⋯."

그는 여기까지 말을 하고 눈을 감아. 잠시 뭔가 생각하는 듯하더니 심각해진 낯빛으로 다시 말을 이어.

"이제 이 고려가 얼마 안 가서 망하는구나. 한 삼사십 년 더 가려나……."

그는 혼잣말같이 그런 소리까지 중얼거리고는 긴 한숨을 내쉬었어. 그러고는 말을 몰아서 가려고 했지. 사냥꾼은 얼른 물었어.

"선생님은 어떤 분이십니까?"

이때 그 귀공자가 자기는 정몽주라고 대답했다는 이야기도 있어.

나는 실제로 정몽주가 그때 그곳에 나타나 그런 소리를 했다고는 생각하지 않아. 아마도 어떤 이야기꾼이 고려 말의 충신인 정몽주를 내세워 이야기를 그럴 법하게 하려고 했지 않나 싶어.

다들 고릿적이란 말 들어본 적 있지? 어느 고릿적 이야기를 이제 와 새삼 하냐느니 할 때 우리가 쓰곤 하잖아. 그래, 고리짝 일이니 고리짝 생각이니 할 때 쓰는 그것. 그런데 실은 고리짝은 고릿적을 잘못 쓴 것이라지. 왜인가 하면, 고릿적은 고렷적이 변해 된 말이라는 거야. 버들가지나 싸리나무로 만든 궤짝이 고리짝이잖아? 고리짝이야 옛날에 쓰던 물건이니 낡아빠졌거나 오래되었다는 의미로 쉽게 바꾸어 생각하게 된 모양인데, 그게 틀린 것이라지. 자, 뭐냐, 그래 고릿적이 고렷적이라는 말에서 나왔다는 것.

그럼, 고렷적이라는 말은 언제부터 썼을까? 그렇지. 조선 시대에 썼겠지. 조선 사람들이 옛날 일 이야기할 때 고렷적이라고 쓰던 게 고릿적으로 바뀌었겠지.

오늘 내가 한 이야기는 아마도 조선 시대 사람들이 한 이야기가 아니겠어? 고려가 망할 수밖에 없었다는 의미도 은연중에 깔고서 말이야.

정몽주를 내세워서는……

이건 그저 옛이야기. 굳이 따질 것도 없지. 하지만 따져버렸으니 어쩌겠어. 우리 이야기에서는 귀공자가 이렇게 대답했다고 하고 넘어가도록 하지.

어떤 분이냐고 물었을 때 이렇게 대답했다고 하고 넘어가자고.

"보는 대로 나는 푸른 도포 입고 푸른 삿갓 쓴 사람일세. 이 세상에서 뜻깊은 일 하고 갈 수 있다면 큰 보람이라고 생각하는 사람이고 그럴 때를 기다리는 사람이지. 누구든 다 그렇지만 말일세. 자네도 그렇지 않은가?"

이미 어둑해진 나루터에서 귀공자는 배에 올랐고 사냥꾼이 지켜보는 동안 강 건너로 사라져버렸어.

자, 그럼 우리 이야기도 대략 마무리된 건가?

*

음, 듣고 보니 그리 생각할 수도 있겠구나.

평안도 박천골 젊은 사냥꾼이 위기를 극복하고 행복해지기까지의 과정이 아슬아슬하게 이야기된 것 같지는 않구나. 박진감넘치게 이야기된 것 같지도 않구나.

아무래도 다른 데 더 신경을 썼나 봐. 장인의 정체를 밝히는일. 그거라도 재밌었다면 나는 다행이라고 생각하련다. 다음에너희가 이 이야기 할 때 그런 부분도 신경 써봐. 이야기란 그렇게 다듬어지고 새로워지는 것이니까. 덧붙일 대목이 좀 있다만, 나는 더 욕심 안 내련다. 너희가 생각한 것 너희가 직접 해봐. 다음에 말이야.

이제 남은 이야기 하나!

단옷날 청천강 나루터에서 거인 장인의 비밀을 안 뒤 사냥꾼은 집으로 돌아갔고, 한 달여 뒤에 아내의 배에서 나온 아이를안아 들 수 있게 됐어.

두 내외는 산신에게 기도했어. 한동안 아이의 앞날에 대한 소망을 이것저것 바꿔가며. 그리고 언제인가부터는 괴로운 이들을 도울 수 있는 사람이기를 기도했어. 괴로운 사람이야 오죽 많아. 한세상 살면서 전쟁으로 괴로운 사람, 폭정으로 괴로운 사

람. 아, 또 자신의 어리석음 때문에 괴로운 사람도 있지. 두 내외
는 기도했어. 아이가 괴로운 이들 도울 수 있는 사람 되기를. 두
내외가 그렇게 기도하게 된 것은 남편이 귀공자에게서 마지막에
들은 소리가 오래 기억에 남은 까닭이지.

또 그게 까마득한 옛날 옛적에 지금의 이 산천을 만든 거인의
뜻이라 생각한 까닭 아니겠어?

또 그 거인의 후신인 영물 우가 바라는 바라고 생각한 까닭이
기도 하고 말이지.

지 네 처 녀 와
보 낸 삼 년

네, 제가 전해오는 그 사연을 모를 리 있겠습니까.

맞습니다. 어르신들 말씀 백번 맞는 말씀입니다. 어디서 돈과 품을 조금만이라도 끌어올 수 있다면 저 두꺼비 사당을 손봐야지요. 우리 마을이 한갓져 살림이 넉넉하지 못한 탓에 예전에 세워진 저 사당을 이즈막에 이르러 풀숲에 묻히게 한 것은 분명 마음이 편치 못한 일입니다. 그런데, 그런데 제가 뜬금없게도 새로운 사당을 짓겠다며 돌아다닌다고 들으셨으니…….

오늘 어르신들 찾아뵌 것은, 우리 마을과 그 속 깊고 듬직한 영물과의 인연을 지우자는 뜻이 아니라는 걸 말씀드리기 위해서입니다. 새로운 사당을 짓고 지네를 끌어들여 우리 마을의 업이라 할 두꺼비를 내치자는 뜻이 절대 아니라는 걸 말씀드리기 위해서입니다.

두꺼비와 지네의 한판 싸움이 있었지요. 전해오는 그 사연은 우리 마을에서는 누구 할 것 없이 어릴 때부터 듣게 되는 이야기이지요. 두꺼비가 지네를 퇴치한 사연은 일대의 여러 마을과도 관련된 것이지요. 그런 까닭에 그 이야기는 다른 마을에서도 비슷하게 전해지고 있습니다. 그 이야기들은 비슷하나, 또 제각각인 구석도 있지요. 저는 여러 이야기를 들어보았습니다. 그러면서 무엇이 쉽게 바뀌지 않는 몸통이고 무엇이 바뀔 수 있는 곁가지인지 나름 헤아릴 수 있었습니다. 그런 것 헤아려보라고 마을에서는 제게 그 일을 맡긴 것이겠지요. 언젠가 사당이 그 터마저 풀숲에 묻혀 사라지더라도 사연은 진실한 것임을 전할 수 있도록 제게 여러 가지 헤아려 이야기를 정리하게 한 것이지요. 그게 벌써 십 년도 더 전의 일이 되었군요.

세월이 흘렀습니다. 저는 아직도 그 이야기를 잘 꿰고 있습니다. 어릴 때부터 들었던 이야기를 다른 마을에서 전해오는 이야기와 비교하며 글로 반듯하게 정리했고, 그 일의 마무리로 마을 여러 사람 앞에서 구연한 적도 있으니 말입니다.

다시 그 이야기를 해보겠습니다.

*

일대에서 거두어들인 곡식으로 그득한 곳집이 있는 저 장터.

저 장터에는 옛적에 지네를 모신 당집이 있었다고 합니다. 당집에 모셨다니 지네는 당신인 셈이지요.

옛적에 이 장터에서 수십 리 밖 한 마을에는 향이라는 여자아이가 있었습니다. 늦은 나이에 아이를 낳은 아버지는 처를 잃고 그 아이를 혼자 키웠습니다. 어미의 정까지 다 채워주려 애를 쓰며 키웠습니다. 딸아이가 열두어 살이나 되었을 무렵 이 아버지의 눈이 어두워졌습니다. 나날이 눈이 어두워지는 아버지를 대신하여 향이는 집안일을 하게 되었지요. 오래지 않아 마을의 허드렛일까지 하며 먹고살 것을 구하게 되었습니다. 몇 해 만에 아버지가 아예 앞 못 보는 장님이 된 까닭이었지요.

향이는 아버지 신세에 마음이 아팠으나 겉으로 드러내지 않았습니다. 향이는 아버지를 기쁘게 해드리는 데 온 힘을 다 쏟았습니다.

원래 집이 가난한지라 향이는 또래 아이들과 어울릴 틈도 없이 일을 해야만 했습니다. 지친 향이가 혼자 입속으로 흥얼거리기라도 하는 것은 저녁 준비를 하는 부엌이었습니다. 비가 부슬부슬 오던 하루는 마침 밥을 지어 밥상을 차리고 있는데 웬 두꺼비 한 마리가 나타났습니다.

향이는 흥얼거리던 노래를 멈췄지요. 두꺼비가 부엌에서 빠져

나가기를 기다리면서 말입니다. 두꺼비는 볼을 불룩거리며 쳐다보기만 할 뿐 움직일 기미를 보이지 않았습니다. 밥상을 다 차려 방으로 가져가려던 향이는 제 그릇에서 밥 한 숟가락을 덜어 두꺼비에게 내놓았습니다.

"두껍아, 그럼 밥 먹고 갈 길 가도록 하여라."

우연히 찾아든 나그네라 생각한 것이지요. 그런데 아니었습니다. 저녁마다 어김없이 찾아들었습니다. 저녁마다 두꺼비는 어김없이 향이네 부엌으로 찾아들었습니다. 고단한 하루 중 향이가 혼자서 입속으로 노래라도 흥얼거리는 때에 맞춰 두꺼비가 찾아오니 예삿일이 아니다 싶었습니다. 향이는 두꺼비를 차차 동무로 여기게 되었습니다. 향이가 시집갈 나이가 되자 두꺼비는 강아지만큼이나 자랐습니다.

또래 친구들과 어울릴 기회도 제대로 없었지요. 그래도 향이는 크게 외롭지 않았습니다. 장님 아버지의 입에서 자기 때문에 딸이 시집을 못 간다고 걱정하는 소리가 나오기 시작했을 때도 향이는 괜한 말씀 마라며 밝은 낯빛을 지을 수 있었습니다.

그 낯빛을 어두워지게 한 것은 가뭄이었습니다. 봄 가뭄이 심했던 그해 장마철까지 비 없이 훌쩍 지나가자 사람들의 걱정은 이만저만이 아니었습니다. 그 앞 두 해도 가물었는지라 연이은 가뭄은 많은 사람을 힘들게 했습니다. 마을의 허드렛일을 하며 사는 향이에게도 가뭄은 걱정거리가 아닐 수 없었습니다. 마을 사람들 입에서 지네 사당에 오래 제물을 바치지 않은 까닭에 재앙이 닥친 것이라는 말이 오르내리기 시작했습니다. 향이는 처음 들었을 때 저 장터에서는 그런 별난 소리도 있나 보다 했습니다. 곧 얼마 안 되어서 제물로 바칠 처녀를 사러 온 사람을 실제로 마을에서 보게 되었습니다.

저 장터 마을에서 온 사람은 이리 말했습니다. 아주 예전에야 제물로 바칠 처녀를 일대 마을에서 제비 뽑아 구했다. 이제 그렇게는 못 하고 후하게 돈을 줘서 구한다. 그러니 몸 단정하고 마음 고운 처녀가 있으면 주위에서 추천하라. 직접 나서도 좋다. 뭐 대략 그런 말을 했습니다.

그때 향이는 마치 제가 아주 예전의 풍습으로 심지 뽑힌 것처럼 겁을 냈습니다. 두 다리가 후들거려 간신히 집으로 돌아왔습니다.

향이가 저 자신을 제물로 팔 생각을 심각하게 해보게 되는 것은 단 며칠 만이었습니다. 밥술도 제대로 뜨지 않고 생각한 끝에 향이는 자기 몸을 제물로 내놓아 받는 돈이 아니고서는 제가 시집을 가든 가지 않든 장님 아버지의 여생을 편안하게 모실 방법이 없다는 결론에 이르렀습니다.

장터 사람은 다른 마을들을 들렀다가 빈손으로 돌아가는 길에 향이네 마을을 다시 들렀습니다. 그때 향이는 마을의 장자네 어른 앞세워 그 사람에게 찾아갔습니다. 장터 사람은 사연을 듣고서 원래보다 더 후하게 돈을 받을 수 있도록 하겠다고 약속했습니다. 그리고 아무개 달 아무개 날까지 마음의 준비를 하고 있으라 했습니다.

약속대로 돈 따위가 후하게 왔습니다. 마을 장자네 어른의 주도로 향이의 아버지 여생을 돌봐줄 계획을 세웠습니다. 그동안 향이는 여느 날처럼 밝은 낯빛으로 맛난 음식을 준비해 아버지에게 대접했지요. 저녁이면 두꺼비에게 밥을 먹이는 일도 빼놓지 않았습니다. 하루는 향이의 입에서 "두껍아 두껍아, 헌집 줄게 새집 다오. 두껍아 두껍아, 물 길어 오너라" 하는 소리가 절로 나왔습니다. 무슨 뜻인지도 모른 채 버들가지로 부엌 바닥까지 두드려대며 낸 소리였습니다. 두꺼비는 밥 먹던 걸 멈추고 가만 쳐다보았습니다.

그 일이 있고 난 다음 날 향이는 장자네의 도움을 받아 아버지에게 남길 편지를 써 맡겼습니다. 제가 입고 갈 옷 한 벌도 마련했습니다.

비가 오지 않은 채로 날은 빠르게 흘렀습니다. 드디어 아무개 달 아무개 날이 코앞으로 닥쳤습니다.

향이는 두꺼비에게 마지막으로 밥을 주고 눈물을 흘리며 제

사연을 털어놓았습니다. 그리고 말했습니다.

"낼모레면 나는 죽으러 간단다. 밥을 줘서 내가 널 길렀는데 이제 누가 너한테 밥을 주니?"

약속한 날이 되자 장터에서 사람들이 찾아왔습니다. 향이는 그자들이 밖에서 기다리는 동안 아버지에게 마지막 인사를 했습니다. 마을 사람들과 장터 구경을 다녀오게 되었다는 말이 마지막 인사를 대신한 것이었습니다. 아버지는 전에 없던 딸의 나들이에 기뻐했지요. 이참에 시집갈 생각도 해보라 하였지요. 향이는 왈칵 쏟아지는 눈물을 감추며 집을 나서야 했습니다.

여기까지, 여기까지는 분명 어르신들이 이전에 들은 이야기 그대로입니다. 그 뒤도 다르지 않습니다. 이야기란 편하게 들어야 마땅한 것인데, 제가 그러지 못했습니다. 물이라도 좀 마시고 들어주십시오.

저도 한 모금 마시겠습니다.

*

향이는 가마를 타고 제 살던 마을을 떠났습니다.

가마 타고 마을을 떠났던 향이는 저녁 무렵 장터 마을에 당도해서는 꽁꽁 묶이는 신세가 되었습니다. 오는 동안 흐르는 눈물을 닦느라 정신이 없었는데 묶인 신세가 되자 와들와들 몸이 떨렸습니다.

제물을 바치는 날 향이는 흰 베로 손과 발이 새로 묶였습니다. 그리고 당집 앞으로 끌려갔습니다. 기우제의 여러 절차가 마무리된 뒤 향이는 마침내 당집의 제단 위에 혼자 남게 되었습니다. 밖에서 문이 걸리는 소리가 나고 오래지 않아 일대가 조용해졌습니다. 문틈으로 들어오던 빛도 사라져 캄캄해지자 향이는 이제 죽는가보다 하고 눈을 감았습니다. 그러고 있기를 얼마 만이었을까요. 한밤중이었을 겁니다. 무언가가 발목에 닿은 느낌에 놀랐습니다. 자칫 했으면 그때 까무러칠 수도 있었으나, 향이는 곧 발목에 닿은 느낌이 익숙한 것을 알아챘습니다. 입과 이마를 비벼대는 그것은 놀랍게도 두꺼비였습니다.

"어떻게, 어떻게 이 먼 곳까지 따라왔니?"

놀라 향이는 그렇게 소리쳤습니다. 그러고서 향이는 둘이 만나 지금까지 오게 된 일을 하고 하고 또 했습니다. 어두워 두꺼비의 끔뻑거리는 눈도 보이지 않았지만 향이는 두꺼비가 제 이야기를 듣고 있는 것을 알 수 있었습니다.

향이가 제물은 자기 하나이니 두꺼비에게 몸을 피하라고 했을 때는 첫닭이 울던 무렵이었습니다.

그 얼마 전부터 두꺼비가 무슨 소리를 내는 듯도 하고 이리저리 몸을 움직이는 듯도 한 것을 향이는 나중에야 알아챘습니다. 향이가 그런 것을 알아챘을 때 천장에서는 불덩어리 같은 것이 흐느적거리며 다가왔습니다. 향이가 온몸이 마비되는 것을 느꼈을 때 아래에서 푸른빛이 천장으로 날았습니다.

무시무시한 소리가 당집 안을 채웠습니다. 오랜만의 처녀 제물을 받으러 왔던 지네와 향이를 따라온 두꺼비가 싸움을 벌인 것이었습니다. 처음에 빛줄기 같은 것으로 서로를 찔러대던 두 짐승은 때로 붉은 안개와 푸른 안개 같은 것으로 힘을 겨루기도 했습니다. 소리가 요란할 때도 있고 소리가 아예 없을 때도 있었지만 힘겨루기가 대단하다는 것을 향이는 온몸으로 느낄 수 있었습니다. 향이는 몇 번이나 질끈 눈을 감아야 했고, 진땀을 흘려야 했고, 끝내는 정신을 놓고 말았습니다.

향이는 천장에서 큼지막한 것이 마룻바닥으로 떨어지는 소리는 들을 수 있었습니다. 두 짐승의 싸움이 끝나는 소리임을 안 것은 나중의 일이긴 하지만 말입니다.

날이 밝은 뒤 당집의 문이 열렸습니다. 제관과 함께 일꾼들은 향이의 시신을 수습하러 들어왔습니다. 그들은 당연히 죽었으리라 생각한 처녀의 숨이 붙어 있는 데 놀라 제를 잘못 올린 것 아닌가 하며 몹시 낭패스러워했습니다. 그들은 곧 당집의 한쪽 귀퉁이와 제단 아래 각각 죽어 자빠져 있는 지네와 두꺼비를 발견하고 어찌 된 영문인지 몰라 허둥댔습니다. 두꺼비 입가의 푸른 독기를 보고 두 짐승이 싸운 것을 추측했지만, 그들이 일의 시작과 끝을 다 알게 되는 것은 향이의 정신을 온전히 다 돌아오게 한 다음이었지요.

그날 저녁 기다리고 기다리던 비가 내리기 시작했습니다. 제관들은 내리는 비에 감격한 채 향이를 집으로 돌려보내기로 하였습니다. 가마를 탄 향이가 오기 전에 향이가 살아 있다는 소식이 먼저 마을에 전해졌습니다. 마을 사람들은 비보다 더 반가운 소식이라며 기뻐했지요. 그 아버지에게 숨기고 있던 모든 일을 알려준 것도 물론이었지요.

향이가 밥을 먹여 키운 두꺼비가 지네를 퇴치하여 그 뒤로는 지네 때문에 가뭄이 든다든가 하는 피해는 장터와 그 일대 마을에 다시는 없었습니다. 심지를 뽑아서든 돈으로 사서든 간에 처녀를 제물로 바치는 풍습도 그 일로 해서 완전히 사라졌다고 합니다.

향이가 살던 마을이 바로 우리 마을이라는 것. 우리 마을에서는 언제인가부터 두꺼비 사당을 지어 두꺼비를 업으로 삼거나 신으로 모신다는 것. 그 모든 것은 어릴 때부터 들은 이야기로 우리가 다 아는 사실이지요.

다른 마을에서 전하는 이야기에서는 장터라느니 당집이라느니 해대도 두꺼비 사당에 대해서는 아무 말이 없지요. 아무 말이 없는 경우가 많지요. 그 속 깊고 듬직한 영물을 기리는 뜻이 우리 마을의 이야기에 또렷한 것은 달리 그러한 게 아니라, 향이가 살던 마을이 바로 우리 마을인 까닭인 것이지요.

이야기를 모으거나 정리할 때도, 또 직접 이야기를 할 때도 저는 그 점을 분명히 마음에 담아두었습니다. 그런데 어찌 새로운 사당을 짓고 지네를 끌어들여 우리 마을의 업을 내칠 요량을 하고 있겠습니까?

네, 어르신. 새로운 사당을 짓는다는 소리는 잘못 알려진 것입니다. 비석이니 뭐니 하는 것도 우리 마을의 업을 내치기 위한 것은 아닙니다. 제 뜻을 분명하게 전할 이야기를 안 그래도 준비하고 이곳으로 왔습니다.

이제 그 이야기를 할 차례입니다.

*

한 삼 년. 네, 마을을 떠나 있었던 건 한 삼 년입니다.

바로 그때 일. 오늘 바로 그때 일 이야기하려 합니다. 그동안 공부하러 들어간 산중에서 약초꾼들을 만났다. 그들과 내내 약초를 캐러 다녔다. 제법 큰 돈을 만지게 되었다. 생각지도 못한 행운이 따른 까닭이다. 마을에서는 다들 그렇게 알고 있을 겁니다.

네, 제가 했지요, 글공부를. 이 마을에서는 드물게 말입니다. 그러나 제가 출중한 재주가 있었던 건 아니었습니다. 고만고만한 재주뿐이라면 오랜 세월을 그것에 바칠 수 있어야 할 터. 그런데 그렇지 못했습니다. 다 아시다시피 우리 마을의 여느 집과 똑같은 형편인데 어디 그럴 수가 있나요. 뒤돌아보면 미련스레 오래 매달렸지요. 선친의 기대를 핑계로 오래 매달렸지요. 어디 외진 곳의 하급 관리라도 되겠다고 말입니다. 그때도 이미 늦었죠. 그런데 어디 산속으로 들어가 새로 공부할 요량을 했겠습니까. 객지로 나가 장사라도 배워보자. 그런 생각으로 집을 나갔던 겁니다. 설에 돌아올 때쯤에는 우선 먹을 거라도 풍족히 지고 오마. 식구들에겐 그리 말했습니다.

웬걸요. 다른 쪽으론 더 재주가 없더군요. 거지꼴이 됐습니다. 몇 달 만에. 행색보다 속이 더 그랬습니다. 식구들 볼 낯 없으나 집으로 돌아가는 길밖에요. 정말 설이 얼마 남지 않은 때. 이제 나저제나 하고 손꼽아 기다릴 처자식 얼굴이 떠오르더니 발길이 딴 데로 가더군요.

정신 차려 보니 산중. 산중이었습니다. 그때 죽을 마음을 단단히 먹었는지 어쨌는지는 모르겠습니다. 여하튼 사람 사는 곳 피

해 산중으로 들어와 있었습니다. 아닙니다. 약초 캐겠다는 생각
따위는 전혀 없었습니다. 약초꾼 따라다니겠다는 생각 따위는
분명히 없었습니다. 무엇에 쫓기듯 왔다 싶기도 하고 또 무엇에
이끌리듯 왔다 싶기도 하고 그랬습니다. 그러고서도 멍하니 산
중을 헤매던 중에 드디어는 그만 죽어버려야겠다는 마음이 들더
군요.

*

죽자. 죽어버리자. 시나브로 그런 마음 먹고부터는 자리를 찾
아 헤맸죠. 죽기로 했고, 죽을 자리 찾아 헤매기도 하고 그러면
서도 이게 웬일. 내키지 않는 자리가 또 있더군요. 애초엔 호랑
이라도 살 법한 굴이다 싶어 딱 좋다 싶었는데, 그래서 그 앞에
앉아 벼락같은 소리가 터지기를 기다리기도 했는데, 어느새 슬
금슬금 자리를 옮기게 되었습니다. 마음 깊이에는 살 마음이 있
었다? 그리 말할 수도 있을 겁니다. 어쨌든 그때 저는 슬금슬금
자리를 옮겼습니다. 목을 매기로 작정했습니다. 다른 자리에서
죽고 싶다는 것이지요. 살겠다고 생각을 바꾼 게 아니었지요. 그
러고서 발견한 게 새 밧줄이었습니다.
　그 산중에 어찌해서 밧줄이, 새것으로 놓여 있는지는 모를 일

이었지요. 굴이 있던 골짜기를 벗어나 다른 골짜기로 빠져나왔는데, 빛도 환하고 우람한 나무가 많은 곳이 나타났지요. 그리고 밧줄이 눈에 띄었지요.

하나 골랐습니다. 드디어 저는 튼튼하게 보이는 나무를 골랐습니다. 올라갔습니다. 나무등치를 붙들고 살아날 일이 없도록 쪽 뻗어 나간 가지를 봐두었는데 거기에다 우선 밧줄의 한쪽을 걸어놓았지요. 곧 밧줄 고리에 제 목을 집어넣을 작정이었습니다. 그런데 무슨 소리가 들린다 싶더니, 두 사람이 나타났습니다. 아, 아닙니다. 약초꾼 아닙니다. 약초니 약초꾼이니 한 건 제가 겪은 일을 마을 사람들에게 어찌 설명할 방도가 없어, 더 묻지 못하게 말막음하자고 둘러댄 것일 뿐입니다.

어쨌든……

기다리기로 했지요. 저 사람들 지나가거든 목을 매달리라.

나무 위에서 앉았습니다. 눈에 잘 띄지 않도록 말입니다. 발견한 눈치는 아닌데 부근으로 왔습니다. 곱게 차려입은 처녀 둘이더군요.

두 사람이 지고 온 떡시루를 내려놓은 건 부근의 한 나무 아래였습니다. 제가 올라온 나무보다 더 우람한 아름드리나무였습니다. 어찌 그걸 먼저 못 봤을까 싶게 쭉 뻗어 오른 잘생긴 나무였습니다.

두 처녀는 떡시루를 바치고 손을 모으더군요. 보니까 무슨 축원을 하는 듯했습니다. 한참 그러더니, 이제 좀 쉬었다가 돌아가려니 싶더니, 하나가, 처녀 하나가 "이리 내려와서 떡 좀 드세요" 이러는 겁니다. 진즉 나를 발견한 게지요. 일이 그렇게 되었습니다.

나무에서 내려갈 수밖에요. 목을 매더라도 두 처녀가 간 다음에나 그럴 수밖에요. 내려가니까 떡을 줘요. 먹으라더군요. 죽기로 하고서 목을 매려다 떡을 먹게 되었습니다. 우스우면서도 눈물이 나려 했습니다. 간신히 눈물을 참고 있는데, 하나가 자기들처럼 기도하러 왔느냐고 물어요. 다른 하나는 이래요. 날 어두워지기 전에 내려가려면 자기들과 같이 움직여야 한다고요.

목매달아 죽자던 건 그리해 접게 됐습니다. 잠깐 사이에 그리 되었습니다. 무슨 살길이 새로 생긴 건 아닙니다만, 한순간에 죽자는 결심도 힘이 쪽 빠져버려 그때는 그냥 따를 수밖에 없더군요. 따라 내려가는 길에서야 두 처녀가 친자매이려니 요량해보게도 되었습니다.

따라 내려간 산 아래에는 제대로 된 집이 한 채 있긴 했습니다. 그러나 마을은 아니더군요. 그 집에 다른 식구들이 있는 것도 아니었습니다. 기도하며 사느라 외딴집에 둘이만 지낸다는 설명을 듣긴 했습니다.

*

  며칠 사이 거지꼴을 벗었지요. 그건 금방 벗겨지는데 울음 같은 게 자꾸 속에서 차올라요. 나 자신 먼저 산중의 나무에 올라가 있게 된 연유를 털어놓게 되었습니다.

  두 처녀 모두 훤히 아는 눈치더군요. 내 처지를 다 털어놓게 되는 건 금방이었습니다. 별 재주도 없고 살림도 넉넉하지 못한 형편에 글공부에 오래 매달렸다가 식구들 모두를 어렵게 만든 제 신세 한탄이 길어졌습니다. 처녀 중 언니 같아 보이는 쪽이 적당히 이야기를 자르며 이러더군요.

  "한동안 여기서 지내면서 우리를 좀 도와주세요. 식구들 설쇨 돈은 우리가 따로 보내드릴 테니까요. 앞으로 이모저모 보살펴드리기도 할 테니까요."

  나는 두 손을 내저었습니다. 신세타령한 것만으로도 답답한 속이 풀렸으니 그만하면 됐다고 했지요. 목숨 구해준 것만도 고마운데 식구들 설쇨 돈까지 바라겠느냐고 고개를 내저었습니다. 말만으로도 고맙다. 도와줄 일이 있으면 뭐든 이야기하라. 그리 말했습니다. 당분간 머물며 나무를 하든 짐을 나르든 하겠다고도 했지요.

그런데 두 처녀가 저희끼리 의논하고 또 바깥나들이를 하고 하더니 궤짝 하나를 꾸리더군요. 궤짝은 뭔가 했더니 코앞에 닥친 설을 날 수 있도록 얼마간의 돈과 떡과 또 이런저런 제수를 담은 것이더군요. 궤짝을 열고 보여주더니 하나가 "이만하면 이번 설은 잘 쇨 수 있을 겁니다" 이래요.

떡 벌어진 제 입에서는 "아니, 아니" 하다가 "이걸 정말 나 준단 말이오?" 하는 말이 나왔지요. 그 처녀가 빙그레 웃기만 하는데 그때 다른 처녀가, 대신 자기 아씨가 하는 일을 도와주어야 한다고 한마디 거들더군요.

"무슨 일을 말이오?" 하고 저는 물었습니다.

그랬더니 원래 그 처녀가, 아씨라 불리는 처녀, 그 처녀가 말하더군요. 급하게 서둘 필요는 없다. 한 삼 년쯤은 걸릴 일이니. 그동안 식구들이 먹고사는 문제는 걱정하지 않아도 된다. 우선 설 지내고 난 뒤에 따로 돈을 보낼 텐데 살림을 일굴 밑천으로 쓰기에도 크게 부족하지 않을 것이다.

아씨라 불리는 처녀가 그렇게 말하고 나자 다른 처녀가 이번 궤짝은 제가 전하고 오겠다더군요.

"우리 집을 안단 말이오?" 하고 저는 놀라며 물었습니다.

"모를 것도 없지요. 혹시 모를 것 같으면 찾아갈 길을 알려주십시오."

그 처녀가 당당히 이리 말을 받자 아씨라 불린 처녀가 입가에 잠시 미소를 짓고는 이래요.

"그것보다는 어르신의 필체가 분명하게 드러나도록 하여, 한동안 집을 비우게 되었으나 보내는 것으로 설을 쇠고 또 곧 보낼 돈으로 살림을 일구며 지내면 조만간 다시 만나게 될 것이니 아무 걱정 마라고 편지를 써주시는 게 더 좋겠습니다."

믿기지 않는 소리였으나 하자는 대로 했습니다. 왠지 꿈같기도 하고 또 두 처녀에게 단단히 속는 기분이 들기도 했으나 달리 방도가 없으니 따랐지요.

궤짝을 짊어지고 한 처녀가 떠난 뒤, 나는 아씨 처녀와 단둘이 방안에 마주앉게 되었습니다.

궁금한 게 아주 많았지만 나는 이리 물었습니다.

"내가 무엇을 도와주면 되오?"

처녀는 그렇게 서둘지 않아도 좋다며 이러더군요.

"당장은 이해하기 어려울 수도 있습니다. 일은 그때그때 다를 수 있습니다. 저에 대한 의심이 풀려야 제대로 저를 도울 수 있을 터인데, 그러자면 시간이 필요한 일이지요. 식구들이 제대로 먹고사는지만 알아도 한결 나아질 텐데, 그것도 시간이 필요하겠지요? 먼발치에서나마 식구들 볼 기회는 반드시 드리겠습니다. 우선은 믿고 함께해주셨으면 합니다. 한 삼 년 정도 예상하서야 합니다. 어찌 보면 한순간일 수도 있습니다."

알쏭달쏭한 말투성이였습니다. 그래도 처녀의 선한 눈빛에 나는 그만 이리 말하고 말았지요.

"일이 마무리될 때까지는 식구들도 잊어달라는 부탁이구려. 설쇠는 건 물론이고 앞으로 살림 일으킬 밑천까지 준다는데 나도 은혜를 갚아야지요. 힘껏 돕도록 하겠소. 그러다 보면 처녀가 하는 일을 제대로 알 수 있게 되겠지요."

처녀는 내가 그리 말해주니 고맙다고 하더군요. 그날은 대략 그런 정도의 이야기까지 나누고 마무리되었을 겁니다.

*

설도 다 지나고 난 뒤에야 나는 궤짝을 짊어지고 나선 처녀가 돌아오지 않는다는 사실을 의식하게 되었습니다. 돌아올 때가 지났다 싶어 궁금해했더니, 아씨라 불린 처녀는 심부름을 보낸 그 처녀에 대해 이리 말하는 것이었습니다. 자기가 몹시 급할 때 잠시 일을 도와주는 처녀일 뿐이라는 겁니다. 그동안 많이 도와주어 이제 더는 부르지 않을 작정이라는 겁니다. 나는 고개를 끄덕이기는 했으나 일이 어찌 돌아가는지 영문을 모르겠더군요. 그래도 어쩌겠습니까. 다 알게 되는 날이 있으려니 하고 기다릴 수밖에요.

그 처녀가 장터나 어디로 나들이를 다녀오라고 한 것은 정월이 다 지날 무렵이었습니다. 그냥 오래 집에 있었으니 구경이나 하고 오란 듯했습니다. 얼마간 돈도 쥐여주면서 말입니다. 처음에 나는 장만 좀 봐서 돌아왔습니다. 그런데 다음번에는 제법 많은 돈을 내밀어요. 맘껏 쓰고 돌아오래요. 돈을 써봤어야 쓰지요. 이번에도 그냥 장만 봐서 돌아왔습니다. 한번은 나대로는 크게 한번 돈을 썼지요. 좋은 안주에 술을 어찌나 마셨는지 모릅니다. 바로 그날 돌아오지 못할 정도로 많이 마셨습니다. 그런데도 처녀는 웬만한 장날이면 다 다녀오래요. 뭘 사오라고도 했지만 그게 목적은 아닌 듯했습니다. 쓰고 싶은 데 쓰라는데, 차차 나는 처녀가 사람들 형편을 살핀다는 것을 알게 되었지요. 어려운 사람을 만나면 밥이라도 같이 먹으며 용기를 북돋우어 주라는 부탁을 받기도 했습니다. 나중에는 내가 곧 죽으려는 사람과 함께 주막에 앉아 술잔을 기울이기도 했지요. 돈을 얼마쯤 쥐여주며 무슨 산 어떤 골짜기로 들어가 잘 뻗어 오른 나무 아래에서 쉬다가 오면 좋은 일이 있을 것이라는 소리를 할 때도 있었습니다.

그런 어느 날 나는 드디어 처녀가 혹시나 죽으려는 사람을 살리는 것은 아닐까 하는 생각을 하게 되었습니다. 명확하게 알 수는 없었지요. 처녀가 먼저 이야기해주지 않았으니까요. 나도 짐작만 할 뿐 묻지는 않았으니까요.

그리고 얼마 뒤 처녀와 한방에서 지내게 되었습니다. 예식이야 올리지 않았지만, 부부나 다름없게 됐지요. 처녀가 내 색시가 된 것이지요. 정말 남편처럼 나는 여자의 배웅을 받으며 장터로 가곤 했습니다. 돈을 허랑방탕하게 쓰진 않았습니다. 좋은 안주에 당일에 돌아가지 못할 만큼 맘껏 술을 마셔보니까, 기녀의 허벅지까지 주무르고 나니까, 또 몇 가지 호사품도 쥐어보니까 더는 그럴 마음이 없어지더군요. 그랬습니다.

새색시 얻어 살게 된 날, 마음으론 새 인연이 시작되어 마을의 식구들은 잊는다, 잊을 수밖에 없다고 생각했습니다. 아, 그런데 아버지 기일이 가까워지자 글공부하던 시절의 제가 머릿속에 떠오르고 또 처자식의 목소리가 곁에서 들리는 듯했습니다. 어려운 때 참 짐이다 싶던 처자식이 볼을 비비며 안아보고 싶게 그리웠습니다. 잠시 잠깐의 그리움이려니 했는데 그게 아니더군요. 어느 날, 혼잣소리로 식구들이 밥은 먹고 사는지 모르겠다고 중얼거렸습니다. 무심결에 한 소리였습니다. 그걸 새색시가 듣고 말았습니다.

당장에는 그 여자도 아무 말이 없었습니다. 그날 저녁상을 물리고 한참 뒤에 입을 열더군요. 한 삼 년 눈 딱 감고 자기를 도와주었으면 했다더군요. 자기가 여자 몸으로는 나다니며 하기 힘든 일이 많아 내가 도와주었으면 했다더군요. 그 여자가 그리 말하더군요. 그런데 식구들 생각이 이만저만이 아닌 듯해 자기가 보기가 힘들다더군요. 벌써 짐작하고 있었다는 겁니다. 헛기침하며 못 들은 것으로 하라고 했으나, 나는 그 밤을 보내기 전에 결국, 아버지 제사만 지내고 오겠다고 했습니다. 여자는 이미 마음을 정한 듯 허락해 주었습니다.

여자의 말대로 처와 자식들은 잘 지내고 있더군요. 반신반의했는데 잘 지내고 있었습니다.

*

제사를 지내고 돌아가는 길이었습니다.

아버지를 만난 건 새색시 집으로 돌아가는 길에 하루 자게 된 날이었습니다. 주막에서 저녁을 먹고 잠이 들었는데 아버지를 뵌 것이지요.

처음엔 알아보지 못했습니다. 우리 집에 찾아왔기에 웬 어르신이냐고 묻고, 나중엔 통성명까지 하고서야 아버지인 줄 알았습니다. 아버지도 저를 얼른 알아보지 못한 눈치였습니다. 어쨌든 서로를 알아본 뒤에도 아버지 낯빛이 영 밝지가 않아요. 저는 제사상이 마음에 들지 않았는가 하여 이리저리 여쭤보았으나 그런 쪽으로는 영 말이 없으시더니, 한참 만에 대뜸 돌아가지 말래요. 무슨 말씀이냐고 여쭸더니, 제가 얻은 색시가 실은 사람이 아니라 지네라는 겁니다. 네, 지네요. 다리가 여럿 달린 그 지네…….

나는 그럴 리 없다고, 얼마나 마음이 고운지 처자식 살길 마련해주었고 아버지 제사상도 잘 차릴 수 있게 해주었다고 했지요. 그런데 아버지는 지네한테 돌아가서는 죽고 말 거라는 거예요. 아버지 그 말 듣고 저는 잠을 깼습니다.

꿈이 아니라 실제인 듯 생생했습니다. 마음을 개운치 않게 하는 꿈이었습니다. 새벽까지 이리저리 뒤척이다가 간신히 얼마간 더 눈을 붙이긴 했습니다. 돌아가는 길에 아버지를 한 번 더 뵙게 되는데, 그건 환한 대낮에 길을 가던 중이었습니다.

우렛소리가 났습니다. 소나기가 한바탕 지나갔습니다. 그 뒤 구름인지 안개인지가 길까지 내려온다 싶더니 그 속에서 아버지가 나타난 겁니다. 꿈에서가 아니라 대낮에 말입니다.

가지 말라고 했는데 나서고 말았느냐며 걱정하는 낯빛이셨습니다. 분명히 목소리를 그렇게 내면서 아버지가 앞을 가로막고 있으니 어쩌지를 못하겠더군요. 아버지는 이미 나섰으니 갈 수밖에 없긴 하다며 이리 일러주셨습니다.

"천 년 묵은 지네다. 왕지네다. 지금까지야 먹을 것 주고 입을
것 줬으나 조만간 너를 잡아먹을 것이다."

죽을 목숨 살려주고 식구들 살 길까지 열어준 여자가 지네라
니 믿기지 않았지요. 하지만 세상을 뜬 아버지가 조화를 부리듯
하며 나타나 잡아먹힌다는 소리를 하니 등골이 오싹하니 겁이
났습니다. 꿈에서 한 소리와는 달랐지요.

내 낯빛은 어떻게 하면 살 수 있느냐고 묻고 있었나 봅니다.
아버지는 준비해놓았다는 듯 대답하셨습니다. 아, 그 전에 허리
춤에서 담뱃대를 내밀었습니다. 먼저 이것부터 받아 가져가라
고 하는데, 보니까 생전에 아버지가 쓰시던 담뱃대인 듯했습니
다.

"담배 연기 마신 지네는 소금 절인 채소다. 여기서 좀 더 가면
잘 마른 담배 세 이파리가 있을 터. 꼭 챙겨서 가라. 아침상 받거
든 평소처럼 먹도록 하여라. 마지막 한 숟가락은 남겨 놓아라.
밥상을 물리려 하면 앞에 꼼짝 말고 앉아 있으라 하고 담배를 피
워라. 방문을 다 닫고 피워야 하는데, 세 이파리째 다 피우고 나
서는 마지막 독한 연기를 그 여자 얼굴에 내뿜도록 해라. 흉악한
지네라도 힘을 쓰지 못하고 뻐드러질 것이다. 마지막에는, 남겨
놓은 밥알을 꼭꼭 씹다가 뻐드러진 지네의 낯짝에 뱉어야 한다.
그러면 지네는 확실하게 죽을 것이다."

등골이 오싹하니 겁이 나긴 했지요. 그러나 여자가 지네라는 게 좀체 믿기지 않는다는 낯빛을 제가 계속 하고 있었나 봅니다. 아버지는 이러셨습니다.

"안 믿길 테지. 그래서 내가 하나 일러두는데, 반드시 따르도록 해라. 그냥 당도하는 대로 집에 들어가지 말고 기다렸다가 밤늦게 몰래 살펴보도록 해라. 너 집 비운 시간에, 평소 너 잠든 밤에 그 여자가 어떤 꼴을 하고 있는지 보란 말이다. 틀림없는 지네, 무시무시한 왕지네라는 걸 알게 될 터. 알았으면 그때는 앞서 내가 일러준 대로 하여라. 그 길만이 사는 길이다."

나타날 때와는 달리 사라진 건 어떻게 사라졌는지 모르겠습니다. 한순간에 아버지는 보이지 않았고, 안개인지 구름인지는 얼마 뒤 걷혀 길이 훤히 열렸습니다.

담배 세 이파리는 어렵지 않게 발견할 수 있었습니다. 생 이파리들 가운데 잘 마른 이파리가 셋 있었거든요.

현신한 아버지가 하신 말씀을 머릿속으로 되새기며 집으로 갔지요. 당도한 것은 저녁 무렵이었습니다. 아, 그 여자 집으로 가서 바로 대문을 찾아들 수는 없었지요. 내 눈으로 꼭 확인해야 할 일이었으니 밤이 깊기를 기다려야 할 일이었지요. 뒤란 쪽 숲으로 가서 주저앉아 때가 되기를 기다리는 일은 무척이나 무서운 일이었습니다.

평소 새색시가 물레를 돌리곤 하던 방에 불이 켜졌습니다. 못 본 사이 그 방에 불이 켜져 있더군요. 나는 안방에서 나와 그곳으로 옮기는 걸 놓치지 않고 봤다면 그때 이미 지네인 걸 확인할 수 있었을지 모른다는 생각도 했습니다. 가슴이 무섭게 뛰더군요. 자시가 되었다 싶었을 때야 나는 담을 넘어 집으로 들어갔습니다.

*

문구멍을 뚫을 것도 없었습니다. 기이한 움직임이 보였습니다. 문에 비친 그 모습은 얼핏 보면 물레가 돌아가서 그런 것이려니 싶지만, 확실히 지네의 다리가 움직이는 듯했습니다. 아, 간신히 눈을 들이대고 문틈을 들여다본 순간, 장검에 가슴이 찔린 듯이 아팠습니다. 얼마 동안은 아무 생각도 할 수가 없었습니다. 장검이 제 머릿속까지 찌른 모양입니다. 아버지 말씀대로였지요.

물레질 멈추고 방을 나설 때 제 새색시는 또 어느새 사람이었습니다. 사뿐사뿐 걸어 안방으로 가더군요. 평소 내가 먼저 잠자리에 든 뒤 물레질을 하곤 하던 새색시는 그렇게 지네가 되었다가 다시 사람이 되어 내 잠자리 옆으로 왔던 것입니다. 자, 이제 새색시가 지네인 걸 알았으니 담배 연기를 뿜어서 죽여야지요. 마지막 밥 한 숟가락 씹은 것도 뱉어야지요. 그런데 뒤란에 주저 앉은 채 나는 주저하고 있었습니다.

부부의 인연을 맺은 여자가 실상은 지네였다니! 날 여태 속인 건 틀림없이 제 딴 목적대로 이용하다가 잡아먹기 위한 계산이 겠지! 처음에야 아버지의 말씀대로 담배 연기를 뿜어야 할 이유 를 자꾸 마음속에 새겼습니다.

언제인가부터 아이들 웃는 소리가 들려왔습니다. 집에 돌아갔 을 때, 반신반의하던 저는 담 너머에서 들려오는 아이들 웃음소 리로 모든 걸 알 수 있었습니다. 삿갓을 쓰고 저물녘에 마을로 들어가 마침내 우리 집 담에 붙어 서서 살피는데 밥 짓고 국 끓 이는 냄새도 나고 아이들 소리도 와자하게 들렸지요. 걸신이 들 려 악다구니 쓰는 소리가 아니었습니다. 서로 못 잡아먹어 치고 받는 소리도 아니었습니다. 신세 한탄하는 소리도 아니었습니 다. 아이들 와자하게 노는 소리에 이어 들리는 웃음소리가 다 말 해주는데 뭘 더 살필 필요가 없었지요.

거짓이 아니었습니다, 여자가 한 말은. 식구들 살 수 있도록 돈을 전해준 게 틀림없었습니다. 한 이태 정도 더 기다리면 그동 안 하던 일을 마무리하고 우리 식구 다 모여 살 수 있다고 했을 때 처나 자식들 모두 알겠다며 흔쾌히 놓아주었지요. 그동안 먹고살 만하지 못했다면 어디 그럴 리가요.

우리 식구 모두에게 살 길 열어준 여자가 그럼 또 무슨 계산을 하고 있었는지는 모르겠더군요. 끝내 그것까지는 모른 채 나는 여자와 마주앉았습니다.

아침에 대문을 두드리는 나를 그 여자는 반겼습니다. 무슨 일이 생겨 제날짜에 못 돌아온 것으로 생각하고 여러 가지를 물었습니다. 그때 나는 어색하니 웃었는지 어쨌는지 모르겠습니다. 어쩌면 아주 굳은 표정으로 얼버무렸는지도 모르겠습니다.

피곤한 기색이 역력한 내가 잠시 쉬는 동안 여자는 아침상을 차렸습니다. 우리는 아침상을 놓고 마주앉았지요. 나는 밥을 먹었습니다. 마지막으로 먹는 밥일 수도 있다고 생각했습니다. 마지막 한 숟가락이 남았지요. 나는 허리춤에 감추고 있던 담뱃대를 끄집어냈습니다.

한순간 여자는 긴장했습니다. 아니, 얼어붙는 듯했습니다. 나는 담뱃대를 소리 나게 바닥에 내려놓고 말했습니다.

"당신이 지네라는 걸 내 알고 말았소. 어젯밤에 물레 돌릴 때 다 보았다오. 그래, 이제 당신이 나를 잡아먹으려 하오?"

여자는 침을 꿀걱 삼키고 "어찌 된 영문인지 모르겠으나 다 보셨군요" 하고 얼마 뒤 이러더군요.

"내 비록 미물이나, 미물의 껍데기를 쓰고 있으나, 왜 까닭 없이 당신을 잡아먹으려 하겠어요? 여태도 그러지 않았고 앞으로도 그럴 일 없어요. 내 이야기를 할 터이니 들어보세요. 아, 그전에 여쭤야겠습니다. 언제부터 의심하셨습니까? 집에 다녀오겠다고 하던 때부터입니까? 아니면, 혹시 집에 다녀오는 길에 구렁이를 만난 것입니까?"

구렁이는 또 웬 구렁이란 말입니까! 나는 고개를 내저었지요. 돌아가신 아버지가 현몽으로 현시로 내 앞에 두 번이나 나타나 알려주어 알게 되었다고 바로 말했습니다.

"그러셨군요. 저는 하늘에서 일이 있어 내려온 하늘사람입니다. 여기서 흔히 말하는 선녀랍니다. 사람이 볼 때는 처녀 모습입니다만 사람이 보지 않는 늦은 밤에는 지네 모습을 하게 되지요."

그렇게 우선 털어놓고서 제 사연을 이야기하더군요. 여자는 자기가 사람 목숨을 많이 구해야 하는 임무를 가지고 이 땅에 오게 된 것으로 알고 있었습니다. 그러니 많은 사람을 살리고 나면 다시 하늘로 올라가게 되리라 믿는다는 것이었습니다. 한편 자기가 좀 전에 말한 구렁이도 하늘사람이라면 하늘사람이라 했습니다. 여기서는 흔히 선관이라는 자더군요. 그자는 사람 목숨을 많이 앗아가야 제가 하늘로 돌아갈 수 있다고 믿는다더군요.

그리고 이랬습니다.

"제 믿음대로 사람 목숨을 더 구하시겠습니까, 아니면 그 구렁이의 믿음대로 사람 목숨을 앗아야겠습니까? 뜻대로 하십시오. 마지막 숨통까지 끊게 할 방도까지 챙기셨군요. 이리된 마당에 제가 뭘 더 어찌하겠습니까? 기도하러 산속에 갔다가 당신을 만나 같이 내려온 것도 사람 목숨 구하는 일이었지요. 당신이 목매죽기로 결심했을 때 눈에 띈 새 밧줄은 사실 구렁이가 변한 것이라는 말씀만 하겠습니다."

*

새 밧줄이 구렁이가 변한 것이었다! 새 밧줄이 실상은 구렁이였다! 그 소리까지 듣고 나자 더 미룰 수가 없었습니다. 사실 이미 나는 마음을 먹은 터였습니다. 마지막 밥 한 숟가락을 꼭꼭 씹어, 삼켰지요.

그리고 담뱃대를 여자 앞에 내밀었습니다. 그것으로 여자는 내 마음을 알아챘지요. 밤부터 아침까지 나는 그동안 든 정도 정이지만 진 신세가 이만저만한 게 아닌데 나 살자고 차마 그 색시를 죽일 수 없다는 생각을 한 것이지요. 아무리 징그러운 지네라고 해도 베풀어준 은혜를 그리 배신할 수는 없다고 생각한 것이지요. 차라리 내가 죽고 말자. 그런 결심을 하고 마주 앉았던 겁니다. 그런데 지네인 여자가 이러더군요.

"근래 당신이 도와주어 여러 사람을 구할 수 있었습니다. 여자 몸으로 나다니기 힘들어 일이 더뎠는데 당신이 큰 도움이 되었습니다. 대략 짐작하는 바로는 한 이태 정도만 더 도와주시면 제 임무를 다할 수 있을 겁니다. 당신이 두 번이나 만났다는 아버지는 아버지가 아니라, 구렁이입니다. 당신 눈에 새 밧줄로 나타났던 그 구렁이입니다. 당신은 아버지의 모습으로 나타난 구렁이의 말을 따르지 않고 저를 구해주었습니다. 담배 연기를 뿜고 밥알까지 뱉었다면 당신도 쓰러지고 말았을 겁니다. 구렁이의 믿음대로 되었을 겁니다."

이때 이르러 의문스럽던 많은 게 풀렸습니다. 그다음은…….

그다음은 지네 색시의 일을 더 열심히 도울 일만 남아 있었지요.

죽을 사람 구해낸 일에 대해 상세하게 이야기할 기회는 있을 테지요. 시간이 많이 지났으니 서둘러 마지막 순간을 이야기하도록 하겠습니다.

얼추 세 해가 다 되어간다고 제가 생각하고 색시도 더는 장터나 또 어디로 나가보라고 하지 않던 어느 날. 갑자기 회오리가 일면서 사방이 안개에 갇혔습니다. 안개에 갇혔다 싶고 곧 저는 정신을 잃었나 봅니다. 정신을 잃으면서 치맛자락이 허공으로 솟구치는 걸 본 듯도 합니다만 확실치는 않습니다. 한참 지나, 아마도 한참 지나 깊은 잠에서 깨듯 정신을 차리고 보니 지네 색시도 집도 온데간데없더군요. 집이 있던 자리는 그냥 풀밭, 풀밭이었습니다. 아, 돈궤 하나는 있었지요.

그 돈궤를 짊어지고 우리 마을의 처자식이 있는 집으로 돌아오는 길에 내가 호랑이라도 살 법하다 싶던 굴로 찾아가 봤지요. 갔더니, 음침한 기운이 느껴지는 그 굴 앞에 글쎄 커다란 구렁이가 죽어 자빠져 있지 뭐겠습니까. 지네와 구렁이 중에 하나만 하늘로 올라갈 수 있게 정해져 있었는지 어쩌는지, 사람 목숨 많이 앗아간 벌로 그리되었는지 어쩌는지 그런 것까지는 확실하게 따지질 못하겠습니다. 여하튼 저의 지네 색시는 뜻한 바대로 많은 사람 살리고 하늘로 올라갔지요.

그 여자와 갑작스레 헤어진 일로 머릿속이 멍했습니다. 가슴은 찬바람이 부는 듯 아팠습니다. 그래도, 잘된 일이라고, 잘된 일이라고, 노래라도 부르는 것이 마땅했지요. 네? 노래를 하라고요? 춤?

아하, 아닙니다. 대신 어르신들께 술은 올리겠습니다. 떡도 준비됐을 겁니다.

*

지네 사당 이야기는 우리 집에서 시작됐는지도 모르겠습니다.

오늘 어르신들께 한 이야기를 저는 대강이나마 처에게 먼저 털어놓았습니다. 그 여자가 남편의 목숨을 구해주었고 또 살림 일굴 수 있도록 도와주기도 했으나, 처에게는 시앗일 뿐이었나 봅니다. 처는 제가 집을 떠나 있었던 삼 년이 몰래 시앗과 재미나게 놀아난 일로만 자꾸 생각되나 봅니다. 하루는 느닷없이 잠자리에서 일어나, 어찌 처자식 내팽개쳐두고 그럴 수 있었냐며 달려들기도 했습니다. 시앗을 보면 길가의 돌부처도 돌아앉는 다는 말이 그냥 나온 말이 아니더군요.

집으로 돌아와 한 일 년 조용히 보낸 뒤 새삼 지네 색시와의 일을 처에게 흘린 것은 처가 자꾸 캐묻기도 해서이지만 그보다 나 자신 생각한 바도 있었던 까닭입니다. 비석이라도 하나 세우면 많은 사람 목숨 구하고 하늘로 돌아간 그 여자의 일이 오래 기억되지 않을까 하는 요량을 한 것입니다.

비석 운운한 것이 처를 통해 사당 짓는다느니 하는 소리로 퍼져나간 듯합니다. 조각나고 또 뒤틀려버린 지네 색시의 이야기가 몇 사람에게 옮겨간 뒤 곧 이런저런 추측에 망상까지 보태져, 어르신들이 노할 만한 소리가 만들어진 듯합니다. 지네 퇴치한 두꺼비를 사당에 모셔 당신이나 업으로 삼고 있는 마을에서 무슨 망발인가 하고 노하셨을 겁니다. 노하시는 건 당연한 일이라 생각합니다. 오늘 이리도 길게 이야기를 한 것은, 이야기에 앞서서 미리 말씀드리기도 했습니다만, 우리 마을과 그 속 깊고 듬직한 영물과의 인연을 지우자는 뜻이 아니라는 걸 말씀드리기 위해서입니다. 다시 말씀드리겠습니다. 저는 새로운 사당을 짓고 지네를 끌어들여 우리 마을의 업이라 할 두꺼비를 내치자는 뜻을 절대 품고 있지 않습니다.

어르신, 그래도 지네는 꺼림칙하다는 말씀 이해가 갑니다. 하지만 저하고 삼 년을 함께한 지네 색시는 향이의 두꺼비가 물리친 그 지네가 아닙니다. 장터와 그 일대에서 처녀 제물을 받아온 그 지네가 아니라 많은 사람 목숨 구하고 하늘로 올라간, 원래는 하늘사람인 지네 색시입니다. 지네는 삼 년을 저와 함께한 여자의 껍데기일 뿐입니다.

어르신들, 두꺼비도 다르지 않잖습니까? 우리 마을이 두꺼비를 당신이나 업으로 섬기는 것도 껍데기가 아니라 그 속의 무엇때문이 아니겠습니까?

*

다들 이해해주시는군요.

이제 제가 생각하는 바를 정리해서 말씀드리겠습니다.

먼저, 풀숲에 묻혀 종당엔 그 터마저 잊힐 위험에 처한 사당을 다시 짓도록 하겠습니다. 저를 돌봐준 향이에게 보은하기 위해 몸을 던져 지네와 싸운 두꺼비의 이야기가 오래도록 전해지고 그 넋이 우리 마을 사람들과 교감할 수 있도록 사당을 다시 지어 잘 관리할 수 있도록 하겠습니다.

지네 색시를 위해서는 비석 하나만 세우겠습니다. 다시 말씀 드립니다. 사당은 필요하지 않습니다. 비석 하나면 충분합니다.

비석을 처녀의 집이 있던 자리, 풀밭으로 변한 그 자리에 세우는 게 더 온당하지 않을까 하는 생각도 해봤습니다. 마을도 없는 그곳에 비석을 세워서는 지네 색시의 이야기가 제대로 전해지기 어렵다는 생각이 들었습니다. 아무래도 이야기란 사람과, 사람의 입과 함께해야 하니까요. 비석을 제가 사는 이 마을에 세우는 게 좋겠다고 판단한 것은, 제가 앞으로 하려는 일이 지네 색시가 했던 일과 같은 것이기도 한 까닭입니다.

전에 나라에서 도깨비 이야기를 조사한 일이 있었습니다. 일대에서는 제가 뽑혀 그 일에 작은 힘을 보탰습니다. 도깨비와 고갯마루 같은 데서 씨름을 했다거나 도깨비불에 홀려 혼쭐이 빠졌다거나 하는 이야기가 흔하더군요. 도깨비를 친구로 삼거나 남편으로 맞아 부자 되는 이야기도 있었습니다. 아, 맞습니다.

도깨비방망이 얻는 이야기가 제일 재미가 나지요. 제 이야기는 도깨비방망이 얻은 일이 아닙니다. 그런 이야기라고 한 건 아니었습니다. 향이의 두꺼비가 지네 퇴치한 사연 기록하는 일을 제가 당연히 제 일인 듯 받아들인 것은 앞서 해본 그 일 영향입니다. 제가 이야기라는 걸 좀 알게 된 일이지요. 나랏일 비슷한 걸 해보기는 그게 전부군요. 그때는 글공부한 것으로 어느 고을의 무슨 직책이든 맡게 되리라 자신하던 때, 우쭐거리던 때입니다. 그 뒤 사연은 어르신들이 다 아시지요. 죽을 마음 품은 것까지.

　지네 색시 만나 저는 살아났습니다. 돈궤까지 얻었습니다. 제가 짊어지고 온 건 돈궤입니다만, 실은 그건 작은 겁니다. 글공부 그만두고, 장사라도 배워보자는 마음 품었습니다. 그리고 마을을 떠났지요. 곧 거지꼴이 됐습니다. 그쪽으로는 더 재주가 없다는 걸 알았습니다. 그런데, 나처럼 죽을 마음 품은 사람들을 지네 색시가 준 돈으로 살리면서 장사라는 것도 알게 됐습니다. 사실은 마을로 돌아와 되새겨보니 그렇더라는 겁니다. 돈궤보다 더 큰 뭐가 있다는 건 바로 그 말씀입니다. 저 장터 마을에는 왜 큰 곳집이 있고 사람이 모이는지 정도는 알게 됐습니다. 우리 마을이 정말 한갓진 곳이어서 한갓진 게 아니라는 것 정도는 알게 됐습니다. 마을을 장터로 만들 생각은 없습니다. 사람들이 찾아오고, 지금보다 더 훈기가 도는 곳으로 만들 생각은 있습니다.

네네, 술도 좋군요. 잠시 훈기 돌게 하기엔 좋지요. 맞습니다. 먼저 우리 마을 사람들, 특히 어르신들 모이는 곳으로 여기를 손보겠습니다.

앞으로 해보려는 일 말씀이시지요? 무슨 일이 될지 기다려주십시오. 두꺼비 사당과 지네 비석이 다 도움이 될 것입니다.

돈궤에 억만금이 들어 있어서 하려는 일이 아닙니다. 우리 집 한 식구 평생 살기엔 분명 넉넉하나 흥청망청 써버리자면 두어 달 만에 다 바닥날 돈일 뿐입니다.

나무에서 내려가 먹었던 떡이 저를 살렸습니다. 장터 주막에서 나눈 국밥이 누구를 살렸습니다.

호랑이가 들려준
이야기

사람만큼은 아니어도 우리는 이야기를 많이 남겼다.

산과 강이 나라 사이의 경계가 되어도 우리를 가로막진 못했다. 우리는 저 북쪽 대륙과 이 남쪽 반도를 넘나들며 발자취를 남기고 이야기를 남겼다. 바다 건너 섬에까지 우리 이야기가 전한다고 한다.

어미의 품을 떠난 뒤엔 홀로 지내는 습성이 몸에 밴 우리. 그런데 이렇게 자주 어울리는 것은 뜻한 바가 있어서이다. 우리는 모두 사람이 되고자 하는 호랑이가 아닌가. 누가 우리를 가족이라 생각할지 모르겠으나, 우리는 뜻이 있어 함께 어울리는 동아리이다. 달빛 교교한 밤에 사당에 모여 회합하는 것은 사람의 풍속과 살림살이와 학문을 온몸으로 흡향하며 마침내 이 가죽을 벗고 두 발로 우뚝 서기 위한 것이다.

나는 그동안 사람의 아름다운 행실과 지혜로운 처신 배울 만한 이야기를 주로 했다. 때로 사람의 풍자와 해학도 곁들이긴 했다. 사람과 산중 호걸이 함께하는 이야기도 빼놓지 않았다. 오늘 내가 해보려는 이야기도 사람과 우리가 만나면서 만들어진 이야기이다. 우리가 아무리 사람이 되고자 기도하는 자들일지라도 우리가 바보나 얼뜨기처럼 다뤄질 때는 기분이 상쾌할 리 없었다. 흉악한 짐승으로 사람들을 떨게 하거나 복수와 퇴치의 대상이 되거나 할 때도 유쾌할 리 없었다. 나는 사람과 호랑이가 어떤 일에서든 마지막 순간에 멀찍이서나마 서로를 존경하는 눈빛을 나누고 제 갈 길을 가는 식의 이야기를 좋아했다.

산과 마을이 서로를 존중하고 칭송하기를 바라는 것은 지나친 이상이라는 말을 누누이 들었다. 그동안 서로를 존중하고 칭송하였다면 우리가 사람이 되고자 이리 모일 일도 없었을지 모른다. 어쨌든 지금 하려는 이야기도 내가 좋아하는 이야기다.

*

당나라 현종 정원 십사 년.

회수 일대가 병란으로 시끄러울 때, 백주에 호랑이까지 자주 출몰했다. 사람을 잡아먹는 일도 심심찮았다. 나라에서는 무장

왕징이 신주를 다스리도록 보냈다. 부임한 왕징은 호랑이를 잡기 위해 여러 도구를 만들고 설비를 갖췄다. 현상금으로 독려하기도 했다. 비단 열 필의 상이 걸리자 호랑이를 잡겠다고 재주 있는 자들이 나섰다. 정암이라는 늙은 군졸도 그 중 하나였다. 그는 태수 왕징에게 산골짜기에서부터 마을 부근까지 함정을 곳곳에 설치하여 호랑이를 잡아보겠다고 했다.

왕징의 허락을 받아 함정을 파고 며칠 지나지 않아서 정암은 호랑이 한 마리를 잡았다. 깊은 구덩이에 빠진 호랑이는 힘을 쓸 수가 없었다. 정암이 구덩이를 내려다보며 꾸짖자, 호랑이가 펄쩍 뛰면서 으르렁댔는데 그 소리가 산을 흔들 듯했다. 그사이 구경꾼들이 더 몰려들어 일대가 북적거렸다.

구경꾼들이 한 번씩 구덩이를 들여다보며 놀라워하는 동안 정암은 자신의 계책을 뽐냈다. 단박에 난폭한 호랑이 무리의 우두머리를 잡았다는 소리가 들리더니 많은 사람이 틀림없다고 했다. 정암은 누군가가 주는 술을 마시며 기쁨을 만끽했다. 그런데 그도 함정에 빠지고 말았다. 후끈한 기운에 옷을 벗어서 뽑힌 나무의 뿌리에 걸려고 하다가 그만 미끄러진 것이었다. 이번엔 사람들이 놀라는 소리가 하늘을 흔드는 듯했다. 그 소리가 가라앉은 뒤, 사람들은 사나운 호랑이의 발톱과 이빨에 정암이 갈가리 찢어지게 될 것으로 생각하며 구덩이를 들여다봤다. 그런데 정암은 단정히 앉았고 호랑이도 조용히 그를 바라볼 뿐이었다.

정신을 차린 정암의 벗들이 여러 방법을 생각해봤다. 마침내 그들은 도르래로 밧줄을 내려 보냈는데, 정암이 알아채고서 천천히 제 허리를 묶었다. 사람들은 정암의 목숨을 구하는 기적이 일어날 수도 있다고 생각하며 숨죽이고 지켜봤다. 정암이 두 팔로 제 머리 위 밧줄을 붙잡자 그것을 신호로 벗들이 끌어올리기 시작했다. 호랑이는 가만히 지켜봤고, 도르래는 계속 돌아갔다. 정암이 구덩이 바닥에서 이삼 척 올라왔을 때 호랑이가 갑자기 풀쩍 뛰었다. 앞발로 밧줄을 붙잡자 도르래는 반대로 돌았다. 희망이 사라지나 했으나 다행히 호랑이가 난폭하게 정암을 끌어내린 것은 아니었다. 위에서는 조심스럽게 다시 시도했다. 호랑이도 다시 뛰어 밧줄을 잡았다. 서너 번 더 반복된 뒤 정암은 위에 신호를 보내고 바닥에 앉았다. 그리고 호랑이에게 말했다.

"너희들은 난폭하게 날뛰었다. 성을 넘어 들어와 사람들을 해쳤다. 태수로서는 더 내버려 둘 수 없는 일이었다. 그리해 내가 나섰다. 이 구덩이에 빠짐으로써 너의 목숨은 이미 끝난 것이나 다름없다. 술에 취해 미끄러져 떨어짐으로써 나 또한 마찬가지 신세가 되었다. 사람들이 바로 너를 죽이지 않는 것은 내가 여기 있는 까닭이다. 네가 내 목숨을 해칠 낌새를 보인다면 사람들은 곧바로 장작불을 던져 너를 태워버릴 것이다. 너는 내 뜻을 따르는 것이 좋을 것이다. 우두머리가 될 정도라면 너는 지혜가 있을 터. 내 말의 뜻을 알아들을 터. 내가 틀림없이 태수에게 아뢰어 너의 목숨을 구해주겠다. 너는 너희 무리를 이끌고 이곳을 멀리 떠나길 바란다. 강을 건너서 너희의 세상으로 가야 한다. 그렇게 하겠다면 나는 하늘의 해에 대고 맹세하마. 목숨을 구해주겠다는 약속을 반드시 지키마."

호랑이는 정암의 말을 이해하는 듯했다.

정암이 밧줄을 잡고 흔들자 벗들이 신호를 보내 사람들이 함께 그를 끌어올렸다. 바닥에서 이삼 척 올라온 뒤에도 호랑이는 쳐다보기만 할 뿐 아까처럼 뛰어오르지 않았다.

정암은 무사히 함정에서 빠져나왔다. 그는 사람들에게 호랑이를 자극하지 말라고 단단히 이르고 태수 왕징에게 찾아가 그간의 일을 아뢰었다. 그리고 제 뜻을 밝혔다.

"지금 호랑이 한 마리를 죽이는 것은 중요하지 않은 듯하옵니다. 무슨 일인가로 포악해져 성을 넘어오는 그 무리의 마음을 돌려놓을 기회가 될 수도 있습니다. 제가 무리의 우두머리인 그 호랑이와 약속을 했으니 놓아주시길 청합니다. 바라건대, 그가 무리를 이끌고 산으로 떠난다면 관할하시는 일대가 평안함을 얻을 수 있을 것이옵니다."

왕징의 허락을 받은 정암은 호랑이에게 일이 해결되었음을 알려주었다. 호랑이는 구덩이 안에서 빙빙 돌다가 뛰어오르면서 살게 된 것을 기뻐했다. 고개를 들어 올려다볼 때는 마치 은혜를 입은 것에 고마워하는 것 같았다. 정암은 구덩이 한쪽 귀퉁이로 흙을 밀어 넣었다. 구덩이의 깊이가 얕아지기를 기다린 호랑이가 이윽고 펄쩍 뛰어올랐다. 정암과 주위의 수많은 사람을 둘러보던 호랑이는 길이 열리자 곧 내달리기 시작했다.

그리고 열흘이 채 안 되어 성은 물론 일대 산야에서도 호랑이의 자취가 사라졌다.

사람이 만든 함정에 빠져서도 목숨을 구한 저 당나라 때 호랑이의 이야기였다. 늙은 군졸 정암이 제 목숨을 구하였을 뿐만 아니라 경내에 평안함을 되찾은 이야기이기도 했다. 사람과 호랑이가 서로 다름에도 뜻이 통하는 바가 있지 않은가. 만약 호랑이가 사납기만 했다면 늙은 군졸 정암을 피투성이로 만들고 젊은 제 몸은 숯덩이로 만들고 말았을 일이다. 그런데 이 호랑이는 사람과 함께 도모하여 뜻을 이루었다. 얼마나 지혜로운가.

정암이 호랑이를 무지몽매한 짐승으로만 대했다면 그 또한 한번 실수로 목숨을 잃는 신세가 되고 말을 일이다. 정암은 말로써 호랑이를 깨우쳤다. 호랑이 한 마리의 난폭함을 꺾은 것이 아니라 호랑이 무리의 난폭함을 꺾었다. 우두머리 호랑이가 무리를 이끌고 경계를 떠나도록 했다. 얼마나 놀라운 일인가.

이 모든 일은 사람과 호랑이가 믿음으로 서로 감화되어 이루어낸 일이라고 오래도록 내가 기억한 이야기다. 이류 간에도 진실한 믿음이 기적을 만든다고 그 뜻을 때때로 새겨본 이야기다.

*

당나라 현종 정원 구 년.

다시 당나라 때, 앞 이야기보다 몇 년 앞선 해의 일이다.

평민 신분의 신도징이란 자가 학문을 닦아 관리가 되었다. 한 주 십방현위로 임명된 그는 부임지로 가다가 심한 눈보라를 만났다. 진부현 동쪽 십 리쯤에 이르러서였다. 그때까지 추위에 온몸이 얼어붙는 듯한 데에다 말까지 힘이 빠져 허덕대자 더 나아가기를 포기했다. 마침 길에서 멀지 않은 곳 초가에서 연기가 피어올랐다. 신도징은 그 집을 찾아갔다. 그 집에는 노부부와 처녀하나가 불을 둘러싸고 앉아 있었다.

처녀는 열예닐곱 살쯤 되어 보였다. 풀어헤친 머리에 옷도 누더기였으나 눈같이 흰 피부에 환한 낯빛이었다.

노부부는 신도징이 사정을 이야기하자 반기며 안으로 들였다.

"눈보라를 뚫고 왔구려. 어서 가까이 와서 불 좀 쬐시지요."

신도징이 불 가에 앉아 있은 지 한참 지나 날이 저물기 시작했다. 눈보라는 그치지 않았다. 신도징이 말했다.

"서쪽으로 현성까지는 아직도 길이 멉니다. 아무래도 하룻밤 여기서 묵어가야겠습니다."

노부부가 아까처럼 입을 맞춘 듯이 말했다.

"만약 우리 집을 누추하다고 탓하지만 않으신다면 어찌 청을 들어드리지 않겠습니까?"

허락을 받은 신도징은 비로소 말안장을 푸는 일부터 해서 잠자리에 이불을 깔고 휘장까지 쳐 하룻밤 묵어갈 준비를 했다. 그 사이 처녀는 부모를 도와 이 일 저 일을 했다. 행동거지까지 아리따웠다. 신도징이 다시 불을 쬔 지 얼마 뒤, 처녀가 용모를 가다듬고 단장해 모습을 드러냈다. 신도징이 보기엔 이 산골에 어찌 이런 처녀가 다 있는지 의아할 정도로 우아하고 고운 자태였다.

노인이 옆자리에 앉는가 싶더니 그 부인이 밖에서 술병을 들고 왔다. 술을 데운 노부부는 한목소리인 듯 신도징에게 말했다.

"추위에 고생이 많았습니다. 이 술 한 잔으로 우선 속부터 좀 녹이시지요."

신도징은 예의를 차려 사양하고는 말했다.

"주인장부터 드시는 게 마땅하겠습니다."

그러자 노인장이 곧장 앉은 순서에 따라 술을 돌리겠다고 했다. 신도징이 마지막이었다.

"이 자리에 낭자가 빠졌군요."

잔을 받고서 신도징이 한 말이었다. 이에 노부부가 함께 웃으며 말했다.

"시골서 자란 처녀 아이가 어찌 주인으로서 손님을 맞이하겠습니까?"

그러자 노부부의 딸이 부모에 화답하듯 이리 말했다.

"우리 집 술이 어찌 귀하겠습니까만 제가 끼어 마시는 건 마땅치 않다고 생각합니다."

그런데 그녀의 어머니가 처녀의 치마를 잡아끌어 옆에 앉게 했다. 이리해 신도징은 시골 초가의 한가족 모두와 어울리게 되었다. 그는 처음에 그녀가 어떤 재주를 가졌는지 알아보고자 벌주 놀이라 할 수 있는 주령을 제의하였다. 흥취를 돋우기에 좋은 놀이라 생각했는지 노부부도 만류하지 않았다. 신도징은 술잔을 들고는, 경서를 인용해 눈앞 정경을 묘사하도록 하자고 제안했다.

그리고 신도징은 이미 생각해놓은 것을 말했다.

　　즐거운 이 밤 술을 마시나니,

　　취하지 않으면 돌아가지 않으리.

처녀가 쪽 찐 머리를 살짝 숙여 보였다. 그리고 입가에 미소를 지으며 "날이 이처럼 저물었는데 돌아간들 어디로 가시렵니까?" 하고 말했다. 이렇게 받은 것만 해도 예사 산골 처녀로는 쉽지 않다 싶었는데, 술잔이 돌아오자 그녀가 이리 말했다.

비바람으로 밤이 어두운데,
닭 울음소리 그치지 않네.

신도징은 깜짝 놀라고 말았다. 자신이 『시경』을 인용해 읊은 것에 맞추듯 처녀도 『시경』을 인용해 답한 것이었다. 이 두 구절 뒤에 '그리운 임을 만났으니, 어이 기쁘지 않으리' 라는 두 구절이 있다는 것을 분명히 알고 답한 것이었다.

몇 잔 더 술이 돌았다. 신도징은 노부부에게 말했다.

"따님이 어찌 이리 총명합니까! 관리가 되고자 학문을 닦느라 아직 혼인하지 못했습니다. 임지로 가는 길이나 감히 청혼하고자 하옵니다. 어떻습니까?"

노인장이 놀란 듯했으나 곧 침착하게 말했다.

"제가 비록 가난하고 신분까지 낮으나 그래도 딸자식은 곱게 키웠습니다. 그동안 여러 길손이 금과 비단으로 청혼했으나 딸

자식과 차마 이별할 수 없어 이제까지 허락하지 않았습니다. 그런데 뜻밖에 귀하신 분이 제 딸자식을 거두고자 하시니 어찌 감히 아까워하겠습니까?'

그리고는 곧장 딸을 신도징에게 맡기겠다고 했다. 술자리에서 신부를 발견해 혼인 약속을 받아낸 신도징도 곧장 사위로서의 예를 갖추고 봇짐을 다 털어 예물로 주었다. 하지만 노부인은 그 물건을 하나도 받지 않으며 말했다.

"우리를 꺼리지 않는 것만 해도 고마운 일인데 어찌 재물까지 받겠습니까?'

다음날 노부인이 또 신도징에게 말했다.

"이곳은 이웃도 없는 외딴곳입니다. 게다가 집도 누추하고 비좁습니다. 오래 머물기에는 부족합니다. 딸아이가 이미 당신을 섬기기로 한 터. 곧장 떠나시는 것이 좋겠습니다."

또 하루가 지난 뒤에서야 신도징은 섭섭한 마음으로 노부부에게 작별 인사를 올린 뒤, 자신이 타고 왔던 말에 처녀를 태우고 임지로 떠났다.

부임한 뒤 보니 신도징의 봉록이 넉넉하지 않았다. 그런데도 부인이 힘써 집안을 일으키고 빈객들과 교분을 맺음으로써 신도징의 명성을 높였다. 부부간의 사랑은 자연스럽게 깊어졌다. 부인은 신도징의 형제와 조카들까지 친절하게 대했기에 집안에서

다 그녀를 좋아하게 되었다.

　이윽고 신도징이 한주 십방현위의 임기가 만료되어 돌아가야
할 때가 되었다. 부인은 이미 아들 하나와 딸 하나를 낳았다. 모
두 아주 총명했다. 신도징은 그녀를 공경하고 어여뻐 했다. 신도
징은 일찍이 부인에게 주는 시라는 의미의 「증내시」 한 편을 지
어 준 적이 있었다.

　나는 일개 관리로 매복에게 부끄러우나
　부인은 삼 년 만에 맹광을 부끄럽게 했네.
　우리의 정을 무엇에 비유하리오.
　냇가에 원앙이 날아다니는구려.

　부인은 그날 종일 뭔가 읊조리는 눈치였다. 마치 속으로 화답
할 시를 짓는 것 같았지만 그뿐이었다. 부인은 은근히 재촉하고
또 기대하는 신도징의 눈빛을 느꼈는지 나중에 한 번 이렇게 말
했다.

　"부인된 도리로 글을 알아야겠지만, 만약 다시 전처럼 시를 짓
는다면 오히려 늙은 첩처럼 될 듯합니다."

　관직을 그만둔 신도징은 식구를 데리고 고향 땅으로 돌아갔
다. 가릉강 가에 이르러 샘 옆에 풀을 깔고 쉬고 있을 때였다. 부

인이 갑자기 어두운 낯빛으로 신도징에게 말했다.

"이전에 시 한 편을 저에게 주셨을 때 곧바로 화답시를 지었습니다. 본디 삼가 보여드리려고 하지 않았습니다. 지금 이런 경치를 대하고 보니 끝까지 입을 닫고 있을 수가 없군요."

그리고 다음과 같이 읊었다.

부부의 정 소중함을 모르지 않으나
산림을 그리워하는 마음이 본래 깊어
시절이 변하는 것을 언제나 근심하고
백년해로의 마음 저버릴까 늘 저어하네.

그녀는 시를 읊고 나서 눈물을 주르륵 흘렸다. 태어나 자란 산골과 노부모를 그리워하는 게 아닌가 싶었다. 신도징은 부인을 위로하려 말했다.

"당신의 시는 아름답소. 그러나 산림은 연약한 아녀자가 그리워할 것이 못 되오. 만약 연로한 부모님이 생각나 그런다면 지금이라도 가보자고 하면 될 텐데 어찌 슬피 우는 게요? 나는 내 고향 땅만 생각했구려. 고향에 짐을 푼 뒤 가보자 할 생각이었는데 이참에 가봅시다."

신도징이 처가에 도착했을 때 초가는 그대로이나 인기척이 없었다. 이웃도 없는 외딴곳이니 노부부의 행방을 알 방도가 없었다. 신도징은 그 집에 머물며 부인의 마음이 정리되기를 기다리기로 했다. 부인은 부모님에 대해 그리움이 사무쳐서인지 눈물을 그치지 못 했다. 그런데 갑작스레 부인이 요란하게 웃는 소리를 냈다. 신도징이 무슨 일인가 싶어 찾아봤더니 한쪽 벽 귀퉁이 오래된 옷 아래에서 먼지가 두껍게 쌓인 호랑이 가죽 하나를 찾아내 보고 있었다. 울다가 웃다가 하는 부인을 지켜보며 신도징은 무슨 사연인지 물을 틈을 기다렸다.

"이 물건이 아직도 여기 있을 줄은 몰랐네!"

부인이 신도징과 눈길이 마주쳤을 때 한 말이었다. 그게 남편에게 한 마지막 말이었다.

부인이 호랑이 가죽을 걸치는가 싶더니 한 마리 호랑이로 변했다. 남편의 눈앞에서 호랑이로 변한 부인은 포효하며 허공을 물어뜯었다. 그리고 문을 박차고 뛰쳐나갔다. 신도징은 놀라 몸을 피했다.

정신을 차린 그는 두 자식을 데리고 호랑이가 떠난 길을 찾아나서 울창한 숲을 향해 서성거렸다. 그러나 호랑이가 된 부인을 다시 만날 수도 어디로 갔는지 알 수도 없었다.

*

마지막 세 번째는 신라에서 일어난 일이다.

이 땅의 옛적 신라의 풍속에는 매년 이월이면 여드레부터 보름날까지 서울의 남녀가 너도나도 흥륜사에서 탑돌이를 하며 복을 빌곤 했다. 원성왕 시절 김현이라는 남자가 있었는데, 밤이 깊도록 쉬지 않고 혼자서 탑을 돌았다. 어떤 처녀가 염불하면서 뒤따라 탑을 돌았는데, 둘은 마음이 맞아 눈길을 주고받다가 돌기를 마치고는 외딴곳으로 가서 정을 통했다. 처녀가 돌아가려 하자 김현이 따라갔다. 처녀가 안 된다고 했지만, 김현은 억지로 따라갔다. 서산 기슭에 이르자 처녀는 한 초가집으로 들어갔다. 웬 노파가 처녀에게 물었다.

"데리고 온 사람은 누구냐?"

처녀가 사실대로 말하자 노파가 잠시 눈을 감았다.

"남녀 간에야 좋은 일이겠으나 그래도 차라리 없었던 일만 못하다. 그런데 이미 이루어진 일. 어쩌겠느냐. 우선 은밀한 곳에 숨거라. 곧 네 오라비들이 돌아올 터. 해치려 들까 두렵구나."

처녀는 어머니의 말을 따라 김현을 마루 밑에 숨게 했다. 잠시 후 호랑이 세 마리가 으르렁거리며 왔다. 사람 목소리로 말했다.

"집에서 비린내가 나는구나. 요깃거리가 있어 정말 다행이야."

노파와 처녀가 꾸짖었다.

"너희들 코가 어찌 되었구나. 무슨 미친 소리냐!"

하나가 어미에게 투덜거릴 때 하늘에서 소리가 들렸다.

"너희는 많은 생명을 해쳤다. 한 놈을 죽여 악행을 징계하리라."

호랑이 세 마리는 이 소리를 듣고 낯빛이 바뀌었다. 안절부절 못하며 어미의 치맛자락을 잡기까지 했다. 처녀가 말했다.

"세 오라버니가 멀리 도망해 반성한다면 제가 대신 벌을 받겠습니다."

호랑이 세 마리는 단박에 낯빛이 돌아왔다. 그동안 한 일과 앞으로 일어날 일을 잘 아는지 더 말할 것도 없이 고개를 숙여 어미에게 인사하곤 꼬리를 붙인 채 달아났다. 처녀가 마루 밑에서 불러낸 김현에게 말했다.

"당신이 이렇게 우리 가족과 만나는 게 부끄러워 따라오지 말라고 했던 겁니다. 이제는 숨길 수 없으니 제 생각을 다 말씀드리겠습니다. 저와 당신은 다른 생명, 이류이지만 하룻밤의 기쁨을 누리고 부부의 의리를 맺었습니다. 세 오라버니의 악행을 하늘이 마침내 징계하고자 하니, 집안의 그 재앙을 제가 대신 당하고자 합니다. 모르는 자에게 죽느니 당신 칼에 죽어 당신의 덕에 보답하는 것이 낫지 않겠습니까. 제가 내일 저자에 뛰어들어 사람들을 해칠 터입니다. 도성에서는 저를 잡을 사람을 모집할 것입니다. 왕이 반드시 높은 벼슬을 걸 것입니다. 당신은 겁내지 말고 저를 쫓아 도성 북쪽 숲으로 오십시오. 제가 기다리고 있겠습니다."

김현이 고개를 내젓고 말했다.

"사람이 사람과 사귀는 것이 인륜의 도리임은 분명하오. 이류와의 사귐은 분명히 상도가 아니긴 하오. 그러나 이미 이렇게 가까워진 것을 보면 천행이라고 할 수도 있겠소. 그런 마당에 내가 어찌 배필의 죽음을 팔아 속세의 벼슬을 바라겠소."

처녀도 고개를 내젓고 말했다.

"당신은 그런 말씀 마십시오. 제가 죽는 것은 천명입니다. 제 소원이기도 합니다. 당신에게는 경사이고 제 가족에게는 복이며 도성 사람들에게는 기쁜 일입니다. 한 번 죽으면 다섯 가지 이익을 얻는데 누가 마다할 수 있겠습니까. 다만 한 가지 부탁하자면, 저를 위해 절을 짓고 불도를 강론해 좋은 업보를 얻게 해주십시오. 그러면 당신의 은혜가 더없이 클 것입니다."

둘은 마침내 눈물을 흘리며 헤어졌다.

이튿날 과연 사나운 호랑이가 도성에 들어왔다. 몹시 날래어 누구도 막을 수가 없었다. 원성왕이 보고를 받고서 명령을 내렸다.

"범을 잡는 자에게는 이급의 벼슬을 주겠다."

김현이 대궐에 가서 아뢰었다.

"소신이 할 수 있습니다."

그러자 왕이 먼저 벼슬을 주어 격려했다. 김현은 짧은 칼을 지니고 숲속으로 들어갔다. 호랑이가 처녀로 변하더니 미소를 지으며 말했다.

"어젯밤 당신과 나의 다정했던 일을 기억해주십시오. 오늘 상처를 입은 사람들은 모두 흥륜사의 간장을 바르고 절의 나발 소리를 들으면 나을 것입니다."

그러고는 김현이 차고 있던 칼을 뽑아 스스로 목을 찔러 죽으니 다시 호랑이가 되어 있었다. 김현이 숲을 나와서, 호랑이를 단숨에 잡았노라고 사람들에게 알리고는, 그 속 사연은 누구에게도 말하지 않고 숨겼다. 호랑이 처녀가 가르쳐 준 대로 치료하니 다친 사람은 모두 나았다.

김현은 벼슬에 올라 서천 옆에 절을 짓고 호원사라 하였다. 항상 범망경을 강론하며 호랑이 처녀를 극락으로 인도해, 자신을 죽여 남을 살린 은혜에 보답하고자 했다. 오랜 세월이 흘러 김현이 임종을 앞두고서 기이한 지난 일을 글로 지으니 세상 사람들이 비로소 모든 사연을 알게 되었다.

그리해 또한 이 이야기는 산속에서도 지금까지 전승할 수 있게 되었다. 내 비록 부처의 가르침을 모범으로 삼고자 하지는 않으나, 김현과 만난 처녀의 마음은 높게 사 멀리 사찰의 탑이 보이면 두 손 모아 기도를 하곤 했다.

한때는 부처의 가르침을 모범으로 사람이 되고자 한 호랑이들이 언제인가부터는 '공자 왈 맹자 왈'을 중얼거리며 사람이 되고자 하였으니, 우리는 모두 서원이나 하다못해 서당이라도 있으면 밤에 기쁜 마음으로 즐겨 찾는 동아리로 오늘을 맞았다.

그런데, 이제 저 신도징의 아내가 되었던 처녀가 산림을 그리워한 마음에 새삼 마음이 쓰인다. 사람의 도덕이 산의 짐승만도 못한 세상이 되었다는 소리가 공공연하고, 사람의 살림살이가 들의 짐승만도 못한 세상이 되었다는 소리도 공공연하다. '공자 왈' 외워대던 자들이 벼슬을 서로 사고팔고 '맹자 왈'을 외워대던 자들이 백성에게 세금을 모질게 거둔다지 않는가.

비록 소식은 늦게 들어도 기운은 더 빨리 알아채는 게 우리들이다. 곳곳에서 백성들이 들고일어날 것을 다들 느끼고 있을 터인데……

내 이야기가 모두의 머리를 더 무겁게 했구나.

*

이 이야기를 들은 것은 내가 저 경상도 진주에 갔을 때요.

진주라면 남강이 흐르는 곳. 가까이 지리산이 있고 또 가까이 남해가 있는 곳. 함양에서 출발해 이틀인가 사흘인가 지나 진주에 도착했지요. 그런데, 이게, 때를 잘 못 맞춰 어두워진 다음이었더라 이 말입니다. 어디 가 밥술도 이부자리도 찾을 수 없는 때였으나, 찬 이슬 피할 곳 어렵지 않게 만난 것만으로 다행이라 생각했다오. 한동안 버려둔 곳 같기도 하고 막 손을 보려는 곳 같기도 한 서원이 있더라고요. 사당채 다락방이 의외로 정갈한 것이 편안하게 여겨졌다오.

얼마나 잤을까 몰라. 뭐가 두런거리는 소리가 꿈결에서 들리는 듯했어. 그래도 나는 눈을 뜨지 않고 잤을게요. 예닐곱, 아니 여덟아홉 정도는 될 듯한 무리가 요란스럽게는 아니어도 분명한 소리를 내며 사당에 들어온 것이었지. 꽤 익숙한 자리 같았습니다. 다락방에 누가 잠들어 있다는 것 따위 신경 쓰지 않고 저희끼리 논의를 하는 눈치였소. 아, 처음에야, 나는 그저 무슨 꿈이구나, 잠이 깨었다가 다시 잠이 드는구나, 그러니 그냥 다시 잠에 빠지는 게 옳겠구나 하고 눈도 뜨지 않았지. 그랬다오.

북쪽 대륙과 남쪽 반도를 넘나들며 산다. 저희 이야기가 섬나라까지 전한다. 그런 소리 해댈 때는 코까지 골 뻔했지. 그러다 풍속이니 학문이니 하는 말이 귀에 또렷하게 들리는 것이었소. 내가 꿈을 꾸고 있는 게 아니라는 걸 분명하게 깨달았을 때, 당나라 정원 십사 년 어쩌고저쩌고 하며 이야기가 시작되어 있더이다. 도적들이 그곳에 숨어 때를 기다리는 게 아닌가 해 긴장했습니다. 온몸의 털이 쭈뼛 서는 것 같았지요.

하여튼 꼼짝 않고 들어봤지요. 들어봤더니, 당나라 땅에서 호랑이와 정암이라는 자가 한 구덩이에 차례로 빠졌다가, 뜻이 통해 함께 서로의 목숨을 구한 일이 참 호기롭고도 고매하더군요. 이야기에 넋이 빠져 나는 호랑이가 하는 이야기라는 것을 제대로 깨닫지 못했소. 저 자신을 호랑이라고 해대는데도 호랑이라고 생각을 못 했소. 아, 사람 말로 하니 호랑이라고 생각할 수가 없는 일이었지요. 그저 촌부의 말투가 아니라, 학식깨나 있겠다 싶은 자의 말투였다니까요. 말을 한다기보다 책을 읽는 듯했다고도 할 수 있겠습니다.

또 당나라 신도징이라는 자의 처. 사람 자식까지 뒀던 호랑이. 그 이야기가 이어졌을 때도 마찬가지였지요. 신도징의 부인이 호랑이 가죽을 발견하고 크게 웃었다고 한 뒤, 호랑이로 변하여 포효하며 문을 박차고 떠나갔다고 한 뒤, 좌중이 좀 소란스러워지면서 어흥거리는 소리가 나왔던 듯하오. 나오긴 했을 거요. 그런데 그것도 좌장의 '어험, 어험' 소리에 움츠러들더라고.

다음은, 마지막은 신라의 김현과 뜻을 맞춘 호랑이 처녀 이야기였소. 또 이건 무슨 소리인가, 무슨 이야기인가 싶어 계속 귀를 기울였지요. 다시 한번 그 뜻이 참으로 호기롭고 고매하구나 하고 뜻을 새기는 중에 한숨 소리가 들렸지요. 한밤에 사당채에 몰려와 둘러앉은 자들 정체가 무엇인지 궁금해지더군요. 제 말마따나 정말 호랑이인가, 그럴 리는 없지 않은가, 그럼 도대체 어떤 자들이 이런 소리를 진지하게 나누는가, 하고 생각을 이어가던 중에 무리가 떠들썩하니 자리를 뜨더군요. 그때도 어흥거리는 소리는 나오지 않았소. '어험, 어험' 소리가 남았을 뿐이오.

홀연 그자들이 사라지고 얼마 뒤, 꿈에서 깨어난 듯 나는 비로소 내가 호랑이의 이야기를 들었다는 것을 깨달았소. 이즘 호랑이의 고민을 알게 된 것이었지요. 사람이 되기를 한마음으로 기원하던 별난 호랑이 동아리가 내처 사람 되는 게 올바른 길인지 고심할 세상이 된 것이지요. 이 조선이 말이오. 줄줄이 이어질 민란이 그 진주 땅에서 시작될 조짐을 그자들은, 그 호랑이들은 이미 알고 있었던 거요. 뭐, 뭐라고요?

이보슈, 증거를 대라? 호랑이라는 증거? 증거는 없습니다. 굳이 증거라면, 내가 그 이야기를 그자 말투 그대로 했다는 게지요. 꾸며서가 아니라 자연스레 그자 말투가 흘러나옵디다. 당나라인지 원나라인지, 신라인지 고려인지 기억해내려고 애쓸 필요도 없이, 그자가 말한 그대로 술술 이야기가 흘러나오기도 하더이다. 사람이 되고자 오랫동안 수양하고 공부한 호랑이 같은 신기한 물건이 해준 이야기이니 이런 일 일어날 수 있는 것 아닌가 생각합니다. 나는 그리 생각할 뿐이오. 그 이야기를 하는 동안에 그자는 의관 정제한 모습이 아니었을까 싶소. 그 사당채에 모인 동안에 다른 호랑이들도 사람 모습을 하고 있었을 것이오. 숲으로 들어갈 때야 호랑이 모습을 했겠지만 말이오. 나는 달리 생각할 수가 없소이다.

그동안 호랑이 이야기를 여럿 들었다오. 해본 호랑이 이야기도 여럿이오. 그 중에는 호랑이를 산신처럼 보는 이야기도 있고, 민가의 효자나 열녀를 알아보고 상을 주는 슬기로운 짐승으로 보는 이야기도 있고, 사람에게 은혜를 입으면 반드시 갚는 신의 넘치는 짐승으로 보는 이야기도 있지. 포악하거나 배은망덕해 단단히 벌을 줘야 할 대상을 호랑이로 보는 이야기도 있고, 어리석고 바보스러운 동물로 보는 이야기도 있지.

아, 그런데 그때 진주에서 들은 이야기는, 이야기 세 토막이 한자리에서 다 펼쳐진 그 이야기는 이전에 들어보지 못한 이야기였소. 그러니 내가 이전에는 누구한테도 하지 않은 이야기였소. 호랑이들의 고심이 묵직하게 담긴 이야기였지.

아, 그리고, 정말 호랑이란 짐승은 남달리 기운을 느끼나 봅니다. 민란이 날 것을 어찌 알았나 모르겠단 말씀이야. 멋도 모르고 나는 진주에서 며칠 지냈는데 정말 그곳에서 난리가 난 거요. 함성에 휩싸이고 불길에도 휩싸인 진주에서 간신히 몸을 피해 빠져나왔지요. 그런데 그게 끝이 아니었지. 난이 들불처럼 번지니 이제 달리 피할 곳도 없게 됐어. 허허, 참.

　어험, 어험, 어험.

　어, 어흥.

　어흥.

호랑이는 모를
이야기

단숨에 호랑이를 여럿 잡은 사람의 이야기군요.

강아지를 이용했다는 것 아닙니까? 어떤 사람이 호랑이 잔뜩 잡을 요량으로, 강아지를 이용했다는 것 아닙니까? 그러게요. 기름칠한, 기름칠한 강아지로 호랑이를 잡은 이야기라. 그것 참 재미나네요. 여태 못 들어봤는데, 재미가 나요. 잘 기억해뒀다가 나도 언제 한 번 해봐야겠습니다.

말 난 김에 제대로 기억해둬야겠습니다. 그러니까, 어떤 사람이 강아지 한 마리를 잘 끊이지 않을 삼줄에 매어서 호랑이가 많은 산으로 올라갔군요. 가서는 무슨 나무에 강아지를 붙들어 매어두었겠군요. 얼마 있으니 호랑이가 떼로 나타났고 말이지요. 강아지를 본 호랑이들은 이게 웬 떡이냐 하고 달려들었겠지요. 그 중에 제일 앞선 놈이 덥석 물었겠다. 그런데 이게 기름칠을 해놓은 강아지인지라 미끄덩하고 그냥 뱃속으로 들어가더란 소리 아닙니까?

아, 네. 그러니까요. 그러고서는 내처 똥구멍을 미끄덩하고 빠져나왔고 말이지요.

한발 늦어 허공이나 물어뜯던 호랑이들은 멈칫했을지도 모르겠습니다. 다시 휙 나타난 강아지를 보고서 말입니다. 그래도 그 중에는 얼른 정신 차린 놈이 있었겠지요. 나서서 냉큼 낚아채는 놈이 있었겠지요. 그런데 그놈도 기름칠한 강아지는 물어뜯지 못할 수밖에요. 그냥 뱃속으로 꿀꺽 삼켰겠지요. 기름칠한 강아지는 이번에도 뱃속에서 미끄덩하고 똥구멍으로 빠져나갔을 일이고요. 아, 이렇게 호랑이들이 차례대로 달려들고 나니, 이런, 이런 모습이 될 수밖에요.

기름칠한 강아지가 질긴 삼줄을 목에 맨 채로 여러 호랑이 뱃속을 들고났으니, 달려들었던 호랑이들은 입구멍과 똥구멍이 꿰이게 되었으니, 이건 마치 곶감 꼬치 같군요.

아, 이런 것이겠군요. 단숨에 호랑이 여러 마리를 잡는 방법이란. 참 재미납니다. 잘 기억해뒀다가 나도 언제 한번 제대로 해봐야겠습니다.

호랑이 이야기라면 뭐든 해봅시다. 호랑이가 들끓는 산을 여럿 함께 넘기로 하고 이 봉놋방에 모여 앉았다가 우리가 이야기를 시작했습니다. 이야기를 해보자고 했으니 계속하지요. 나도 하나 생각이 날 듯한데, 누가 먼저 해보시지요. 호랑이 이야기를……

이번에는 누가…….

*

이건 내가 어릴 적에 들은 이야기인데…….

호랑이 이야기를 해보자고 하니 제일 먼저 떠오르는 게 이 이야기입니다요.

옛날 어느 마을의 외딴집에서 송아지를 한 마리 들였습니다. 그런데 이걸 금방 눈독 들인 놈이 있었지요. 뒷산에 사는 호랑이 놈이었습니다요.

늦은 밤에 그 집으로 호랑이가 찾아갔는데 아기 울음이 크게 들렸습니다. 슬금슬금 마당으로 들어가는데 아기 울음은 그치질 않고 아기 엄마가 달래는 소리가 나와요. 그래도 아기는 울음을 멈출 기세가 아니었습니다요. 아기 엄마는 여우가 온다느니 늑대가 온다느니 곰이 온다느니 해요. 도깨비가 온대도 아기는 울음을 그치질 않아요. 별난 아기구나 하고 생각하는데 "호랑이 온다, 어 무서워라" 하고 아기 엄마가 몸서리치는 소리를 내요.

이만하면 울음을 그치련만 아기 울음은 더 요란을 떨어요.

그런데 말입니다, 울음이 딱 그치는데 "곶감 줄까?" 하는 아기 엄마 소리에 딱 그치는 겁니다. 귀 기울여 듣고 있던 호랑이는 움찔했어요. 자기보다 더 무서운 게 곶감인가 보구나 싶어서 말입니다요.

네? 아, 맞습니다요. 호랑이보다 곶감이 더 무섭다는 그 이야기. 맞습니다요. 아시네요? 다 알면 이것 어쩝니까? 그만 둘까요? 다 해놓고 뭘 그만 두냐고요? 아, 이게 끝이 아닙니다요. 이제 시작인 걸요. 여기서 끝나는 게 아닙니다요. 그날 송아지를 눈독 들인 놈이 하나 더 있었거든요. 예, 계속합니다, 그럼. 그놈이 누구인가 하면…….

호랑이가 어쩌는지 먼저 이야기하겠습니다. 그 무서운 곶감이 정말 오는지 어떤지는 모르겠으나 호랑이는 놀라 슬그머니 외양간으로 숨었습니다요.

저보다 무서운 곶감이란 놈! 도대체 어떤 놈일까 곰곰 생각해보는데 뭔가 제 등을 더듬는 게 느껴져요. 호랑이는 무서워서 꿈쩍하지를 못하고 가만 서 있었지요. 이건 뭔가 하면 이 집 송아지에 눈독 들인 종자가 하나 더 찾아왔던 까닭입니다요.

바로 소도둑이 그때 외양간으로 들어왔지요. 소도둑이 손으로 더듬다가 호랑이를 송아지로 생각한 것이지요. 소도둑은 얌전한 송아지구나 싶어 훌쩍 호랑이 등에 올라타기까지 했지요.

소도둑은 송아지인 줄 알고 호랑이 등에 탔고 그 호랑이는 이게 틀림없는 곶감이다 싶어 부들부들 떨기 시작했습니다. 소도둑은 송아지가 날뛰기 전에 달아나야겠다고 생각하고는 옆구리를 발로 찼습니다요. 송아지인 줄 모르고 호랑이 옆구리를 발로 찼지요. 그러자 이제나 저네나 냅다 뛰어야겠다고 재고 있던 호랑이는 외양간을 박차고 나갔지요.

호랑이는 불이 나게 달렸습니다. 호랑이는 밤길을 불이 나게 달렸습니다. 곶감이란 놈이 등에서 떨어지질 않으니 멈출 수가 없었지요. 소도둑은 소도둑대로 웬 놈의 송아지가 이리 빠르냐 싶어 더 붙들고 늘어졌지요. 드디어 먼동이 트기 시작하는데, 그제야 소도둑은 제가 호랑이 등에 탄 걸 알아차렸습니다요.

호랑이가 지쳐 걸음발이 늦춰지고서 소도둑은 마침 커다란 고목이 보이자 가지를 붙잡아 호랑이 등에서 벗어났습니다. 소도둑은 우선 몸을 숨기는 게 급한 일이다 생각하고 고목의 구멍으로 들어가 숨었습니다요.

"뭐하자고 그렇게 내달렸어?"

아까부터 지켜보던 곰이 호랑이를 불러 세우며 한 말입니다요. 그 소리에 호랑이는 이렇게 말했습니다요.

"무서운 곶감 놈! 내 등에 그놈이 달라붙어 죽는 줄 알았어."

"사람을 태우고선 웬 곶감! 그거 같이 잡아서 먹지."

곰이 그래요. 호랑이는 좀체 믿기지 않는지 주저하더니 어떻게 잡아먹겠느냐고 물어요.

"그놈이 저 고목 구멍에 들어갔으니까 내가 그 위에서 방귀를 마구 뀌어대지 뭐. 그럼 제 놈이 냄새 때문에 나오겠지. 그러면 그때 잡으라구."

그리고서 곰이 고목으로 올라가 구멍 위에 걸터앉았지요. 구멍에 숨어 있던 소도둑은 겁에 질려 방귀를 뀌어대건 말건 버텼어요. 그렇게 반나절을 보내고 소도둑이 보니 곰의 불알이 덜렁거리고 있는 겁니다요. 소도둑은 제 상투 묶은 끈으로 올가미를 만들어 곰의 불알에 씌웠지요. 그리고 잡아당기니 힘센 곰인들 버틸 수가 없지요. 곰은 제 사타구니를 움켜쥐고 고목에서 뛰어내렸지요. 그리고 떼굴떼굴 굴러요. 그때 호랑이가 뭐라는지 아십니까요?

"그것 봐. 곶감이 얼마나 무서운지 이제 알겠지?"

그리고서 호랑이는 비칠거리며 대밭으로 들어갔지요. 한참을 납작 엎드려 있는데 마침 장에서 돌아오는 사람들이 지나가면서 하는 소리가 들리는 겁니다요.

"올해는 곶감값이 비싸더구먼" 하고 누군가 말하고요.

"그러게 올해는 곶감값이 왜 그리 비싸?" 하고 또 누군가 말하고요.

곶감이라는 소리에 호랑이는 꼼짝을 않았지요. 호랑이는 대숲에서 사흘을 더 엎드려 꼼짝을 않았지요. 쫄쫄 굶으며 말입니다요. 이 세상에서 제일 무섭다는 곶감 놈, 아직 한 번도 본 적 없는 그 곶감 놈을 영영 볼 일 없기만을 빌면서 말입니다요.

어릴 적에 들은 이야기인데…….

……누구한테 들었는지는 기억이 안 납니다.

*

배고픈 호랑이가 토끼를 만났어.

"너 마침 잘 만났다. 너를 보니 절로 배가 부르구나."

아, 호랑이가 말했지. 무슨 말인지 토끼가 모를 리 없지. 그래도 토끼는 겁먹은 표시를 내지 않아. 토끼는 꾀쟁이였거든. 그때도 얼른 꾀를 냈지.

"용하기도 용하셔. 내가 딱 떡을 구워 먹으려고 할 때 나타나는 게 보통이 아니라니까요."

호랑이는 떡이란 소리에 눈이 홱 돌아가. 떡도 먹고 토끼까지 잡아먹으면 좀 좋겠냐 싶어서. 아, 그럼 떡부터 내놓아 보라고 했겠지.

"나 혼자 먹을 복은 아니니 어쩌겠어요. 따라오세요" 하고서 토끼가 호랑이를 데리고 가네. 데려 간 곳은 냇가의 자갈이 많은 곳이야. 토끼는 호랑이에게 불을 피우래. 그러고는 숨겨놓은 떡이라며 동글납작한 자갈 열한 개를 주워 와.

호랑이가 눈이 빨개지도록 피워놓은 불에 자갈을 던져놓고 토끼는 꿀을 구해올 테니 떡이 잘 구워지나 지켜보라고 해. 그러면서 이리 말하네.

"이 떡은 우리가 똑같이 다섯 개씩 나눠 먹을 수 있게 준비한 것이니까 내가 올 때까지 하나라도 미리 먹으면 안 돼요."

호랑이가 얼른 다녀오라는데도 토끼는 신신당부하듯 미리 먹어서는 안 된다는 소리를 해.

토끼가 깡충깡충 뛰어가기 전부터 호랑이는 떡을 헤아리고 있었어. 얼른 봐도 자기 눈에는 열 개가 아닌 열한 개였거든. 다시 헤아려 보니 아니나 다를까 하나 많은 열한 개야. 떡이 얼추 구워졌다 싶었을 때 호랑이는 이렇게 중얼거렸지.

"하나는 꿀 바르지 않고 그냥 내가 먼저 먹으련다."

호랑이는 자갈을 얼른 입속에 집어넣고 씹으려다 너무 뜨거워 꿀꺽 삼켰어. 불에 구운 자갈을 말이지.

창자가 다 녹아버릴 지경이었지. 호랑이는 펄쩍펄쩍 뛰다가 배를 움켜쥐고 나뒹굴었지.

한동안 배가 아파 죽을 지경이었을 거야. 어찌어찌 해 기운을 차리고서 호랑이는 얼마 뒤 또 토끼를 만났어. 아무래도 속은 듯해 따지려는데 토끼가 먼저 이러는 거야.

"왜 자갈을 삼켜 그 고생을 해요? 다섯 개나 먹을 수 있을 떡을 하나도 못 먹었잖아요. 오늘은 제발 내 말 믿고 기다리기입니다. 오늘은 내가 참새를 잡으려고 하니까요."

호랑이는 그동안의 의심이고 뭐고 다 내팽개쳤어. 토끼가 참새를 잡아준다니 그걸 먹을 생각에 말이지. 게다가 토끼까지 잡아먹을 생각에 말이지.

"그런데 그 참새를 어떻게 잡을 작정이냐?"

호랑이는 침까지 꿀꺽 삼키곤 물었다고.

"나는 한두 마리씩은 안 잡아요. 참새 맛이 별미라지만 한두 마리로는 제대로 맛을 볼 수도 없으니까요. 사람들이 훠이훠이 쫓으면 참새 떼는 이리 우르르 저리 우르르 몰려가지요. 사람들이야 훠이훠이 쫓기만 하지만 우리는 한쪽으로 쫓아서 삼키면 되지요. 먼저 내가 참새를 쫓을 터이니 아저씨는 저 가시덤불에 들어가서 눈 딱 감고 입만 벌리고 앉아 있으세요. 그러면 참새가 입속으로 마구 들어올 테니 그냥 꿀꺽꿀꺽 삼키기만 하면 돼요. 그리고 다음에는 내가 입 벌리고 있을 테니 참새를 쫓아주시고요."

입이 귀에 걸리려는 걸 호랑이는 가까스로 참았어. 참고서 가시덤불 속으로 들어갔지. 들어가서는 시킨 대로 눈 딱 감고 입 딱 벌리고 앉아 있었지.

아, 그 사이에 뭘 했겠어? 토끼는 뭘 했겠어? 아, 가시덤불 둘레를 돌면서 불을 질렀지. 마른 가시덤불에 불이 붙어서 따다닥 따다닥 타들어 가니까, 호랑이는 그게 새 날아오는 소리인 줄 알고 눈을 딱 감고 입을 더 크게 벌려. 달궈진 자갈이 떼로 달려든다 싶어 놀라 눈을 떴는데 그때는 많이 늦었지.

호랑이는 간신히 불길을 빠져나와 냇물에 뛰어들어갔어. 목숨은 건졌지만, 털이 홀라당 타 버렸어. 그러니 어디 나다닐 형편이 아니었지.

그래도 그 겨울에 호랑이는 또 토끼와 마주쳤네.

"요놈 요것. 두 번씩이나 날 바보로 만들다니! 이번엔 당장 잡아먹고 말 테다!"

그래도 토끼는 겁먹은 표시를 내지 않아. 그 토끼는 꾀쟁이였거든. 그때도 얼른 꾀를 냈어.

"용하기도 용하셔. 아저씨보고 누가 바보래요? 내가 물고기 잡으려고 할 때 딱 맞춰 나타나는 것 보면 용하기만 용하지."

물고기 먹고 토끼 먹을 욕심에, 그리고 바보이기는커녕 용하다는 소리에 호랑이는 또 앞뒤 가리지 않고 물었어.

"그런데 물고기는 어떻게 잡을 작정이냐?"

"사람들 하는 일 자세히 봤으면 물고기 잡는 데는 낚시가 제일이라는 것 금방 알 수 있지요. 내 꼬리는 짧아서 신통치 않지만, 아저씨 꼬리면 낚시하기에 안성맞춤일 겁니다. 저 냇물에 담그고 한동안 가만히 있어 보세요. 그러면 저절로 물고기가 꼬리에 주렁주렁 매달려 올라올 테니까요. 한두 마리 낚였다고 금방 들어 올리지 말고요. 좀 진득하게 기다리자구요. 나도 해보긴 해보겠는데 아저씨한테 기대는 더 해야지요."

아, 이러고서 토끼가 제 꼬리를 물에 담그려고 용을 쓰는 거야.

호랑이는 토끼 보고 내가 잔뜩 잡아 올릴 테니 너는 기다리라 하고, 손사래까지 쳐서 말리고 제 꼬리를 냇물에 척 담갔지.

토끼는 날이 추워질 태세이니 자기는 불을 피울 준비를 하러 다녀오겠다고 하고 그 자리를 떠버렸어. 토끼가 얼른 나타나건 말건 호랑이는 제 꼬리에 주렁주렁 매달려 나올 물고기만 생각하며 앉아 있었어. 혼자 빙긋빙긋 웃으며 앉아 있었어.

이번엔 어떻게 호랑이가 죽을 고비에 빠졌느냐고? 아, 토끼가 자리를 뜨면서 뭐랬어? 날씨가 추워질 태세라고 하지 않았냐고?

호랑이 놈이 한참 만에 제 꼬리에 힘을 줬지. 줘보니 웬걸 꿈쩍하지를 안 하네. 아, 날이 추워졌고, 물이 얼어붙은 것이지. 꼬리가 언 냇물에 붙들리고 말았어. 그 힘센 호랑이라도 제 꼬리를 움직일 수가 있나 뭐.

밤새도록 용을 써대던 호랑이는 다음 날 아침 일찍 내를 건너 나무하러 왔던 사람들한테 두들겨 맞아 죽었지. 가죽까지 홀라 당 벗겨졌으니 그 호랑이가 토끼를 다시 만날 일은 없었지. 그래서 이 이야기는 여기서 끝이 나는 거라오.

꾀보 토끼, 아니 얼뜨기 같은 호랑이 이야기. 내가 이 주막집 아까 그 중노미만 할 때, 새끼 꼬는 법 한창 배우던 해 겨울밤에 동치미 국물 떠다 주고 머슴한테 들은 이야기야.

그게 오늘 새삼 생각났어.

아, 산적처럼 생긴 자가 뭔 이야기를 참기름까지 쳐가면서 고소하게 해봤겠어? 나야 그동안 이야기라는 걸 제대로 해본 적 없는 사람이라니까.

그 머슴이 정말 고소하게 이야기를 했네, 그러고 보니까. 나야 생각나는 대로 그저 해봤지.

*

옛날 어느 산골에 혼자 사는 할머니가 있었답니다.

혼자 사는 처지이니 농사도 혼자 다 지어야 했지요. 하루는 산비탈 밭을 매고 있었지요. 팥을 심을 작정이었습니다. 해가 길 때라 쉬엄쉬엄 밭을 매는데 난데없이 웬 그림자가 하나 옆으로 쑥 들어오는 겁니다. 뭔가 싶어 고개를 돌렸더니 집채만 한 호랑이 한 놈이 우뚝 선 채로 쳐다보고 있지 뭡니까. 할머니는 침만 꼴깍 삼키고는 가만있었지요.

"할멈, 할멈. 밭을 그리 매어 언제 다 맬 작정이야? 힘들어 보여서 그러는데 내가 금방 밭을 다 매줄게. 그 대신 내가 할멈을 잡아먹게 해줘."

아, 이러지 뭡니까. 의뭉스러운 낯짝으로 빤히 쳐다보면서 말입니다.

힘들어 보여 도와준다면서 또 잡아먹게 해달라는 건 무슨 소리냐구요. 할머니는 기가 막혀 아무 말도 못 했습니다. 다시 한번 간신히 침을 꼴깍 삼키다가 맥이 다 빠져 그만 스르르 주저앉고 말았지요. 그 사이 호랑이 놈은 할머니 머리 위를 훌쩍 뛰어넘었습니다.

그리고는 진짜 밭을 매겠다는 건지 발톱을 내민 앞발로 헤집어대는 겁니다. 한바탕 흙먼지를 날리며 산비탈을 뛰어다니는 겁니다. 그리고는 그 호랑이란 놈이 입을 딱 벌리고 할머니 앞에 딱 멈춰서는 겁니다.

"이만큼 내가 밭을 매줬으니 이제 내가 할멈을 잡아먹게 해줘야지."

집채만 한 덩치에도 기가 질렸지만 이리 의뭉스럽게 나오니 할멈은 어찌 살아날 방도가 없다 생각했습니다.

"이 산비탈 밭을 매느라 참 고생했다. 너도 고생했고 나도 고 생했다. 이리 고생했으니 팥을 다 키워 팥죽까지는 먹어보자. 내 가 동짓날 팥죽이나 쑤어 놓거든 그때 와서 잡아먹어라. 너도 고 생했고 나도 고생했으니……."

할머니는 오래 혼자 살다 이제 호랑이 밥이 된 제 신세가 한스 러워 쏟아지려는 눈물을 대신 그리 말로 풀어놓았던 것이지요. 그런데 호랑이가 팥죽 욕심까지 생겼는지 무슨 재미난 놀이라고 생각했는지 고개를 끄덕거리는 겁니다.

"그것도 괜찮네."

호랑이 놈이 이러는 겁니다.

제 그림자를 끌고 그 호랑이 놈이 사라진 뒤 할머니는 팥을 심 었지요. 산속에서 혼자 사는 할머니는 어디로 도망칠 생각도 할 수 없었습니다. 그저 동짓날까지는 밝은 하늘 더 볼 수 있게 되 었단 것을 다행이라 여기며 농사를 지었습니다.

동짓날도 되기 전에 호랑이 놈이 찾아왔습니다. 한여름 지나 며 팥밭이 무성한 날에는 마름처럼 둘러보고 갔습니다. 드디어 팥을 거둘 때가 되었을 때도 호랑이 놈이 찾아왔습니다. 그날은

"할멈 잡아먹으러 왔다!' 하고 소리치며 입을 쩍 벌리기도 했습니다.

할머니는 황급히 약속을 확인시켰지요.

"이 팥 거두어 팥죽 쑤어 놓으면 그때 잡아먹기로 하지 않았느냐?'

"아, 그걸 몰라 이러는 건 아니지. 팥죽 먹고 또 할멈 먹을 생각에 요즘 침이 자꾸 꼴깍거려서 그러지."

그러고서 호랑이는 돌아갔어요.

이젠 동짓날에나 보리라 했던 호랑이 놈은 그 전에 또 한 번 나타났습니다. 할머니가 팥을 다 거두어들인 날 말입니다. 떨어 가지고 키에 담아 까부는데 호랑이가 찾아왔던 것이지요.

"할멈 잡아먹으러 왔다! 팥 농사 다 지었다고 어디 도망갈 생각한 건 아니지?'

"내가 도망갈 곳이 있었으면 진작 도망갔지 아직 이러고 있겠느냐? 너도나도 밭매느라 고생했으니 팥죽이나 한 그릇 맛보자는 거지. 이제 날마다 해가 짧아질 테고 그러다 오는 게 동짓날이다. 내가 그날은 아침부터 팥죽 끓일 준비할 테니 너는 저녁에 오너라. 그때는 틀림없이 팥죽 먹을 수 있다. 나도 동짓날 팥죽 한 그릇 먹고 나면 밝은 하늘 아래 모든 것과 그만 헤어질 작정을 하고 있으니……."

호랑이는 팥죽 먹고 할멈까지 먹을 생각에 입맛을 쩝쩝 다시고는 또 그냥 돌아갔지요.

그리고는 할머니 말대로 날마다 해가 짧아졌습니다.

날마다 해가 짧아지더니 드디어 밤이 가장 긴 동짓날이 되었습니다. 아침부터 준비하여 할머니는 점심 무렵에는 팥죽을 쑤기 시작했습니다. 팥죽을 쑤기 시작하고 곧 할머니는 눈물이 흐르는 걸 참지 못했습니다. 그동안 참았던 울음이었지요.

할머니가 울고 있는데 지게가 혼자 걸어왔습니다.

"할머니, 할머니. 왜 울고 그래요?"

"오늘 저녁에 그만 죽게 돼서 운다" 하고서 할머니는 호랑이가 잡아먹으러 오게 된 일을 이야기했지요. 그랬더니 지게가 이러는 겁니다.

"팥죽 한 그릇 주면 내 살려주지."

지게가 살려주건 어쨌건 팥죽 한 그릇 못 주랴 싶어 주었더니, 한 그릇 맛나게 먹고 나서 지게는 자기를 대문간에 세워 달래요. 해서 할머니는 대문간에 지게를 세워 줬지요.

그리고 또 훌쩍거리고 있는데 이번에는 멍석이 굴러 와요.

"할머니, 할머니. 왜 울고 그래요?"

"오늘 저녁에 그만 죽게 돼서 운다" 하고서 할머니는 호랑이가 잡아먹으러 오게 된 일을 이야기했지요. 그랬더니 멍석이 이러는 겁다.

"팥죽 한 그릇 주면 내 살려주지."

팥죽 한 그릇 다 먹은 멍석은 마당에 눕혀 달래요. 해서 할머니는 마당에 멍석을 눕혀 놓았지요.

그러고 또 훌쩍거리고 있는데 이번에는 송곳이 뛰어 와요.

"할머니, 할머니. 왜 울고 그래요?"

"오늘 저녁에 그만 죽게 돼서 운다" 하고서 할머니는 호랑이가 잡아먹으러 오게 된 일을 이야기했지요. 그랬더니 송곳이 이러는 겁다.

"팥죽 한 그릇 주면 내 살려주지."

팥죽 한 그릇 다 먹은 송곳은 부엌 밖에 세워 달라네요.

그러고 또 훌쩍거리고 있는데 이번에는 맷돌이 뛰어 와요.

"할머니, 할머니. 왜 울고 그래요?"

"오늘 저녁에 그만 죽게 돼서 운다" 하고서 할머니는 호랑이가 잡아먹으러 오게 된 일을 이야기했지요. 그랬더니 맷돌이 이러는 겁다.

"팥죽 한 그릇 주면 내 살려주지."

팥죽 한 그릇 다 먹은 맷돌은 부엌 천장에 매달아 달래요.

그러고 또 훌쩍거리고 있는데 이번에는 자라가 기어 와요.

"할머니, 할머니. 왜 울고 그래요?"

"오늘 저녁에 그만 죽게 돼서 운다" 하고서 할머니는 호랑이가 잡아먹으러 오게 된 일을 이야기했지요. 그랬더니 자라가 이러는 겁니다.

"팥죽 한 그릇 주면 내 살려주지."

팥죽 한 그릇 다 먹은 자라는 물두멍에 넣어 달라네요.

그러고 또 훌쩍거리고 있는데 이번에는 밤톨이 굴러 와요.

"할머니, 할머니. 왜 울고 그래요?"

"오늘 저녁에 그만 죽게 돼서 운다" 하고서 할머니는 호랑이가 잡아먹으러 오게 된 일을 이야기했지요. 그랬더니 밤톨이 이러는 겁니다.

"팥죽 한 그릇 주면 내 살려주지."

팥죽 한 그릇 다 먹은 밤톨은 부엌 아궁이에 묻어 달래요. 부엌 아궁이에 밤톨을 묻어 주었지요.

그러고 또 훌쩍거리다가 할머니는 동짓날 짧은 해가 산 너머로 진 것을 문득 깨달았습니다. 할머니는 이제 울음을 다 삼키고서 호롱불 밝힌 방에서 대문간을 지켜보았습니다.

산속에 어둠이 다 내려앉았다 싶고 곧 얼마 뒤 밖이 소란스러워지더니 호랑이가 마당으로 들어왔습니다. 할머니는 순간 저도 모르게 호롱불을 혹 불어 껐습니다.

호랑이는 금방 마당을 가로질러 방 앞까지 왔습니다.

"이 못된 할망구야, 나 들어가는데 불은 왜 꺼?" 하는데 여태까지 말투와는 다른 게 이젠 정말 잡아먹을 작정인 듯했지요. 할머니는 아랫배에 잔뜩 힘을 주며 받아쳤습니다.

"이 호롱불이야 너 들어오는 바람에 꺼졌지."

호랑이는 그것 가지고 더 시비하기 싫다는 듯 "팥죽은 어디 있어?" 하고 물었습니다.

"부엌에 한 솥 쑤어놓았다. 그것부터 먹고 와라. 어두운 게 탈이면 아궁이 불로 환하게 해놓고 먹어라."

호랑이는 이번에도 뭐라 더 말하지 않고 부엌으로 갔습니다. 팥 심던 날부터 기다린 팥죽이니 오죽 간절하겠습니까.

부엌으로 간 호랑이는 부지깽이에 불을 댕기려고 아궁이에 집어넣었습니다. 그러니까 아궁이 속에 있던 밤톨이 탁 튀어나와 호랑이 눈을 때리네요.

"앗 뜨거워!"

눈을 씻으려고 호랑이는 물두멍에 손을 넣었습니다. 그랬더니 거기 숨어 있던 자라가 손을 물고 늘어졌지요.

"아야얏!"

비명이 나오기 바쁘게 천장의 맷돌이 뚝 떨어졌습니다. 맷돌은 놈의 머리를 내리쳤지요.

"어이쿠!" 하고 주저앉는 순간엔 바닥에 세워 놓은 송곳이 엉덩이를 찔렀지요. 황급히 부엌에서 호랑이가 뛰쳐나가니 마당에 누워 있던 멍석이 와서 또르르 마는 겁니다. 그리고는 지게가 냉큼 뛰어와서 짊어지고 갔지요. 저희끼리 이미 계획을 세워놓았던 모양인지 어쩐지 일이 그렇게 척척 돌아갔습니다.

호랑이를 지게가 짊어지고는 어디 갔느냐고요? 아, 누구는 산비탈 밭에 파묻었단 소리도 하고 또 누구는 강물에 빠뜨렸다고도 하고 그러는데, 들어 보니까 그건 말하는 사람마다 달라요. 그래도 어쨌든 호랑이놈이 할머니한테 다시 찾아오진 않더라는 건 다 똑같이 이야기해요. 그러니 할머니는 오래오래 더 살았지요.

할머니는 산속에서 밤톨이랑 자라랑, 맷돌이랑 송곳이랑 멍석이랑, 그리고 보자, 또 지게랑 어울려 잘 살았다지요.

이 이야기는 제가 할머니 등에 업혀 들었던 이야기 같습니다.

*

아, 당연히 호랑이 이야기입지요.

아까 그 토끼는 아니겠지만 토끼도 나오는 이야기입니다. 그럼 시작합지요.

옛날에 한 나그네가 길을 가다가 큰 구덩이를 보았습니다. 호랑이 한 마리가 웅크리고 앉은 구덩이였습니다. 사람들이 파놓은 구덩이에 호랑이가 빠진 것입지요. 빠져나올 방법이 없었던 호랑이는 나그네에게 제발 저 좀 살려달라고 애걸했습니다.

나그네는 "살려주면 나와서 나를 잡아먹게?" 했습지요. 호랑이는 울상을 지으며 절대 그런 일 없다고, 살려만 달라고, 은혜를 꼭 갚을 것이라고 매달리는 겁니다.

나그네는 커다란 나무를 구해서 구덩이에 사다리처럼 비스듬히 내려놓아 주었습니다. 그러니까 이제, 꼼짝없이 죽을 처지였던 호랑이는 나무를 타고 밖으로 나올 수 있었습니다. 그렇게 호랑이는 목숨을 건지게 되었습지요. 그런데 살려줘서 고맙단 말을 하려던 입으로 호랑이가 이러는 겁니다.

"아이코 이것 미안하지만 내가 배가 고파 죽겠으니 당장 잡아먹어야겠어."

구덩이에서 며칠 굶었던 호랑이는 은혜고 뭐고 다 내팽개치고 나그네를 그저 먹잇감으로만 생각할 뿐이었던 것입지요.

"날 잡아먹겠다고? 내가 널 살려주었는데? 구해준 날 네가 잡아먹는다는 게 말이 되는 소리인지 따져나 보자. 저기 저, 풀 뜯고 있는 소한테 가서 물어보기라도 하자. 그리고 날 잡아먹든 말든 해라."

나그네가 이렇게 말하자 호랑이는 그러자고 했습니다. 둘은 소한테 가서 재판을 청했습지요.

나그네는 자신이 구덩이에 빠진 호랑이를 구해줬는데도 호랑이가 배가 고프다며 잡아먹겠다고 하는데 말이 되느냐고 물었습니다.

그러니까 이제, 재판관이 된 소가 판결을 내리겠지요. 재판관이 된 소는 호랑이가 잡아먹어도 괜찮다고 말했습니다. 코뚜레 뚫어 온갖 일에 부려 먹다가 잡아 고기까지 먹는 사람들이 미운 까닭이었습지요.

그러니까 이제, 나그네는 다급해졌지요. 다급해진 나그네는 그러면 저 앞 길모퉁이의 큰 느티나무한테 물어보자고 했습니다. 그러니까 이제, 느티나무를 새 재판관으로 세워보자는 것이지요.

"느티나무님, 나는 길 가던 나그네입니다" 하고 나그네가 말했습니다.

"길을 가다 함정에 빠진 이 호랑이를 보고 살려줬지요. 그런데 이 호랑이가 은혜는 갚지 못할지언정 나를 잡아먹겠다고 합니다. 이게 어디 될 말인가요?"

듣고 있던 느티나무는 잡아먹어야 한다고 말했습니다. 그 까닭을 이리 덧붙이면서 말입니다.

"은혜 모르기는 사람이 더하지. 삼복더위에 내 그늘 밑에 와서 땀을 식히고 잠도 자고서 한다는 말이 한쪽 가지를 잘라 방망이 만들었으면 좋겠다느니 뒤웅박도 팠으면 좋겠다느니 이러는 것이거든. 나보다 젊은 나무들이야 아예 허리가 분질러져서 땔감 된 게 한둘이 아니지."

마치 제가 직접 당한 일인 듯 몸서리치며 하는 말이었습니다.

그러니까 이제, 판결이 이렇게 나니까 이제, 나그네는 죽을 처지가 되었지요. 꼼짝없이 죽을 처지가 되었습지요. 나그네는 다시 느티나무 옆에 서 있는 커다란 바위한테 물어보자고 했습니다. 바위라면 사람한테 별 원한이 없을 듯하기도 해서 말입니다. 그런데 이 재판관, 이 바위도 역시 잡아먹으라고 하는 겁니다.

"은혜 모르기는 사람이 첫 번째지. 목욕하러 와서는 제 옷을 홀렁 벗어 맡겨놓고는 찾아가며 고맙다는 말을 하나, 물에서 나와서는 두 발로 뛰며 제 몸 말리고는 또 고맙단 말을 하나? 그뿐이면 다행. 느닷없이 석수장이 데려다가 이 바윗돌로 맷돌을 만들 수 있겠는지 다듬잇돌을 만들 수 있겠는지 계산을 대본다니까. 그럴 때는 우리 바위들 가슴이 철렁한다니까. 은혜를 모르는 것들은 잡아먹어."

그러니까 이제, 바위까지 그리 판결하고 나서니까 이제 나그네는 낙심했습지요. 그때 토끼가 깡충깡충 뛰어왔지만, 왜 그러느냐고 먼저 묻지 않았다면 나그네는 다시 한 번 제 처지를 호소

할 생각도 못 했을 겁니다. 나그네가 소와 느티나무와 바위한테 한 이야기를 다시 하고 나자 토끼는 고개를 갸웃거렸습니다. 이어 말만 들어서는 잘 모르겠으니 원래대로 해보라고 하는 겁니다.

나그네가 뭐라고 하기 전에 "그거야 어렵지 않지!" 하고 호랑이가 나섰습니다. 다시 구덩이로 들어가서 "이렇게 내가 사람들 함정에 빠져 있는데 저 나그네가 나타나 이 나무를 내려줬지. 그러고 제 은혜 갚으라고 떠들어대는 거야. 은혜 모르기는 첫 번째가는 사람이 말이야."

그때 나그네는 토끼의 끔뻑하는 눈짓을 받았어요.

아, 그러니까 이제, 나그네는 정신을 번쩍 차리고, 나무를 재빨리 치워버렸습니다. 어라, 이제 호랑이는 구덩이에 다시 갇힌 신세가 되었습지요.

그러니까 이제…….

"이 은혜 모르는 호랑이야, 너는 죽어도 싸!" 하고서 토끼는 숲 속으로 깡충깡충 뛰어갔습니다. 나그네는 애걸복걸하는 호랑이를 한참 쳐다보다가 혀를 쯧쯧 찼습니다. 그리고는 제 갈 길을 그냥 갔습지요.

이 호랑이도 아까 그 호랑이, 꼬리가 얼어붙은 호랑이처럼 얼뜨기가 틀림없습니다. 꾀보 토끼한테 당하는 꼴이 영락없는 그 바보 꼴입니다.

　오늘 밤에 바보 호랑이 이야기가 이어지네요. 바보 호랑이……

*

　듣고 보니 하나같이……

　아, 듣고 보니 우리 사람은 많이 알아도 호랑이는 제대로 모를 이야기이군요. 하나같습니다. 호랑이들이 저희 바보 된 일을 주위에 이야기해 알리고 또 대대로 전했을 리 없겠지요.

　내 언제 호랑이한테 들었다는 이야기를 해준 사람 만난 적이 있습니다. 정말 호랑이가 해준 이야기이기야 하겠습니까만, 어쨌든 이야기가 다르더군요. 그 이야기에서는 호랑이가 바보나 얼뜨기가 아니에요. 그런 호랑이도 세상 어디에 있겠으나 흔하진 않을 겁니다. 내일 산 넘다가 만나는 호랑이가 있으면 불러다 앉혀야겠습니다. 불러다 앉혀놓고 해주도록 합시다. 그놈들은 모를 이야기를요.

　그런데 호랑이라는 게 꼭 호랑이만 말하는 것 아니겠지요? 제 힘이나 재주만 믿고 날뛰는 것들이 바보라면 호랑이만 호랑이가 아닌 것 같은데……

한양에 올가미를 잘 다루는 사람이 하나 있었습니다. 남의 개를 올가미로 몰래 낚아채 팔아먹고 살던 자인데, 하루는 호랑이도 같은 방법으로 잡아서 팔면 큰 부자가 되겠거니 하고, 강원도 산골로 들어갔습니다.

호랑이 많다는 곳으로 가니 웬만한 산만하다 싶은 호랑이가 나타났습니다. 그자는 때를 잘 노려 올가미를 휙! 하고 던져서 목을 거는 데까지 성공했습니다. 하지만 호랑이가 아가리를 떡 벌린다 싶더니 혀로 낚아채 삼키는 바람에 배 속으로 쑥 들어갔지요. 호랑이 배 속에 한참 있자니 석유장사가 들어오고 잡화장사도 들어왔답니다. 세 사람은 석유로 불을 켜고 노름을 한참 하다가 발로 마구 굴러댔습니다. 산만한 호랑이도 아픈지 용을 쓰는 기척이 나기 시작했습니다. 호랑이가 용을 제대로 쓰자 세 사람은 모두 항문으로 쏟아져 나오게 되었지요. 그때도 그자는 올가미를 죽어라 하고 붙들고 있었습니다.

항문으로 빠져나왔을 때 어찌 된 줄 아시겠습니까? 호랑이의 안팎이 홀라당 뒤집어지고 말았지요. 그자가 올가미를 끝까지 붙들고 있었으니까요. 호랑이의 안팎이 홀라당 뒤집혔는데 그자는 그새 다른 사람들이 호피를 누가 벗겨 간 줄로만 알았습니다.

"아이고, 산골 도둑 없다더니 눈 감으면 코 베어 갈 도둑놈 천지일세!' 하고 한숨을 쉰 뒤 그자는 "나는 도로 개나 훔치며 살아야 하겠어!' 하고는 부리나케 한양으로 돌아갔답니다.

끝입니다. 나도 호랑이 이야기 하나 보탰네요. 기름칠한 강아지로 호랑이 잡은 이야기 들었을 때 생각난 것입니다.

호랑이 이야기 하나씩 해보자고 해서, 호랑이 들끓는 산을 여럿 함께 넘기로 하고 이 봉놋방에 모여 앉았다가 우리가 이야기를 시작했는데, 별별 재미난 이야기가 참 많네요. 나도 하나 생각해내서 보탰습니다.

슬슬 하품도 나오는 게 밤이 깊었습니다. 이제 누울 자리를 잡지요.

이 주막집 봉놋방이 좁아도 발 뻗고 자도록 합시다. 아, 그래야 내일 산을 거뜬히 넘지요.

은진미륵도
배꼽 잡을 일

내 너한테 이야기 하나 해주마. 해줄 테니 들어봐라.

옛날에 어떤 사람이 한 해 농사 잘 지어 가을에 벼를 베게 되었거든.

그럼 얼굴 환하니 하고 일하면 좀 좋아. 그런데 이 사람은 누구와 눈길이 마주쳐도 데면데면한 얼굴이야. 늘 그래. 얼굴도 그렇지만 하는 말도 그래. 늘 하는 말이 있다고. 이 사람 하는 말이 무슨 말인지 들어봐. 이 사람이 농사 잘 지어 가을에 벼를 베더라고 했지? 그래. 그때, 마을의 이웃 영감 하나가 지나다가 보고서 한마디 건넸지. 듣기 좋게 건넸지. "자네 이제 쌀밥 먹게 됐네 그려" 하고 말이야. 그런데 이 사람 말하는 것 좀 봐. 데면데면한 낯짝을 하고서 "글쎄 쌀밥을 먹게 될지 어쩔지 두고 봐야지요" 하고 대답하는 거야. 늘 한다는 말이란, 다른 게 아니라…….

그 뒤에 얼마 안 가서 이 사람이 벼를 타작하게 되었겠지. 볏단을 잔뜩 쌓아놓았으니 타작을 해야지. 타작을 하는데 마을의 그 이웃 영감이 또 보고는 "이젠 자네 쌀밥 먹게 됐네 그려" 하고 말했지. 늘 데면데면한 낯짝으로 한다는 말도 뻔하다지만, 좋은 일이니 좋은 낯으로 한마디 했다고. 그런데, 보라고. 아, 또 "글쎄 쌀밥을 먹게 될지 안 될지 두고 봐야지요" 하고 말하는 꼴.

그 뒤에 이 사람은 방아를 찧게 되었겠지. 나락이 그득하니, 방아를 찧어야지. 방아를 찧는데 마을의 그 영감이 보고 "이젠 진짜 쌀밥 먹게 됐네 그려" 하고 말했거든. 이 사람은 늘 하던 대로 "글쎄 쌀밥을 먹게 될지 안 될지 두고 봐야지요" 하는 거야. 허허 참. 그래, 헛웃음 나올 일이지. 가만있다만 너도 사실은 헛웃음이 나오려 했을 거다. 그랬을 거야.

그 뒤에 이 사람은 쌀밥을 지어 상에 차렸겠지. 이때도 마침 마을의 그 영감이 와서 보고 "이젠 정말로 자네 쌀밥 먹게 됐네 그려" 하고 말했지. 그런데 이 사람은 여전히 늘 하던 대로 "글쎄 쌀밥을 먹게 될지 안 될지 두고 봐야지요" 하는 거야. 데면데면한 낯짝으로…….

아, 이젠 헛웃음이 나올 때가 아니지. 화가 나지?

그 영감이 그랬다니까. 그 영감은 밥숟갈이 막 입으로 들어갈 참인데도 '두고 봐야지요' 하자 그만 빽 소리쳤어. "에이 이놈 아! 밥이 입으로 들어가는데도 두고 봐야 한단 소리냐!" 어찌나 화가 나는지 그렇게 빽 소리쳤어. 그런데 그것만으로 화가 풀릴 리가 없지. 해서 영감은 그냥, 밥상을 둘러메쳐버렸다니까.

그러니까 이 사람은 "그것 보십시오. 제가 뭐라고 합디까? 다 된 밥도 먹어야 먹은 것이지요. 먹기 전까지는 먹게 될지 안 될지 두고 봐야 하는 것이 아닙니까?" 하더라나. 앞으로 어쩌다 "두고 봐야지요" 하는 소리를 해야 할 때면 이 이야기 생각나서 혼자 웃게 될지도 모릅니다.

아, 너 들으라고 한 이야기야. 그런데 넌 그냥 그러고 있기냐?

아버지하고 어머니는 저렇게 웃으시는데…….

*

아무렴, 그렇지요.

여느 장돌뱅이들보다 힘이 들지요, 우리가.

댕기나 비녀 따위 팔러 다니는 치들과는 한눈에 봐도 다르지 요. 옹기나 목기도 무겁습니다. 그래도 저 소금 짐을 못 따라와 요. 노새의 도움을 받더라도 소금을 한 짐씩 짊어지고 골짜기로 만 돌아다녀 보십시오. 허리가 똑 끊어질 듯할 때가 많습니다.

그저 장에서 장으로만 다닌다면야 한량이지요. 우리는 장에서 장으로만 다니는 게 아니라 주로 골짜기를 찾아다니지 않습니까? 산골이란 게 이게, 오늘처럼 다리 뻗을 곳 찾기가 쉽지 않다는 겁니다. 날이 좋더라도 한뎃잠은 힘이 들어요. 외양간에라도 재워달라는 소리가 왜 나오겠습니까? 한뎃잠이 이만저만 힘든 게 아닌 까닭이지요. 오늘 우리야 번듯한 방에서 코 맘껏 곯아가며 잘 수 있게 되었지만 말입니다.

아, 우리는 주로 이 충청도 온 산골을 돌지요. 강원도로는 제천 지나 영월과 정선으로도 가긴 합니다. 그래도 주로 이 충청도 바닥을 돌아요. 내 고향은 저 새재 너머입니다. 새재 너머 어디입니다. 그곳도 산골이지요. 여기와 하나 다를 바 없는 골짜기. 아니, 더한 산골이랄 수도 있겠습니다. 소금 장수라고 해서 갯가에서 태어나 자란 게 아닙니다. 바다는 한 번도 못 보고 자랐지요. 바다를 처음 본 건 평안도 아재 따라다니면서입니다.

아재 만나 곧 얼마 안 돼 바다를 봤지요.

네, 맞습니다. 산간에 코 박고 살다가 바다를 처음 봤으니 그때는 딴 세상 같았지요. 열대여섯 먹었을 때였는데, 태어난 데를 혼자 떠날 수밖에 없는 형편이었는데, 그 길로 소금 장수 길에 나섰던 셈이지요. 그랬다지만 당장에는 내 힘이나 재주로 뭘 감당할 것이라곤 없었지요. 한동안은 그저 따라다니는 게 일이었습니다. 아재 따라 저 북쪽 함경도까지 가봤지요. 따라다니면서 하나씩 배웠지요. 소금밭을 직접 본 건 한참 지나섭니다. 바닷물을 가둬 여러 차례 말리면서 얻는 게 소금이더라구요. 바다만 가면 소금이 나오는 게 아니더라구요. 소금이 짠 건 소금밭에서 일하는 사람들 땀까지 보태져서라고 아재가 얘기해주더군요. 나는 고개를 끄덕였습니다. 우리 소금 장수의 땀까지 보태져서 그리 짜다는 것도 차차 알게 되었지요.

평안도 아재는 길 가는 동안 이야기를 참 많이 들려주었습니다. 이야기를 참 잘했지요.

네, 오늘 보답을 하자면 나도 이야기를 하나 해야 하는데, 얼른 생각나는 게 없으니 이것 큰일입니다요. 길도 희미한 산골로 다니며 소금 팔자면 길에서 살 수밖에 없고, 길에서 살다 보면 온갖 사람 만나 이 얘기 저 얘기 듣고 또 이 일 저 일 겪기도 하고, 그러다 보면 재주 둔한 사람도 별나게 잘 풀어놓을 수 있는 이야기 한두 자락쯤은 가지게 되지요. 그런데, 나는 둔한 사람이라…….

아, 이야기를 하나 한다니까! 뭘 할까 궁리도 좀 하고 어떻게 펼쳐놓는 게 재미가 더 날까 생각도 해보고 하느라 그런 거지요. 네, 알겠습니다. 둔한 사람이 뭐 그런 것 따져봐서 뭐하겠습니까. 그냥 하도록 하지요. 아이도 들을 만한 이야기로 하지요. 새벽이라면 찬 기운이 돌겠지만 아직은 괜찮네요. 별 총총한 밤에는 괜찮네요.

유쾌한 이야기가 하나 생각났습니다.

번갯불에 콩 볶아 먹듯 할 수는 없지요. 느긋하게 들어주십시오.

*

옛날에 어떤 사람 하나가 나귀 타고 먼 길에 올랐습니다.

이 사람은 한마디로 인정머리 없는 사람이었습니다. 남 사정은 살필 줄 모르고 제 것만 챙기는 그런 사람 말입니다. 그러니 나귀에 턱 올라앉아서는 거드름을 잔뜩 피우며 갔겠지요. 남 사정 살필 줄 모르는 사람이 제가 부리는 짐승 사정은 살필 줄 알겠습니까? 나귀가 쉴 틈도 줘야 할 텐데 내처 등에 올라타서는 가는 겁니다.

가다가 길에서 짐 진 사람을 만났는데, 이 사람은 콧노래까지 흥얼거렸나 봅니다. 아, 콧노래 못 부르란 법 없지요. 그런데 이 사람은 앞서거니 뒤서거니 하며 가는 동안 짐 진 사람이 몹시 힘들어한다는 걸 알아챘을 텐데도 여전히 그러는 것이었습니다요. 지게에 무슨 단지며 보퉁이며 여럿 지고 진땀을 흘리며 걸어

가는 사람은 누구인가 하면, 나한테 바다를 처음 보여준 평안도 아재였습니다. 그때는 내가 그 아재를 따라다니기 전이었지요.

아재가 그날 그렇게 힘들어했던 건 짐이 별나게 무거워서가 아니라, 소금을 악착같이 다 팔고 나서 몸살이 나서였습니다. 소금 장수가 몸살 났다고 어디 주막 같은 데 퍼져 있을 수도 없고 해서 아재는 그 몸으로 돌아가는 길에 올랐던 겁니다. 하필 그때는 소금값을 돈으로 받은 것보다 이런저런 물건으로 받은 게 더 많아 지게가 가볍지 않았던 겁니다.

아재는 몸살로 진땀을 흘렸습니다. 그런데 그 인정머리 없는 사람은 나귀에 올라앉아 콧노래까지 흥얼거리며 함께 길을 가고 있었던 것입니다. 하도 힘들어서 아재가 드디어는 나귀 탄 사람에게 이리 부탁을 해봤습니다.

"이보시오. 몸살이 나 짐이 여간 무겁지가 않구려. 그러니 나귀 등에 짐 좀 얹어 주오."

그런데 이 나귀 탄 사람이 어쨌냐 하면, 콧방귀를 픽 뀌어. 콧방귀 뀌면서 고개를 흔들지 뭐겠어. 그러고서 한다는 소리.

"나는 어디에 타고 가라고 그러오?"

허허, 참. 그 사람은 눈을 치켜뜨며 쳐다보곤 어림없다는 듯 고개를 내젓기까지 하는 겁니다. 짐 진 우리 아재, 평안도 아재는 다시 사정했지요.

"이 짐 다 얹어 달라는 게 아니라 보퉁이 하나둘만 얹어 달라는 말이오. 보퉁이 하나둘이야 자리를 차지하면 얼마나 차지하겠소?"

이번에 나귀 탄 사람은 아예 왼고개를 틀어. 손을 내저어. 그러면서 또 한다는 소리.

"아무려나 내 자리 빼앗기기는 마찬가지 아니오? 또 내 나귀가 힘이 더 드는 것이고."

그 인정머리 없는 사람은 제가 부리는 짐승을 끔찍이 사랑한다는 듯한 소리까지 하지 뭐겠습니까. 그 사람 그렇게 나오는데 아재가 당장 어쩌겠습니까. 그냥 걸어갈 수밖에요. 한 번 떠올려 보십시오. 한 사람은 나귀 등에 올라앉아 콧노래를 흥얼거리고, 한 사람은 무거운 지게 지고 진땀을 삐질삐질 흘리고…….

한참 가니 갈림길이 나왔습니다. 두 사람은 헤어지게 되었습니다. 나귀 탄 그 인정머리 없는 작자는 왼쪽 길로 접어들고, 지게 진 우리 평안도 아재는 바른쪽 길로 접어들게 되고…….

아, 애가 잠이 오나 봅니다.

잠이 오면 자야지. 이야기가 이제 재미있어지려는데 잠이 온다니 할 수 없구나. 궁금하면 내일 아버지한테 물어봐라. 잠을 잘 자야 키가 잘 크는 법. 애들은 순하게 자고 이것저것 가리지 않고 먹어야 잘 자라지. 그래야 농사를 짓든 나무를 하든 크게 힘들이지 않고 살 수 있는 게야. 우리도 힘없이는 어디 무거운 짐 지고 온갖 고개를 넘어 다니겠느냐? 그만 자거라. 잠이 오면 자야지. 뭐? 이야기가 재미없다고? 이놈 이것…….

저 녀석 몇 살입니까?

*

옥수수가 맛나네요.

옥수수도 맛나게 먹었으니 이제 이야기를 계속해 보겠습니다. 아, 저 애도 하나 먹고 잤으면 좋았을 텐데. 우리만 먹어 버렸네.

그때 우리 평안도 아재 그냥 가자니 너무 속상했나 봐. 나귀 탄 사람하고 헤어지려던 때 말입니다. 아재는 돌아섰지요. 나귀 탄 사람이 보니 지게 진 사람이 가다 말고 뒤돌아서서 손짓까지 하며 자기를 부르는 겁니다.

또 괜한 부탁이라도 해올까 싶어 그 사람은 "왜 그러오?" 하고 뚱하니 받았겠지요. 그랬더니 아재가 뭐랬는가 하면 말입니다, 이랬지 뭐겠습니까. 자기는 사람의 관상을 좀 볼 줄 안다, 그런데 당신 오늘 일진이 영 좋지가 않다.

"뭐가 안 좋다는 거요?"

그 사람은 별 시답잖은 소리 다 듣는다는 표정이었겠지요. 우리 아재가 사람 많이 만나며 산 사람이라 관상을 좀 보기도 해요. 하지만 일진까지 맞출 정도이기야 하겠습니까요, 어디. 그런데도 이랬지요. 당신 타고 가는 그 나귀가 방귀를 세 번 뀌면 당신은 크게 다칠 것이다. 그러니 조심하라.

"허, 별 싱거운 사람 다 보겠네."

나귀 탄 사람은 땡감 씹은 낯짝이었지요. 이어서 "쓸데없는 참견 말고 당신 갈 길이나 얼른 가시오" 하고 말할 때는 팩 쏘아붙이듯 했습니다.

이제 그 인정머리 없는 작자가 혼자가 됐어요.

나귀 등에 보따리 한두 개를 좀 싣자느니 어쩌느니 하며 귀찮게 하더니 일진 어쩌고 하며 조심하라는 둥 영 기분 잡치는 소리까지 하는 사람이 가 버려서 속 시원하다고 생각하며, 그 작자는 이랴이랴! 나귀를 몰아서 갔겠지요. 나귀가 숨이 가빠하건 말건 말예요.

빠르게 몰아대다가 드디어는 나귀 등에서 흔들흔들하며 느긋하게 가기 시작했지요. 아, 그러고서 얼마쯤 지나서일까요. 뿡 소리가 나는데, 이게 틀림없이 나귀가 방귀를 뀌는 소리가 아니겠습니까! 그 작자는 방심한 순간 갑자기 무슨 일을 당한 기분이었습니다. 입이 벌어진 다음에 언짢아지면서 에잇 하는 소리가 절로 나왔습니다. 소금 장수가 한 말이 생각나서인 것이지요.

퉤퉤! 그 사람은 침을 뱉었습니다. 고약한 소리로 남의 기분을 망쳐놓았다고 한바탕 욕을 하곤 나귀의 옆구리를 발로 툭툭 찼습니다. 괜히 걸음발을 늦춰 주었더니만 나귀 놈이 방귀나 뀐 것 같기도 하고 해서요.

아, 나귀가 줄곧 내달릴 수는 없는 노릇. 차차 걸음발을 늦춰. 아까처럼 걷기 시작해. 그 사람은 다시 나귀 등에서 흔들흔들. 잠시 떨쳐놓았던 불편한 마음이 되살아났겠지요. 정말 무슨 일이 일어나려나? 나귀가 방귀를 세 번 뀌면 정말 무슨 일이 일어나려나? 두 번 더 뀌면 참말로 나한테 안 좋은 일이 생기는 건 아냐? 슬슬 겁이 나. 이젠 콧노래도 못 불러. 몸을 움츠리게 되고 그랬지요. 괜히 몸을 이리저리 움직이면 나귀가 무거워 저대로 용을 쓸 수 있으니까. 그러다 방귀라는 게 뿡 하고 나와 버릴 수 있으니까.

네? 방귀 소리야 뿡 하고 나기도 하고 뽕 하고 나기도 하고 그러는 것이지요.

네네. 아, 그런데, 그렇게 조심한다고 했는데, 뽕 하는 소리가 또 나지 뭡니까. 아, 이번에는 뽕 하고 났다고 합시다. 그래, 방귀 소리가 뽕 하고 났어요. 얼마를 조심스럽게 갔는데, 나귀가 두 번째 방귀를 뀌었단 말입니다. 아, 그렇고말고요. 나귀 탄 그 작자가 기겁하는 건 당연지사지요. 첫 번째 방귀에 기분 나빠지고 은근히 걱정되기 시작했다면 두 번째야 덜컥 겁이 날 일. 이 놈의 나귀 새끼! 하며 그 사람은 발뒤꿈치로 나귀의 배를 차려다 그만뒀습니다. 아, 그랬다가 방귀라도 터져 나오면 어쩌겠습니까. 펑 하고 터져 나오면……

이제 나귀가 한 번만 더 방귀를 뀌면 틀림없이 무슨 안 좋은 일이 생길 것 같은 느낌에 가만있지를 못 하겠는 겁니다. 그래서 그 사람은 조심스럽게 등에서 내려와서는 나귀의 눈치를 봤습니다. 아, 이놈아, 도대체 뭘 먹었기에 연방 방귀를 뀌어대느냐? 이제 제발 얌전히 가자꾸나. 내가 내려왔으니 너는 더 용을 쓰지 않아도 된다. 그러니 방귀는 뀌지 말거라. 입속말로 빌 듯 그렇게 중얼거렸지요.

한동안 나귀 옆에 붙어 서서 조심스럽게 길을 가던 그 사람은 한참 길이 남았다는 생각을 하자 영 마음이 안 놓이는 것이었습니다. 무슨 좋은 방법이 없나 궁리했습니다. 드디어 나귀를 불러 세웠습니다. 하하, 이것 참. 내가 자꾸 웃음이 나와서……

듣는 분은 그냥 들으십시오. 그 사람 조마조마한 마음 헤아리며 그냥……

나귀 세운 그 사람 무슨 일을 했는가 하면요, 단단한 돌을 하나 주워들지 뭐겠습니까.

아이고, 그걸 어떻게?

하하, 이것 참. 아, 그랬다니까요! 그 돌멩이를 가지고 나귀 밑구멍을 꽉 막아버렸다니까요! 아, 그 돌멩이로 밑구멍 막아 아예 방귀를 못 뀌게 하려는 것입지요.

웃음이 나와도 참고 들어보세요. 일이 이제 진짜 재미나는 대목으로 가니까. 그래 놓고 나귀를 몰고 갔겠지요, 그 사람은. 이제 안심이다 하고서. 바보 아니고서야 어찌 그러겠나 하시는데 그냥 들어주십시오. 아, 그 사람 바보 아니었는지 한참 가다 보니 슬그머니 다시 걱정이 드는 겁니다요. 그새 돌멩이가 밀려 나오지는 않았는지 걱정되는 겁니다요. 한참을 왔으니 말예요. 돌멩이가 제대로 박혀 있는지 그게 자꾸 걱정이 되는 겁니다.

아, 그러니 더 바보라?

바보든 아니든 그 사람 어찌 되나 봅시다. 그 사람 오래 못 가서 나귀를 세웠거든. 그리고 나귀 뒤로 가서는 밑구멍 가까이에 얼굴을 대고 들여다봤겠지. 돌멩이가 잘 박혀 있나 하고. 그런데 이것 어찌합니까. 하필 그때 나귀가 세 번째 방귀를 뿡 하고, 아니 평 하고 또 뀔 게 뭐겠습니까. 평! 하하, 이것 참.

애야, 너 안 잤느냐? 다 듣고 있었냐? 별 재미도 없다며 잔다더니 다 들었구나. 그래, 웃음을 참을 수가 없지. 참을 수 없으면 웃는 거지 뭐. 막 웃어라. 방귀를 어떻게 참으며 웃음은 또 어떻게 참겠느냐. 뀌어라. 웃어라.

그런데 너 옥수수 먹고 싶은 것 어떻게 참았느냐? 침이 꼴깍꼴깍 넘어갔을 텐데 자는 척하느라 괜히 손해 봤구나?

옥수수는 우리가 다 먹었다.

*

방귀가 한꺼번에, 돌멩이로 막아 놓아 그동안 못 나왔던 방귀가 한꺼번에 터져 나오는데 얼마나 세겠습니까. 펑 소리가 나는 게 어울리겠습니다요. 어쨌거나 나귀 밑구멍에서 돌멩이는 튀어나왔겠고, 다음에 그 돌멩이는 그 사람 이마를 장작으로 후려치듯 냅다 갈겼지요.

날벼락이지요. 그 사람은 그대로 나자빠졌습니다. 아이코 소리가 나온 것도, 이마를 감싸 쥔 것도 다 나자빠진 다음이었습니다요.

나귀가 방귀를 세 번 뀌고 나면······.

아, 일이 우리 아재, 우리 평안도 아재가 말한 그대로 되었지 뭐겠습니까.

그런데 우리 아재가 그 사람 당한 일을 어찌 다 알아 얘기해주었느냐고요? 다른 길로 갔으면서 어떻게 알게 되었는가 하면, 뒤에 다시 만났거든요. 그랬겠지요. 그날 저녁이랬나 이튿날 저녁

이랬나 어디 주막에서 다시 만났다는 겁니다.

그때 보니 그 사람 이마가 벌겋게 부풀어 올라 있더랍니다. 그 사람이 아재한테 바보처럼 당한 일 어찌 다 털어놓았겠습니까. 부끄럽고 또 화가 나서 아재하고는 눈도 안 마주치고 외면하려 했다는데 말입니다. 아재는 그 사람이 술이 올라서는 다른 사람에게 털어놓은 이야기를 전해 들어 알게 되었을 겁니다. 그 사람이 남한테인들 솔직하게 다 털어놓았겠습니까만, 아재는 숨긴 대목도 다 미루어 짐작할 수 있었던 겁니다.

아, 그러니 짐작해서 꾸민 부분이 영 없다고 할 수는 없을 겁니다. 이야기란 그런 것 아니겠습니까? 이야기는 겪은 것이래도 겪은 그대로만 아니라 꾸민 구석도 있게 마련일 겁니다. 이야기를 하자면 자연 그리된다지요. 우리 아재가 있으면 잘 설명을 해 드릴 텐데, 나는 그런 재주가 없습니다요.

그저 평안도 아재한테 재미나게 들은 이야기 하나 전해 주었을 뿐입지요. 아, 저녁밥에다 옥수수에다 이렇게 잠자리까지 마련해줬는데, 이만한 이야기로 어찌 갚음을 다 하겠습니까. 힘들게 사는 사람들끼리 사정 살펴주느라 그랬거니 고맙게 받을 따름입지요. 살다 보면 우리가 이곳 와서 또 뭘 베풀게 될 날이 없으리란 법도 없지요. 그렇게 사는 것 아니겠습니까?

우리 이번에 장사 떠나오기 달포쯤 전에 아재가 몸져누우셨지요. 어찌 되었는지 모르겠습니다. 돌아갔을 때 쾌차해 일어나 계시면 더 바랄 게 없겠는데 어찌 될는지요. 이번에는 위중해 보여서 마음이 조마조마하네요. 아, 소금 장수 그만둔 지야 오래지요. 소금은 짠맛이지만 소금 장수는 짠맛에 살맛까지 나게 하는 사람이라지요. 이 골 저 골로 살맛을 져다 나르는 사람이 바로 소금 장수라 했지요. 나한테 그리 가르쳤습니다. 지금은 제가 이 아이 데리고 다니는데, 아재처럼 잘 가르치는지는 모르겠네요. 순구 저놈이, 말수가 적은 게 아니라, 저대로 고민이 있나 봅니다.

그럴 때가 있지 않습니까? 괜히 속이 답답하고 그럴 때, 또 답답한 속 함부로 내보이고도 싶지 않을 때…….

아, 돌아다닌다고…….

온갖 곳 떠돌아다닌다고 해서 답답한 일 왜 없겠습니까? 고개 넘고 구비 돌면 새로운 바람 가슴 가득 들이킬 수도 있지만, 이 천지에 가르고 묶고 하는 게 어디 한둘입니까? 양반이니 상민이니 하는 것부터 그렇고, 권세 있고 없는 것도 그렇고, 재물 많고 적은 것도 그렇고. 한둘이 아니지요. 아, 높은 데서는 바람이 부는 모양입니다. 구름이 빠르게 지나갑니다요.

달도 차차 둥글어지는 때라서 밤경치가 제법 볼 만하네!

가을이 깊었어도 밤에는 괜찮네요. 새벽에는 제법 찬 기운이 나겠습니다만. 찬 기운 받고 일어나면 온종일 찌뿌드드한데 오늘 잠 푹 잘 수 있겠습니다.

이 골짜기 끄트머리라지만 높은 곳에 자리 잡아 동네를 한눈에 다 살필 수도 있어 좋던데요 뭘. 집도 아담하니 좋습니다. 행랑에 앉아서 위채에 이야기를 건네도 다 들리니 좋네요 뭐. 네, 이야기야 다 끝났습니다. 인제 그만 주무십시오. 주무시면 되지요.

너도, 옥수수 생각 그만하고 너도 자라. 열두 살이랬지? 네 나이 때가 좋을 때다. 좋을 때…….

*

일찌감치 길을 나섰어야 하는 건데…….

우리가 이렇게 아침밥까지 잘 얻어먹었으니 이야기나 하나 더 하지요. 옛날에 아들 없이 딸 하나만 둔 영감 이야기입니다. 거짓말을 무척 좋아하던 영감 이야기입니다. 얘, 이 영감이 뭘 좋아했지? 그래, 거짓말, 거짓말을 글쎄 좋아했댜.

옛날에 아들 없이 딸 하나만 둔 영감이 있었는데 거짓말을 무척이나 좋아했더라는 겁니다. 이웃 사람은 물론이고 다른 동네 사람까지 데려다가 술이니 음식이니 대접을 하면서 다른 얘기다 제쳐놓고 거짓말을 청해 듣는 게 일이었다는 겁니다요.

거짓말도 계속 하기는 쉽지가 않아요. 그것도 어찌나 허황한
지 재미나기까지 한 거짓말은 말예요. 이웃 사람이나 부근 동네
사람한테서 나올 수 있는 거짓말이라야 뻔한 것이다 싶자 영감
은 궁리를 했어요. 어찌하면 제가 좋아하는 거짓말을 늘 들을 수
있을까 하고 말입니다. 궁리 끝에 영감은 방을 냈어요. 거짓말
세 마디 제대로 하는 사람이 있으면 사위 삼는다! 아들 없이 딸
하나만 둔 이 영감이 부자인 데다 그 딸이 참하기로 소문이 난
터라 내붙인 방은 많은 사람의 관심을 끌었어요. 드디어 곳곳에
서 거짓말깨나 한다는 작자들이 하나둘 모여들기 시작했지요.

그런데 이렇게 모여드는 사람들 중에서 거짓말 세 마디를 제
대로 할 수 있는 사람은 없었습니다요. 그 영감이 두 번째까지는
순순히 거짓말이라고 인정하다가 세 번째에서는 진짜배기라고
해버리니 어찌할 수가 있나요 뭐. "그래 그렇지. 자네가 용왕님
만날 때 나도 옆에 있었잖아" 하는 식으로 나오면 어찌할 수가
있나요 뭐. 이런 식으로, 진짜라고 해버리면 기껏 거짓말 세 마
디를 준비한 사람은 말문이 막힐 수밖에요.

한동안 영감은 살맛이 났지요. 자기 좋아하는 거짓말을 실컷
들을 수 있게 되었으니 말입니다.

하루는 전에 이 영감 집에서 머슴을 살던 총각이 찾아왔습니

다. 모내기 하는 걸 살펴보러 논에 나갔다가 영감이 새참 판에 앉았는데 총각이 넙죽 인사하고는 이러는 겁니다.

"영감님, 아직도 사위 못 구했다는 소식 듣고 찾아왔습니다. 제가 거짓말 세 마디 제대로 하고 사위가 되겠습니다."

"사위? 머슴 살자면 내 당장 받아주겠는데, 사위 되자면 거짓말 세 마디를 제대로 해야지. 머슴 살 건가 거짓말 세 마디 해볼 건가?"

영감이 말했습니다. 총각은 이렇게 답했지요.

"거짓말 세 마디를 제대로 해보겠습니다."

"아, 해봐. 내 집에서 머슴 살던 때 내 그렇게 좋아하던 거짓말도 한 번 안 해주더니 그새 어디서 많이 배우고 왔나봐. 어서 해보게. 다들 같이 들을 테니까 정말 제대로 해보게. 제대로 못하면 사위는커녕 이제 머슴도 다시는 못 살아."

영감은 놀려먹는다는 생각에 벌써 입꼬리가 귀에 걸리려고 했지요. 그래도 새참 판에 모인 사람들까지 나서서 총각에게 권하자 약속은 반드시 지킬 것이라고 다짐을 해주었습니다.

총각은 다짐을 받은 다음에 그동안 궁리한 이야기를 시작했습니다.

"영감님, 제가 머슴 살다가 그만 두고 조선 팔도는 물론 중국까지 돌아보지 않았습니까?"

영감은 "아, 그랬나?" 하며 빙긋 웃고는 어서 계속 해보라는 뜻으로 고개를 끄덕였습니다.

"그때 일들 중에 놀랄 만한 것으로 해볼까 합니다" 하고서 첫 번째 거짓말을, 꾸민 이야기를 본격적으로 시작했습니다.

"모내기하느라 다들 고생인데 중국에서도 모내기철은 힘든 때더라구요. 질퍽한 논에 발 푹푹 빠뜨리며 모를 심다보면 머슴들은 허리가 아프지요. 주인 영감님은 주인 영감님대로 일꾼 모으느라 골치 아플 테고, 마나님은 마나님대로 새참해대느라 땀깨나 흘리지요. 천자의 나라라는 중국에서도 마찬가지더라구요. 모내기철은 중국에서도 힘든 때이니 그러려니 하고 견딜 수밖에요. 그런데 타작 때는 달라요. 이제 제 이야기 잘 들어두시면 타작 때 일꾼 구하느라 영감님 골치 아플 일 없고 또 마나님도 새참해대느라 땀 흘릴 일 없습니다.

모내기는 이전에 하는 대로 계속 하세요. 그리고 제가 중국에서 사온 모기장을 가져올 테니 그걸로 이 논 전체를 덮어 놓으십시오. 그러면 타작 철이 편해진다니까요. 나도 처음엔 웬 놈의 모기장을 논에 덮어 뭐 하자는 건가 했지요. 논에 모기가 못 드나들게 해서 무슨 이득이 있나 했지요. 모내기철에 그것 보고 별난 나라 별난 사람들이구나 하고 지나갔습니다만, 타작 철에 또 그곳을 지나가다 보고선 무릎을 쳤습니다. 무릎을 치게 되더라고요.

중국에서는 힘들게 타작을 하지 않아요. 할 필요가 없어요. 덮어놓은 모기장 구멍 사이로 모가 자라니 타작 철에 중국에서는 도리깨질할 것 없이 모기장만 걷어 올리면 나락이 다 모이더라고요. 그것 보고 무릎을 치지 않을 수가 있겠습니까? 영감님도 올 해는 그렇게 해보십시오. 오늘 영감님 댁에서 모 심는 것 모르고 중국에서 산 모기장을 그냥 두고 왔는데, 내 당장 가서 가져오겠습니다."

총각은 그러고서 자리에서 일어나 "그럼 이만" 하고 정말 다녀올 태세였지요. 그러자 영감이 뭐라고 했겠습니까? 이야기가 재미나잖아요? 오랜만에 들을 만한 거짓말을 하나 들었는데 계속 들어야지 그냥 보내버려서야 안 될 일이지요. 그러니 영감 입에선 "아, 그냥 앉아. 제대로 한 거짓말 맞으니까" 하는 소리가 나왔지요.

그러자 총각이 "그럼 두 번째 이야기를 하면 됩니까?" 하고 물었고 영감은 "아, 그렇지. 어디 해봐" 하고 고개를 끄덕였지요.

야, 순구야, 뭘 그리 서둘러? 노새 놈도 이야기를 마저 다 듣고 가자는 눈치던데 그리 끌고 나가냐?

＊

예, 그렇지요. 먼 길을…….

먼 길을 타박타박 걸어가다 보면 이 천지에 가르고 묶고 하는 게 한둘이 아니란 생각이 스멀스멀 들면서 한숨이 저절로 나오지요.

그래도 구름까지 밀어가며 부는 바람 바라보다 보면, 저 높은 데서 부는 바람이 언젠가 땀방울 뚝뚝 떨어지는 이 길로 내려와 모든 게 한꺼번에 시원하게 풀릴 날이 있으려니 하는 새로운 기대가 생겨나기도 하지요. 아닌 게 아니라, 돌아다니며 살다보면 그런 맛을 좀 더 보게 되지요. 그런 맛을 좀 더 보게 되는군요.

아, 저기 정자나무 아래 가 있네요. 혼자 더 가지는 않을 겁니다.

이야기를 마저 듣고 싶으면서도 순구 저 녀석이 지금 심통을 부리는 겁니다. 나 따라다니는 처지에 내 하는 소리가 다 허튼소리라도 그만 말고 어서 길 떠나자고 할 수는 없으니 아무 말도 없이 노새 끌고 나가버린 겁니다. 저 녀석이 내 나이, 내가 평안도 아재 따라나선 때 나이보다 두어 살 더 먹었지요. 그동안 나잘 따라다녔는데, 요즘 마음이 콩밭에 가 있나 봐요. 나도 그랬던 때가 있지요. 나도…….

나는 내 할 이야기는 다 한다. 그러니 너는 아무 걱정 말고 들어봐라. 이야기가 어디까지 갔는가, 보자. 그래, 첫 번째 이야기가 거짓말로 인정받았지. 듣고 있던 다른 사람들도 첫 번째 거짓말을 인정받았다고 확인해주고 해서 총각은 새로운 이야기를 하기 시작했지.

"영감님, 제가 중국에서 돌아온 건 요 얼마 전입니다. 압록강을 건너 조선 땅으로 들어오고 나서 곧 영감님이 내건 방에 대해 들었습니다. 마음이 급해지더군요. 조선 팔도의 거짓말쟁이들이 몰려든다니 자칫하면 내가 영감님 사위 될 기회도 한 번 못 가져보겠다 싶어서 말입니다. 어떻게 하면 냉큼 달려올까 생각하던 중에, 저 북쪽 지방 사람들이 오리 잡는 모습에서 방법을 찾았습니다. 그곳에서는 오리를 올가미로 잡더라고요. 나는 그곳 사람한테서 오리 잡는 올가미를 잔뜩 사들여서 긴 끈을 달아 물가에 놓아두었습니다. 그랬더니 아닌 게 아니라 오리가 잡히더라고요. 그곳 사람들이야 올가미로 잡은 오리를 내다 팔거나 집에서 요리해 먹거나 하지만, 나야 그러자고 그리 한 게 아니지요.

나는 오리가 아주 많이 올가미에 걸렸다 싶었을 때 벌떡 일어나 '날아라!' 하고 소리쳤지요. 그랬더니 오리들이 정말 까맣게 날아오르는 겁니다. 오리들은 나하고는 반대 방향인 남쪽으로 날더군요. 하늘을 나니까 금방이더라고요. 영감님 집이 저 아래 보이는데, 그런데 문제는 내려앉을 수가 있어야지요. 내가 줄을 하나씩 끊어서 오리들 날개 힘을 빼서 간신히 내려앉은 곳이 논산, 저 남쪽 논산이었습니다. 정확히는 논산 관촉사 은진미륵 앞이었습니다.

그때 서둘러 영감님 찾아뵈려 했는데, 아! 은진미륵 돌부처가 보이고, 또 하나가 더 보이는 겁니다. 아, 그게 뭔가 하면, 배나무. 예사 배나무가 아니고 은진미륵 머리 꼭대기에서 자라는 배나무였습니다. 그 높은 곳에 배나무가 자라니 배가 주렁주렁 매달렸어도 그 누구 하나 따먹지 못한다는 거예요. 날개 달린 새들이나 먹고 간혹 한둘씩 센 바람에 떨어지는 게 있으면 사람이 먹고 그런다지요. 따먹을 재주 있으면 따먹으래요. 관촉사 주지 스님이 나보고 직접 그래요.

그래서 내가 절에 뒹구는 장대를 모두 걷어 하나로 이었어요. 그랬는데도 그게 나뭇가지에 닿지를 않는 겁니다. 은진미륵 키만큼은 이었지만 말예요. 은진미륵 부처님도 키가 훌쩍 큰데 그 머리 위에서 자란 배나무이니 어지간하려고요. 어쩌나 하다가 제가 주지 스님 안 볼 때 은진미륵 콧구멍을 살살 건드려봤어요. 아, 그랬더니 미륵이 냅다 재채기를 하지 뭐예요. 그리고 그 바람에 배가 우수수 떨어졌고요. 아주 맛있게 주워 먹었습니다. 물론 부처님께 공양도 드렸고요. 아, 영감님 몫도 챙겨놓았습니다. 급해서 오늘 그것 못 가져왔는데, 지금 다녀오겠습니다. 그럼 모내기 더 하고 계시면 제가 얼른 배를 가져오도록 하겠습니다."

총각은 그러고서 자리에서 일어나 이번에도 "그럼 이만" 하고 정말 다녀올 태세를 보였지요. 그러자 영감이 뭐라고 했겠습니까? 이야기가 재미나잖아요? 오랜만에 정말 들을 만한 거짓말을 들었는데 계속 들어야지 그냥 보내버려서야 안 될 일이지요. 그러니 영감 입에선 "아, 그냥 앉아. 제대로 한 거짓말 맞으니까" 하는 소리가 나왔지요.

그러자 총각이 "그럼 세 번째 이야기를 하면 됩니까?" 하고 물었고 영감은 "아, 그렇지. 어디 해봐" 하고 고개를 끄덕였지요.

영감이야 그렇게 시키기는 했지만 이제는 무슨 거짓말을 해도 아, 그것 진짜라고, 진짜배기라고 해버릴 작정이었지. 다른 사람들도 다 그렇게 물리쳤거든.

*

아, 그렇지. 영감이 참말이라고 할 수 없도록 해야지.

영감이 거짓말이라고 순순히 인정하도록 해야지. 차라리 그게 영감에게는 이득이 되도록 해야지. 무슨 방법이 있을까? 너라면 어떻게 하겠니? 너도 언제 거짓말 세 마디 잘 해서 부잣집 사위 될지 모르는 일이다. 그럼 이런 산골 떠나 고래 등 같은 집에서 살겠구나. 좋겠구나. 그러니 잘 들어봐라. 이번에는 길게도 이야기 안 해.

"영감님, 제가 압록강을 건너 조선 땅에 돌아온 뒤 마음이 급했던 건 사실 다른 이유가 있어서입니다. 영감님한테 거짓말 세마디 해볼 기회를 가지지도 못 할까봐서가 아니라, 사실은 이미 저하고 정혼한 따님을 잃어버릴까 해서입니다. 놀라지 마십시오. 따님하고 제가 이미 정혼을 한 사이라고 지금 제가 말씀 올리고 있습니다. 놀라지 마시고 들어주십시오. 따님이 저와 이미정혼한 사이인데 그걸 모르는 영감님이 거짓말 세 마디 제대로하는 사람에게 시집보내겠다고 했으니 마음이 급할 수밖에요. 그 소식을 압록강 건너자마자 들었으니 오리를 잡아서라도 빨리 영감님 찾아뵈어야겠다는 황당한 생각까지 한 것이지요. 오늘제가 정혼한 사이임을 증명할 문서도 가지고 왔습니다. 따님하고 제가 정혼한 것은 제가 영감님 댁에서 머슴 살던 삼 년 전 일입니다. 이것 보시면 틀림없다는 것 아실 테니 살펴보십시오. 바로 이겁니다."

총각은 품에서 정혼 문서라는 걸 주섬주섬 꺼내 펼쳤겠지.

둘러싸서 듣고 있던 사람들은 이것 어찌 되려나 하고 보고 있는데, 영감은 이미 얼굴이 새파래져 있었지 뭐. 영감이 총각한테 꼼짝없이 당했지요. 아, 그것 참말이라고 할 차례인데, 그 총각이 한 말에 순순히 그럴 수가 없잖아. 그럼 어떻게 되느냐고? 얼굴만 참한 게 아니라 행실까지 참한 것으로 소문난 딸이 뭐가 되느냐고? 그래, 그것두 그렇지. 참말이라고 해버리면 정혼 문서가 진짜배기가 돼. 꼼짝없이 혼인해야 돼. 얼굴이 새파래진 영감이 한참을 끙끙 앓다가 결국 말해버렸지.

"에이, 이놈아! 그것 거짓말이다. 어디 그런 거짓말을 다 해!"

모여 지켜보던 사람들은 총각의 등을 친다, 어깨를 친다 하며 축하해줬지. 부잣집 사위된 걸 축하해줬지.

아, 그렇게 해서 그 총각이 부자 영감 사위가 되었다니까.

*

아침밥까지 얻어먹고 나서게 되어 한 이야기입니다.

산골로 다니는데 서둘 게 뭐 있나요. 해질 때나 잠깐 서둘면 되지요.

이 이야기도 평안도 아재한테 들었구나. 아, 이건 아재가 직접 겪은 일이 아니고 옛이야기 같은 것이지. 나는 그 아재를 진짜 집안 먼 친척 아재인 줄 알았어. 처음 나 데려갈 때 그리 말했거

든. 먼 친척이라면 얼마나 먼지, 또 어떻게 해서 친척이 되는지
는 한 번도 말해 준 적 없어. 태어나 자란 곳을 혼자 떠날 수밖에
없을 때, 열댓 살밖에 안 먹었던 그때 나는 그저 먼 친척 아재이
거니 하고 딴 생각은 않고 따라갔지. 아재가 여러 군데로 나를
데리고 다녔는데, 무슨 사연인지 평안도로는 한 번도 안 가더라
고. 그러더라고. 뭔 사연이 틀림없이 있는 게지.

그 아재 참 많이도 이야기를 해줬는데, 한동안은 무슨 소리인
지 알아듣지를 못하겠더라고. 저 새재 너머 경상도 산골에서 살
다가 평안도 사람을 따라다니게 되었으니 무슨 소리인지 알아들
을 게 별로 없더라고. 개를 가이라고 하는 것도 처음엔 못 알아
들었다니까. 평안도에서는 개를 가이라고 한다지. 그럼 새는 사
이라고 하지 않겠어? 거짓말은 겁소리라고 했어. 거짓말을 겁소
리라고 하더라고. 넷날에 겁소리 듣는 걸 아주 좋아하는 영감이
하나 있었드랬는데 어쩌구 저쩌구 했지. 아까 그 영감이 평안도
영감이었으면 아마 "님자, 그럼 겁소리 한번 해보라우!" 이랬을
게야.

다음엔 너도 겁소리 한 번 해봐라. 겁소리라는 게, 거짓말이라
는 게 그냥 거짓말이 아니라 이야기지. 재미나게 꾸민 이야기지.
아재는 영감이 하는 말은 다 영감 소리로, 총각이 하는 말은 또
다 총각 소리로 했거든. 그러니 이야기가 더 재미나. 소금 장수

가 찾아가면 원래 사람들이 그렇게 많이 모이나 했는데, 알고 봤더니 다 아재가 하는 이야기를 듣자고 모이는 것이더라고.

이야기 잘한 평안도 아재는 이 골 저 골로 살맛을 날랐지요. 이야기로 살맛을 나른 셈이지요. 나도 언제쯤 이야기를 잘할 수 있을까 했는데, 이번에 제법 잘한 것 같다. 그렇지 않냐? 바람 타고 내 이야기가 논산 관촉사까지 날아갔다면 틀림없이 은진미륵 부처님도 배꼽 잡고 웃었을 거야. 순구 저 놈이 서둘지만 않았으면 거짓말 세 마디로 부잣집 딸을 색시로 얻은 총각이 또 어떤 거짓말을 해서 장인 영감 입에서 다시는 거짓말하지 말라는 말이 나오게 했는지까지 얘기할 작정이었는데 그게 좀 아쉽구나. 그래도 이야기가 마무리 안 된 건 아니다. 그 이야기는 그 이야기대로 끝이 났다. 남의 집 머슴 살던 총각이 부잣집 딸을 색시로 얻었으니 잘 끝났지. 이대로도 재미가 나지. 배꼽 빠질 만하지.

너, 열두 살이랬지?

그래, 좋을 때다. 열 살 때가 더 좋겠지만 아직 좋을 때다. 엉덩이에 뿔이 날 나이이긴 하다만, 그래서 데면데면한 낯짝으로 아무 말 않거나, 괜한 심통을 부리기 시작할 때다만 그래도 좋을 때다.

내가 해준 이야기 생각나면 그때마다 배꼽 잡고 웃어라. 맘껏 웃어라. 잘 먹고 잘 자고 집안일도 싹싹하게 돕고 그러려무나. 그럼 내가 언제 너 색시감 찾아올지 아느냐?

아님 바다라도 한번 구경시켜주마. 푸른 바다가 하늘하고 맞닿은 데까지 펼쳐진 걸 보면 속이 다 시원해지지. 은진미륵 부처님이 어찌 생겼는지 구경하는 것도 좋지. 몸통이 작고 어깨도 좁은데 머리통은 큼지막해. 그 큼지막한 머리통에 이마보다 더 넓은 볼따구니의 넙데죽죽한 얼굴에는 큰 두 눈과 꽉 다문 입술이 박혀 있지. 나는 첨 봤을 때 웃었다. 혼자 큭 하고 웃었다. 웃고 나서 생각해보니, 부처님 같지 않고 어디 산골에서 만난 농부 같아. 광대 같기도 하고. 언제는 한번 평안도 아재 얼굴처럼도 보이더라고. 너한테는 어찌 보이려나 모르겠다.

논산이야 저 남쪽이라도 같은 충청도 땅. 오리 열댓 마리만 있으면 날아서 금방 다녀올 수 있지 싶다.

잘 지내고, 갑니다요. 이제는 내가 저놈 순구를 달랠 차례네요.

이제 그만
가보겠습니다

노인장은 나를 본 적이 없다 이 소리인데…….

귀신이 곡할 노릇이구려. 나는 분명히 이 원두막에서 노인장
을 보았고 참외를 얻어먹으려다 우스운 꼴을 당했는데 이것 어
찌 된 일인지 모르겠소. 내가 우스운 꼴 당했다고 그것 새삼 따
지자고 이러는 게 아니지요. 결과적으로 나야 사실 노인장 덕분
에 잃었던 돈도 되찾고 했으니 우스운 꼴 당했다고 따질 이유가
하등 없습니다. 일부러 이곳 원두막을 다시 찾은 것은 노인장을
다시 보면 인사라도 하려고 한 것이지…….

이 참외 망태 틀림없이 노인장 것이랬지요? 이 참외밭도 노인
장 것이고 당연히 이 원두막도 노인장 것인데 열흘 전 그 무렵
사나흘은 골방에 처박혀 있기만 했다 이 소리였지요. 그리고 뭐
닮은 친지나 비슷한 또래 친구가 대신 나와 앉은 일도 없었다?

아, 그럼 그날 내가 만난 사람은 누구이고, 나한테 참외 먹기 전에 할 일이 있다며 망태를 씌운 사람은 누구란 말인지 이것 참 알 수가 없구려.

귀신이 곡할 노릇이라니까요.

*

그날 나는 참담해서 죽을 지경이었습니다.

부지런히 시골집으로나 내려가야 할 몸이면서 전날 거푸 술을 들이켰지요. 언제 어느 놈에게인지 노자 다 털렸지요. 그날은 한 끼도 먹지 못한 채 이 동네로 들어섰던 겁니다. 노자 잃어버리고 나니 정말 눈물까지 나더이다. 한심해 어디 개울에 코라도 박고 죽고 싶은 심정이었지요. 털레털레 걸어 저 앞을 지나다 머리 허연 노인장이 앉아 있는 것을 봤던 것 아니겠습니까. 노인장은 참외를 한 소쿠리 담아 놓고 그걸 깎아 먹고 앉았던 것 아닙니까. 아, 그때서야 참외밭도 보이고 원두막도 보였지요. 그게 참 이상하긴 합니다. 참외밭과 원두막이 먼저 보이고 참외 깎아 먹는 노인장이 보여야 그게 이치일 텐데, 배가 고프다 보니 그리되었는지 어쨌는지, 그랬지요.

목도 말랐겠지요. 참외밭이 노랗게 빛나는 때이니 어느새 여름이고, 한낮 땡볕 아래 한참을 걸어왔으니 목이 마르지요. 배만 고픈 게 아니라 목도 마르니 노인장 먹고 있는 참외가 곧 내 입에 들어오는 것 같았고 발은 절로 이 원두막으로 향했겠지요.

노인장보고, 그 참외 하나만 얻어먹자고 그때 내가 그랬더니 노인장은 순순히 그러라고 하였습니다. 그런데, 그러고서, 이 참외는 거저먹을 수는 없고 한 가지 일을 하고 나서 먹어야 한다고 했지요. 그건 이 참외 망태를 한 번 뒤집어쓰는 일이었습니다. 아, 노자 잃어 배곯지 않았다면 왜 그랬겠습니까만, 그때는 체면이고 뭐고 차릴 경황이 아니어서 알겠다며 그걸 홀렁 뒤집어썼지요. 그랬다가, 그 우스운 꼴을 당했던 것 아닙니까?

아, 우스운 꼴이 아니라 놀라 나자빠질 일을 당했지요. 삼천 석 재산 잃은 것도 시골집으로 내려갈 노자 잃은 것도 다 아무것도 아니다 싶을 정도로 깜짝 놀랄 일이었지요.

아, 돼지가 되지 않았습니까!

망태가 스르르 몸에 달라붙더니 그만 내 이 몸이 돼지 몸뚱이가 돼 버렸다니까요. 돼지가 되어서는 말을 해도 꿀꿀거리는 소리밖에 안 나왔다니까요.

*

돼지 몸뚱이가 되었다가…….

어찌 다시 사람 몸뚱이로 되돌아올 수 있었는지 이야기하지요. 노인장은 그날 이곳에 나와 앉았지 않았다고 하는데, 지금 당장 그걸 따지지는 않기로 하겠습니다. 노인장이 무슨 사연인 가로 딱 잡아뗀다면 나로선 밝혀낼 별 뾰족한 수가 없기도 합니다. 아, 답답하기야 합니다. 하지만 중요한 건 사람인 내가 돼지가 되었다가 다시 사람으로 되돌아온 일. 그러니 내가 하려는 이야기도 다른 게 아닙니다. 바로 그 이야기입니다. 돼지가 되었다가 다시 사람이 된 그 일.

내가 어찌 돼지가 되었는가 하면, 노인장이 이, 바로 이 참외 망태를 덮어쓰게 해서 그리되었는데…….

이리 이야기하면 노인장은 계속 영문 모를 소리라 하겠군요. 나는 답답해하기만 하겠군요. 그러니 처음부터 차근차근 이야기해야겠습니다요. 처음부터…….

이건 나로선 꽤나 부끄러운 이야기입니다. 처자식한테도 털어놓지 않는 게 좋으리라 생각되는데도 이야기하게 되는군요. 벌써 이야기를 하게 되는군요. 부끄러운 이야기인 게 분명하지만, 또 한편 이건 꽤 통쾌한 이야기이기도 합니다. 통쾌한 구석이 있어 내가 부끄러움을 무릅쓰고 하게 되나 봅니다. 이건 뇌물로 배채우며 매관매직하는 어떤 대감을 욕하는 이야기이기도 한데,

그래서 위험을 무릅써야 하는 이야기이기도 한데, 내 나름 믿는 구석이 있어 감히 해보려 합니다. 이야기를 해봅지요.

옛날 저 시골 어느 고을에 돈깨나 가진 사람이 하나 살았다는 게 이 이야기의 처음이겠군요. 그렇습니다. 평생 농사로 또 장사로 살았습니다. 농사지어 번 돈을 크게 늘릴 수 있었던 건 장사를 하면서였습니다. 크게 번 돈으로는 농사지을 땅을 사두었지요. 그리해 삼천석지기가 되었습니다. 그동안에 할 일 못 할 일 안 가렸습니다. 개같이 벌었다고 해야 할 겁니다. 개같이 벌고 났더니, 나이가 육십이 가까워지자 개같이 번 돈 정승같이 쓰고 싶어지더군요. 바로 말하면 그냥 정승이 되고 싶더군요. 아, 정승이 누구 맘대로 되고 말고 할 수야 없는 것이지요. 정승은 아니래도 벼슬이 많잖습니까? 그 벼슬자리가 탐이 났다 이 말입니다.

노인장도 돈으로 벼슬 산다는 소리 들어보셨을 겁니다. 나도 들었지요. 그랬는데 어느 날 그 사람은 그동안 모은 재산으로 벼슬을 해볼까 하는 생각을 하게 되었습니다. 아, 그 시골 부자란 바로 이 사람이올시다. 나란 말입니다. 벼슬자리 욕심 생기고 나서 이리저리 알아보니 누구를 찾아가야 확실하다느니 어쩐다느니 하는 소리도 듣게 되었습니다. 추천서라느니 하는 소개장을 써주겠다는 사람과 만났고 드디어는 천석지기 뚝 떼어 팔아 돈을 마련했습니다. 그 돈을 바리바리 싣고 서울로 올라갔습니다. 임금님 외가 어른으로 세도가 뜨르르한 대감 있잖습니까? 지금 대감 아니어도 다들 대감으로 부르는 그 대감 댁으로 찾아가서 소개장을 들이밀었지요.

대감과 마주한 건 한 이틀인가 사랑에서 지내고 난 다음이었습니다.

"이거 받으시고 어디 조그만 고을살이 하나 주십시오."

바리바리 싣고 간 돈을 내밀면서 그리 말했지요. 괜히 허튼소리 하느니 속마음 솔직히 그렇게 털어놓았습니다. 어디서 올라온 아무개라고 소개하고 내 사는 시골 사정도 전하고 한 다음에 그렇게 털어놓았단 말입니다. 개같이 돈 번 시골 부자야 그리 말해 뭐 흉 될 것도 없지요. 그랬더니 그 대감도 시원시원하게 답하더군요. 자기가 한번 알아보겠다고. 딱 그리 말했습니다. 나는 될 둥 말 둥한 소리를 빙빙 둘러대며 하는 게 아닌가 싶어 걱정했는데, 그런 시원시원한 소리 들으니 그냥 벼슬자리가 곧 떨어지겠다 싶더군요.

그날부터 본격적으로 그 대감 댁 문객으로 지내는 날이 시작되었습니다.

*

시원시원한 건 첫날밖에 없었습니다.

아, 그것도 모르고 한동안은 시원시원하게 일이 처리되려니 했습니다. 그런데 웬걸 대감댁 사랑방에서 먹고 자면서 문객으로 지내는 동안 나 같은 사람이 한둘이 아니란 걸 먼저 알게 되었습니다. 처음에 인사 나누고는 시를 짓는다 어쩐다 하며 학문을 논하고 하는 사람들도 다 나처럼 돈으로 벼슬 사려고 하는 사람들이었습니다. 간혹 실력만 믿고 기다리는 이들도 있었습니다만, 벼슬 뚝딱 떨어지지 않기는 매한가지였지요. 아, 그래도 일 년씩이나 아무 말 듣지 못 하고 문객살이할 줄이야 어찌 알았겠습니까. 시원시원하기는커녕 속 터져 죽을 지경이었지요. 천석지기를 갖다 바쳤는데도 알아본다는 게 어찌 되어가는지조차 일절 언급이 없는 겁니다. 이럴 줄 어찌 알았겠습니까요?

그런데 어찌 일 년씩이나 얌전히 붙어 있었느냐고요? 아, 그게 참, 그래도, 속이 터져도 붙어 앉았을 수밖에 없었던 것은 그래도 어느 날 덜컥 벼슬자리를 얻어 입이 찢어지라 좋아하며 떠나는 사람이 있었으니까 그렇지요. 돈을 이 사람보다 훨씬 더 많이 갖다 바쳤는지 어쨌는지 어떤 사람은 벼슬을 얻어 나가더라 이 말입니다. 얼마를 바쳤는지 그런 건 다들 털어놓지 않으니 알 수야 없지요. 분명히 돈을 싸들고 왔던 게 틀림없는 작자도 벼슬자리를 얻으면 제 학식 때문에 그리된 듯이 거드름을 피우곤 하더이다. 어쨌든 벼슬자리 얻어 나가는 사람도 있으니 대감 댁 사랑에 죽치고 앉았을 수밖에요. 시골에라도 잠시 내려갔다간, 그 사이에 딴 사람한테 벼슬자리 맡길 것 같은 게 당최 움직일 수도 없더군요.

답답하긴 안식구도 마찬가지였겠지요. 안사람이 보낸 하인 녀석이 몇 차례나 대감댁으로 찾아오곤 했습니다. 나는 그때마다 부정 탄다고 가만히 기다리라고 윽박질렀지요. 일 년을 문객으로 살아도 소식이 없는 게, 당최 쓰다 달다 말 한마디 없는 게 드디어는 나도 못 견디겠더군요. 그렇다고 대감한테 벼슬 안 준다고 삿대질할 수도 없어 얌전하니 뵀으면 좋겠다고 청을 넣었습니다. 아, 그랬더니 단박에 보자는 소식을 내려주더군요. 대감이 이럴 때는 시원시원해요.

"대감, 그동안 사랑에서 잘 쉬었습니다."

절을 하고는 바로 그리 말했지요. 천석지기나 갖다 바치고 왜 포기하고 가려 했느냐고요? 아, 그게 아니라, 그건…….

들어보십시오. 대감이 왜 그냥 시골로 내려가려느냐고 묻더군요. 노인장처럼 몰라서가 아니라 다 알면서도 그리 묻는 것이지요. 나는 이리 말했습니다.

"그동안 신세를 너무 진 것 같습니다. 이제 그만 거처를 옮길

250

까 합니다."

아, 그게 무슨 뜻인가 하면, 돈을 갖다 바칠 만큼 갖다 바쳤는데 벼슬자리 안 주다니 몹시 서운합니다, 그래서 이제 다른 대감 찾아가서 알아보려 합니다, 그런 소리이지요.

그 노회한 대감이 천석지기 챙겼으니 나는 손해 볼 것 없다 하고 그냥 가 보거라 할 것 같습니까? 천만에요. 그럴 리가 없지요. 그 대감 이럽디다.

"응, 그러지 말고 좀 더 기다려 봐. 자네한테 맞춤 맞은 자리가 하나 날 듯한데 요즘 세상이 워낙 시끄러워서 나도 성큼성큼 움직이기가 곤란해. 그래도 어찌 해보긴 해야겠는데……."

벼슬자리 사고팔고 하다가 뒤탈이 날 수 있으니 조심하자. 그 뜻 같습니다만 나는 달리 들었습니다. 시골뜨기 네놈 갖다 바친 돈이 대단한 줄 알지만 돈 내놓을 사람은 차고 넘친다, 그러니 벼슬자리 꼭 얻고 싶으면 더 가져오도록 해라, 뭐 그런 뜻으로.

나는 알았다고 하고 자리에서 물러났습니다.

그리곤 안사람에게 기별해 돈을 더 올려보내라 했지요. 천석 더 떼어 팔아 돈을 마련해 하인 놈 시켜 보내라고 말입니다. 남들도 이천석은 다 기본으로 하더라면서요.

돈이 올라오자 대감에게 뵙기를 청해 만났습니다. 나는 돈을 내밀며 다른 말은 하지 않았습니다. 천석 더 팔아 바친다는 말만

했습니다.

그 대감 한쪽 입이 삐쭉 올라가더니 이럽디다.

"아, 자네 재산이 그리 많았는가? 좋은 소식 같이 기다려보세."

아, 그때 말은 참 듣기 좋게 합디다. 같이 기다려보자니 힘도 나더군요. 그래서 또 문객이라는 것들과 장기를 두면서 세월을 보냈습니다. 그런데 또 아무리 기다려도 소식이 없는 겁니다. 그렇다고, 같이 기다려보자는데 보채듯 오늘이냐 내일이냐 물어댈 수도 없는 일이잖겠습니까? 네, 그리되어 일 년이 또 지나갔습니다.

대감 앞에 가서 절은 하는 둥 마는 둥 하고 말했습니다.

"그동안 잘 쉬었습니다. 이제 그만 가보겠습니다."

금방 욕이라도 나오려는 것 참았지요. 그냥 아무렇지도 않다는 듯 말했습니다. 그랬더니 대감이 이러며 붙들지 뭐겠습니까.

"좋은 소식 같이 기다려 보자고 했는데 왜 그러나? 벼슬자리 얻자면 그 급한 성미 누그러뜨리지 않으면 안 돼. 나라에 벼슬자리가 다 정해져 있는데 내 마음대로 만들 수도 없는 일이잖은가? 우리 같이 좀 더 노력해 보세나."

아, 그 말은 돈을 더 쓰라는 말 아니겠습니까? 그때는 정말 화가 치솟아 그 대감 상투든 수염이든 움켜쥐고 처먹은 내 돈 다 내놓으라고 하고 싶었습니다. 그렇지만 그게 어디 할 수 있는 말이겠습니까. 침 삼키듯 치솟는 화 삼키고 가타부타 대답 없이 그냥 고개 꾸벅 숙이고 대감 앞에서 물러났습니다. 그 순간에는 무슨 결정을 한 것도 아니지요.

한 며칠 고민했습니다. 여기까지 와서 그냥 물러날 수는 없는 노릇이라고 생각했습니다. 이천석이나 바치고서 물러난다는 건 바보 아닙니까. 삼천석 다 갖다 바치는 건 그럼 바보짓 아니냐 하면…….

아, 그런데, 그때는 생각을 그런 식으로 할 수가 없더군요. 고민한다고 고민했습니다만, 실은 정해진 것이었지요. 애초에 천석 갖다 바친 것부터 바보짓. 계속 바보짓을 할 수밖에요. 안 사람에게 기별해서 나머지 천석지기를 다 팔라고 했지요. 육십 가까이 농사로 또 장사로 모은 재산 다 팔아 갖다 바치는 바보짓을 하기로 한 것이었습니다.

이번에는 이 참외를 그냥 먹어도 됩니까? 망태를 안 써도 된다이 말씀이시지요? 그럼 한 조각 먹겠습니다. 안 그래도 목이 마르네요. 말을 하자니…….

*

천석지기를 더 처분하는 일, 그 바보짓…….

그 과정이 물 흐르듯 진행될 수야 없는 일이지요. 제가 직접 시골을 한 번 다녀와야 했고, 안식구를 설득하느라 진땀을 빼야 했습니다. 설사 벼슬자리를 얻지 못해도 말년 보낼 집과 양식 구할 다른 재산 얼마는 있지 않으냐는 소리도 했습니다. 그것보다 더 힘줘 한 소리는 대감이 약속하지도 않은 것까지 내가 꾸며대고는 제법 큰 벼슬자리가 떨어지리라는 것이었습니다. 마지막 천석지기가 다 팔렸을 때는 사실 내 두 다리가 후들후들 떨렸습니다. 그랬습니다만 대감 앞에는 대범하게 나섰지요.

절을 올리고 난 뒤에는 물론 이런 소리 하는 걸 잊지 않았습니다.

"대감, 이게 마지막 재산입니다. 제 전 재산을 바쳤습니다. 늙어 죽기 전에 작은 고을이라도 하나 주십시오."

아, 그랬더니 속 시원한 소리가 나오더군요.

"걱정하지 말고 기다려 봐."

이번에는 다를 듯한 느낌이 들었습니다. 사랑에서 나는 한동안 다른 문객들과는 달리 느긋하게 지냈습니다. 삼 년째 문객살이하는 것이니 그만큼 마음을 다스릴 줄도 알게 된 거지요. 이번에는 대감의 아랫것이 곧 될 듯한 소식도 물어주고 해서 한결 견디기가 낫긴 했습니다. 또 나는 나대로 다른 문객들에게 시기를 받지 않으려고 내색을 하지 않으려 노력도 했습니다. 내가 무슨 벼슬자리 해도 의연하게 할 수 있겠다 싶을 정도로 마음이 다스려진다 싶었습니다. 아, 그렇지만 그게 언제까지 다스릴 수 있는 마음이 아니었지요.

대감도 어찌하지 못할 상황이 펼쳐진다는 소식이 날아왔습니다. 그때부터 좌불안석이 되었지요.

그런데 대감은 슬쩍슬쩍 마주치고 할 때도 그런 언질은 일체 않더군요. 여전히 걱정하지 말고 기다리라는 말을 할 때의 그 표정으로 나를 쳐다봐요. 그러면서 지낼 만하냐고 묻기만 했습니다. 지낼 만하지 않았지만 달리 뭐라고 하겠습니까? 이젠 자기 힘으로도 어렵다고, 차라리 어려우면 어렵다고 말이라도 해주면 좋으련만 또 일 년이 지나도록 감감무소식입니다. 입이 바짝바짝 타고 목이 타고, 그놈의 것 또 속은 얼마나…….

다른 문객들과 장기 두는 것도 하루 이틀이지 좀이 쑤시고 속이 타서 사랑에 더 있기가 힘이 들었습니다. 그동안 서울 구경도 안 했겠습니까? 구석구석 별별 구경 다 하며 세월을 보냈지요. 나도 무슨 곧은 낚시 드리운 강태공처럼 세월을 낚는다 생각했습니다만, 그게 어디 내가 감당할 일이겠습니까?

나는 그저 죽을 맛이었습니다. 이러지도 저러지도 못한 채, 거짓말같이 또 일 년이 지나가 버렸습니다.

하루는 바깥나들이를 했다 돌아왔지요. 와서는 사랑에 도저히 더 처박혀 있을 수가 없어 대감에게 바로 찾아갔습니다.

"대감, 더 못 기다리겠습니다. 먹고살 길 없어도 이제 그만 시골로 가보겠습니다."

나는 이 소리를 이런 뜻으로 했습니다. 대감을 더 믿고 앉았을 수 없으니 대감댁 문객살이를 접을까 합니다. 삼천석지기 받은 것 절반은 돌려주십시오. 끝내 먹고살 길조차 열어주지 않으면 나도 그냥 앉아서는 죽지 않겠습니다, 뭐 그런 뜻으로 했더라 이겁니다.

그런데 뭐라는지 아십니까? 입에 발린 말이라도, 미안하다거나 사정이 있다거나 할 줄 알았는데, 그냥 이러는 것이었습니다.

"허허, 자네 뜻이 정 그러하다니 어쩌겠나. 그럼 잘 가보게나."

대감 놈 이것, 이 말본새 보십시오. 하는 소리가 무슨 뜻이겠습니까? 그건 이 시골뜨기한테는 더 받아먹을 게 없다는 걸 진작 알았는데 왜 그러고 앉았더냐는 뜻 아니겠습니까? 기가 막혀 아무 말이 안 나오더군요. 대감 놈에게 아무 말도 못했습니다. 칼을 무는 심정으로 털썩 주저앉아 절 올리고는 뒤돌아서 나왔습니다.

대감 놈과는 그리 작별하는 줄 알았습니다.

*

네, 그럼, 올해 참외가 잘된 게지요?

햇볕 좋고 때맞춰 비 내리고 했다니 잘될 수밖에 없었겠네요. 농사야 하늘 바라보며 짓는 것 아니겠습니까. 이 사람도 한때는 하늘만 바라보며 살던 때가 있었네요. 재산 늘면서 하늘을 덜 쳐다봤네요. 한 몇 년은 대감만 바라보며 살았고 말입니다. 대감을 무슨 하늘처럼 말입니다. 그랬다가 전 재산 다 잃고 낙향하게 되었던 것이지요.

사랑에서 짐 꾸려 대감댁 나설 때까지 얼굴은 붉으락푸르락했을 겁니다. 길든 짧든 사랑에서 함께 지낸 다른 문객들이 뭐라고 하는 소리도 전혀 들리지가 않더군요. 예사롭잖은 행동거지에 놀라 분명히 뭐라고 하는데도 나는 들을 수가 없었습니다. 듣기야 들었겠지만 무슨 소리인지 알아들을 정신이 아니었더라 이 말입니다.

그날 얼굴이야 붉으락푸르락하는 정도였지만 속은 어땠겠습니까? 뱃속은 온통 뒤집어지는 것 같고 또 불이 난 듯도 했습니다. 불길이 가슴을 확 태우곤 목을 타고 올라와 두 눈을 터뜨릴 듯 요동을 쳤습니다. 이윽고 정수리를 뚫겠다는 듯 맹렬하게 요동을 쳤습니다. 그때는, 누구든 마주쳤다면, 대감이나 대감의 식솔 누구와라도 마주쳤다면 그냥 지나치지 못했을 겁니다. 누가 되었든 멱살을 잡았을 겁니다. 그런데 그날 누구와도 마주치지 못한 채 나는 길을 갔습니다. 이미 대감 댁을 나와 길을 걷고 있었지요.

어느새 눈물이 양 볼로 흐르고 있었습니다. 그때는 벼슬자리 돈으로 사려다 재산 다 잃었구나 하는 한탄도 나오지 않았습니다. 한탄을 할 정신도 없었지요. 나는 그저 걸었습니다. 바보짓 했다는 생각이, 바보짓이라도 엄청난 바보짓을 했다는 생각이 든 것은 한참 눈물을 흘린 다음이었을 겁니다. 정신없는 가운데 나는 시골로 발길을 향하고 있었습니다. 어디 가서 밥술이라도 뜨든가 술이라도 한잔하며 마음을 달래든가 할 마음도 못 내고 그냥 시골로 향했습니다.

어서 대감 댁이 있는 서울 바닥을 떠나고 싶었나 봅니다. 삼년 동안 산 서울을 그리해 떠나 길을 가다가 꼬박 이틀이 지나서야 나는 밥도 먹고 술도 마셨습니다. 술은 그저 마음 좀 달래려고 마셨던 것인데 거푸 잔을 비우게 되었지요. 그리고 비틀비틀 길을 걸었을 겁니다. 술을 마실 때 이미 털렸는지 아니면 취해 길을 가다 털렸는지 모르겠습니다만, 언제 확인해 보니 시골로 갈 노자가 감쪽같이 사라지고 없더군요.

아, 그때는 어찌나 참담하던지 곧 그대로 죽고 싶었습니다. 아까 내가 뭐랬습니까? 어디 개울에라도 코를 박고 죽고 싶더라 했지요. 정말 그랬습니다. 이 앞을 지나게 된 그날까지도 나는 참담해서 죽을 지경이었습니다.

부지런히 시골집으로나 내려가야 할 몸이면서 전날 거푸 술을 들이켰다가 언제 어느 놈에게인지 노자 다 털려 그날은 한 끼도 먹지 못한 채 이 동네로 들어섰던 겁니다. 노자 잃어버리고 나니 다시 눈물이 나더이다. 한심해 어디 개울에 코라도 박아 죽고 싶은 심정이었지요. 털레털레 걸어 저 앞을 지나다 머리 허연 노인 장이 앉아 있는 것을 봤던 것 아닙니까? 아, 바로 노인장인데, 노인장은 아니라고 하니…….

노인장은 참외를 한 소쿠리 담아 놓고 그걸 깎아 먹고 앉았었지요. 딱 오늘처럼 말입니다. 어디 개울에 코라도 박아 죽고 싶은 심정으로 털레털레 걷고 있을 때 노인장이 두 눈 가득 들어왔던 겁니다. 지금 제 기억에는 참외밭이나 원두막보다 먼저 노인장이 보였습니다. 그리고 그다음에야 참외밭도, 이 넓은 참외밭도 보이고, 이 높은 원두막도 보이더군요. 이상하게도 말입니다. 그게 참 이상하긴 합니다. 참외밭과 원두막이 먼저 보이고 참외 깎아 먹는 노인장이 보여야 그게 이치일 텐데 말입니다. 배가 고프다 보니, 아니 넋이 나갔다 보니 그리되었는지도 모르겠군요. 배도 고프고 목도 마른데 노인장 먹고 있는 참외가 보이니 곧 내 입에 들어오는 것 같았습니다. 발은 절로 이 원두막으로 향했지요.

노인장보고 내가 뭐랬습니까?

그 참외 하나만 얻어먹자고 그랬지요. 그때 내가 그랬더니 노인장은 순순히 그러시라고 하였습니다. 그런데, 그러고서, 이 참외는 거저먹을 수는 없다고 했습니다. 거저먹을 수는 없고, 한가지 일을 하고 나서 먹어야 한다고 했지요. 그건 이 참외 망태를 한 번 뒤집어쓰는 일이었습니다.

아, 그때 일 겁나 이젠 덥석 뒤집어쓰지 못 하겠습니다.

노자 잃어 배곯지 않았다면 왜 그랬겠습니까만, 그때는 체면이고 뭐고 차릴 경황이 아니었나 봅니다. 나는 알겠다며 그걸 홀렁 뒤집어썼지요. 그랬다가, 그 우스운, 아니 놀라운 일을 당했던 것입니다.

놀라 나자빠질 일이었지요. 삼천석지기 재산 잃은 것도 시골집으로 내려갈 노자 잃은 것도 다 아무것도 아니다 싶을 정도로 깜짝 놀랄 일이었지요.

말했다시피, 돼지가 되지 않았습니까!

망태가 스르르 몸에 달라붙더니 그만 내 이 몸이 돼지 몸뚱이가 돼 버렸고, 놀라서 돼지가 된 일을 이해할 수가 없어서 노인장을 눈으로 찾아 어찌 된 일이냐고 물으려 했지요. 그런데 돼지가 되어서는 말을 해도 꿀꿀거리는 소리밖에 못 내겠더군요.

혀를 차던 노인장은 한마디 툭 던지듯 이랬지요.

"욕심이 많았구려."

나는 그때 무슨 뜻으로 하는 소리인지 알 수가 없었지요. 나는 오직 내 사정 알아달라고 비명을 질렀습니다. 그런데 그게 꽥꽥거리는 소리로만 나오지 뭐겠습니까.

어쩌나 요란스러웠던지 노인장은 이맛살을 찌푸리며 흠칫하다가 다시 말했습니다.

"이 망태가 별난 망태라더니, 이 망태는 보통 사람이 쓰면 아무 일 없으나 욕심 많은 사람이 쓰면 돼지가 된다더니 정말 그렇구려. 도대체 욕심이 얼마나 많았기에 이리된 거요?"

나는 더 힘껏 비명을 질렀지요. 이젠 아예 돼지 멱따는 듯한 소리를 내게 되더군요.

노인장 한 말을 듣고서도 나는 여전히 무슨 뜻으로 하는 소리인지 알지 못했고, 그 이전에 내게 일어난 경악할 일에 머릿속이 완전히 하얘져 있었습니다. 그런 상황에서라면 비명을 질러댈 수밖에 없는 일이겠지요. 멀쩡히 사람이었다가 한순간에 돼지로, 돼지 몸뚱이로 변했으니……

*

벼슬 한자리 얻고 싶었지요.

남들이 돈 주고 벼슬 사는 것 듣기도 했고 보기도 했습니다.
그래서 나도 마음에 품었던 욕심이었습니다. 처음엔 삼천석 중
천석 떼어 내놓으면 쉽게 쥘 수 있을 줄 알았습니다. 다시 천석
더 떼어 내놓을 때도 될 줄 알았습니다. 마지막 천석까지 내놓을
때는 미친 짓 아닌가 싶기도 했습니다. 하지만 그때는 물러설 수
도 없었지요. 죽이 되든 밥이 되든 해보는 수밖에요. 그런데 결
국은 벼슬자리 얻지도 못하고 대감댁 문객살이 삼 년을 끝으로
시골로 내려갔던 겁니다. 내려가다 그 일을 당했던 겁니다.

노인장은 그때 이 사람이 과거도 보지 않고 벼슬 탐내었다는
것, 세도가 뜨르르한 대감한테 뇌물 바치고 벼슬 차지하고자 했
다는 것 다 꿰뚫어 보셨겠지요? 아무리 아니래도 나는 그리 생각
할 수밖에 없습니다.

노인장은 혀를 끌끌 차고는 또 욕심 타령이었습니다. 내가 돼
지가 되어 놀라 노인장을 쳐다보았을 때 말입니다. 욕심 때문에
내가 돼지가 되었는데 이제부턴 다 내가 하기에 달렸다는 뭐 그
런 소리 했지요. 그리고는 이만 가보겠다더니 바람같이 어디론
가 사라져 버렸지요. 뭐 하늘로 솟구치거나 땅으로 꺼지거나 해
서 사라졌다는 소리가 아닙니다. 원두막을 떠나 집으로 갔겠지

요. 그런데 그게 그때 나한테는 바람같이 어디론가 휙 사라져 버리는 일이더라 이겁니다.

이 사람 혼자 오두막, 아니 이 원두막에 남아 밤새도록 꿀꿀거릴 일만 남았지요. 노인장이 떠나고, 돼지의 짧고 굵은 목을 돌려 이리저리 살펴보니 나는 분명히 돼지 몸뚱이였습니다. 돼지 몸뚱이에 곧 돼지의 심성이 들어차리라 생각했습니다. 돼지의 심성이 다 들어차고 말면 나는 영영 사람으로 돌아오지 못한다는 생각은 일찌감치 했습니다. 돼지가 된 일만 생각하자면 미쳐 날뛰어도 한참 날뛸 일이었지요. 산으로 마을로 돌아다닐 일이었지만, 그랬다간 몽둥이찜질을 당하고 칼로 토막이 나리라 생각했습니다. 속울음으로 꿀꿀거리면서 나는 원두막에 엎드려 내 지난날과 앞으로의 일을 떠올려봤습니다. 배가 고픈 것도 목이 마른 것도 참고 솟아날 구멍을 찾았습니다. 캄캄한 하늘이 검푸르게 바뀌고 사방에 흰빛이 천천히 스며들며 별이 대부분 스러졌을 때 이 사람은 노인장이 남겨놓은 참외를 하나 와삭 씹어먹었습니다. 하나 둘 셋. 배도 채우고 목도 씻어내려야 무슨 생각이라도 하겠다 싶어 그랬지요.

그리고는 참외밭으로 내려갔습니다.

참외밭을 가로질러 마을로 달려가고 싶은 마음을 우선 눌렀습니다. 그리고 슬픔이 가득 차오른 눈을 떨구고 참한 참외를 골라

먹었습니다. 그렇게 참외를 하나둘 먹어나갔습니다. 그러기를 얼마쯤 했을까요. 내 입놀림이 좀 이상하다 생각했는데, 이게 보니 내 얼굴이 돼지에서 사람의 그것으로 조금씩 돌아오는 듯했습니다. 하나 먹고 지켜봤고 또 하나 더 먹고 지켜보고 그랬습니다. 그랬더니 분명하게 알 수 있겠더군요. 참외를 먹으면 도로 사람으로 바뀐다는 것. 제법 많이 먹었습니다. 먼저 얼굴이 사람의 그것이 되고, 다음에는 몸통이 사람의 그것이 되고, 마지막에는 네 다리가 사람의 팔과 다리가 되었습니다.

그때는 다시 원두막에 올라와 있었는데 마지막 순간에는 어디서 나타났는지 망태가 허물 벗겨지듯이 스르르 벗겨져서 땅에 툭, 떨어지는 것이었습니다.

망태를 바라보며 한참을 울었습니다. 나는 한참을 울었습니다.

드디어 머릿속에 떠오른 생각이 있었습니다. 나는 그 길로 망태를 움켜쥐고 서울로 올라갔지요. 아, 그 대감 댁으로 찾아가기 위해서 말입니다.

이 사람이 대감 댁에 떡 갔더니 다들 놀라더군요. 내가 며칠 바깥나들이 갔다 온 듯이 사랑으로 들어갔더니 함께 지내던 문객들이 뜨악하니 쳐다보다가 차차 어찌 된 영문이냐고 달려들더군요. 나는 무슨 일 있었느냐는 듯이 대꾸했지요. 좀 있다가는 대감의 아랫것들이 어인 일이냐고 찾아오더군요. 나는 또 무슨 일 있었느냐는 듯이 대꾸했습니다.

대감도 별스럽게 생각하는 듯해 나는 찾아갔습니다. 대감은 내 절도 받기 전에 물었습니다.

"아, 시골 내려간다더니 어인 일로 돌아왔는가?"

"삼 년씩이나 지냈는데 그냥 가자니 서운하더군요. 인사라도 제대로 하고 가게 며칠만 더 묵으려고 합니다."

"그럼 그렇게 하게. 나는 오는 사람 안 막고 가는 사람 안 잡네."

대감은 심상스럽게 그리 말했습니다. 그러나 뭔가 미심쩍다는 눈치를 보이더군요. 아니나 다를까 대감의 아랫것들이 나를 유심히 살피는 듯했습니다. 앙심을 품고 대감 댁에 무슨 해코지라도 하려는 게 아닌지 살펴, 만약의 일을 막겠다는 계산이었겠지요.

그런 움직임이 다 보였습니다. 나는 장기도 두고 하며 그때껏 문객살이와 하등 다를 바 없이 지냈습니다. 물론 그전처럼 마음 끓일 필요는 없었지요. 자꾸 웃음이 나오려는 게 힘들었다면 힘든 점이었지 다른 건 다 좋았어요. 나는 혼자 있을 때나 몰래 웃으며 기다렸습니다. 며칠을 그렇게 보내며 의심의 눈초리를 거두어들이게 했지요. 그리고 드디어 기회가 왔습니다. 기회라는 건 다른 게 아니었습니다.

아랫것들이 나를 더 이상 살피지도 않게 된 하루는 대감이 잠든 틈을 타서 대감의 방으로 쓱 들어갔습니다. 내가 노린 기회란 몰래 가만히 망태를 뒤집어씌울 기회였지요. 욕심 많은 사람이 쓰면 돼지가 된다 했으니 십중팔구 돼지가 될 일이었습니다. 나보다 욕심 많다면 더 많은 사람이 그 대감이니 십중팔구가 아니라 그대로 돼지가 될 일이었지요.

망태를 뒤집어씌우니 어찌 되었느냐고요?

아, 뒤집어씌우자마자 효험이 나타났지요. 그 대감은 금방 돼지가 되어 콧구멍을 벌름거렸습니다.

*

한참 뒤에 대감이 잠에서 깨 보니, 이런 변고가 어디 있겠습니까! 자기가 돼지가 돼 있을 줄이야 어찌 알겠습니까! 나는 안 보고도 훤히 꿰뚫어 볼 수 있었지요.

이게 뭐야? 내가 왜 이렇게 됐어? 뭐 똑 그런 소리를 했는지 안 했는지는 모르지만 했겠지요. 아, 하려고 했지만 제 귀에는 꿀꿀거리는 소리만 들렸겠지요. 놀라 나자빠질 일이었겠습니다. 아, 돼지가 된 몸으로 나갈 수도 없는 일이고 하니 방안에서 맴을 돌

다시피 하며 어찌 된 일인지 생각했을 겁니다. 문객들만 없으면 벌써 비명을 지를 일이었지요. 나는 비명이라도 마구 지를 수 있었지만, 그 대감은 체면에 그럴 수도 없었을 터라……

대감의 아랫것과 안주인이 들락거리며 소란스러워지는 것은 저녁때가 되어서입니다. 진지를 올리려 찾아간 아랫것이 끔찍한 일 당한 것을 봤을 테고, 더는 숨길 수 없게 된 대감이 안주인을 불러들이고 하느라 그리 소란스러웠던 겁니다. 내가 그때 슬쩍 대감 방 앞으로 갔더니 아랫것이 아예 떠밀다시피 하더군요. 몸이 편찮아 당분간은 누구도 만날 수 없다느니 하는 소리를 하면서 말입니다. 나는 의뭉스럽게 몸이 편찮으시면 어디가 편찮은지 이야기해주면 좋은 약을 소개할 수도 있다느니 하는 소리를 했습니다.

"대감, 이게 웬일이십니까? 어쩌다가 이 지경이 되셨습니까?"

이튿날 오후에야 내가 대감의 방에 들어갈 수 있었습니다. 안주인과 무슨 의논을 하느라 대감의 아랫것이 보초 서던 자리를 비운 사이 내가 뛰어들었던 것이지요. 대감은 처음엔 나를 피하는 듯하다가, 종당엔 다가와 꿀꿀거리더군요. 물에 빠진 사람이 지푸라기라도 잡는 것 같은 느낌이 들게 말입니다.

나는 돼지로 변한 대감을 먼저 진정시켰습니다. 그리고 말했지요.

"어이쿠, 대감이 이런 몹쓸 병에 걸릴 줄이야 어찌 알았겠습니까? 하지만 다행히 소인이 이런 병에 잘 듣는 약을 알고 있사옵니다."

그랬더니 대감이 꿀꿀거려.

"비록 약값이 비싸오나 약이 있으니 얼마나 다행한 일입니까. 소인이 무일푼 처지가 되지만 않았으면 아무리 비싸도 그 약 구해올 텐데 그럴 수 없어 죄송스러울 따름입니다. 대감께서 약값을 좀 주시면 소인이 구해 오겠습니다."

대감이 들으니 이렇게 반가울 데가 없겠지. 대감 마음속이 훤히 들여다보였지요.

대감이 안주인을 부른다 어쩐다 해서 돈궤를 가지고 오고 했습니다. 그리고 돈을 척 내놓는데, 나는 처음에는 대감이 돈백냥 정도 내놓을 줄 알았습니다. 그런데 대번에 척 내놓는데 보니 그게 내가 천석지기 팔아 바친 돈만큼 되더군요. 그 대감이 그래도 제게 닥친 일이 얼마나 심각한 일인지는 알아챈 것이지요.

그 돈으로 참외를 샀습니다. 아, 몇십 냥으로 참외를 샀고, 나머지는 내가 따로 잘 챙겨두었지요. 대감댁에 올 때는 참외를 으깨어 약탕기에 담아 왔지요. 으깬 것이라도 효과는 같을 것이라는 제 계산대로 효험이 있었습니다. 얼굴이 사람의 그것으로 돌아올 만큼 효험이 있었지요.

입이 벙긋벙긋하면서도 대감은 또 울상이 되더군요. 제 몸뚱이를 연방 쳐다보면서 말입니다.

"대감께서 주신 돈만큼 약을 샀더니 효험이 이 정도밖에 없군요. 아, 그래도 약을 더 먹으면 틀림없이 더 효험을 볼 수 있는 병이니 천만다행입니다. 약값을 좀 더 주시면 더 사다 바치겠습니다. 아니면 저도 집안 일이 있어, 이제 그만 가보겠습니다."

마지막 한 마디는 잘 계산해서 덧붙인 것이었습니다. 터져 나오려는 웃음을 참으면서 말입지요. 그놈의 대감 어쩌나 보려고 그 말 했더니 납작 엎드리듯 하며 나를 붙잡더군요. 자기 병 다 나을 때까지는 제발 옆에 있어 달라면서 말이지요.

이번에도 대감은 내가 천석지기 팔아 마련한 돈 정도를 내놓았습니다.

그리해 내가 약탕기에 담아온 약으로 대감은 몸통까지는 사람이 되었습니다. 그런데 아직 네 다리가 돼지 아니겠습니까? 나머지 돈도 다 받을 일이 남아 있었지요.

그리해 나는 삼천석지기 재산 다 찾았고 대감은 원래 제 몸을 다 되찾았습니다.

나는 벼슬자리야 끝내 얻지 못했지만 대감으로부터 은공 잊지 않겠다는 소리 여러 번 듣고 대접도 후하게 받고 하였습니다. 그리고는 진짜 시골로 내려가기 위해 대감 댁을 나왔지요. 이제 그만 가보겠습니다, 하는 소리도 우렁차게 하고서 말입니다.

어찌나 통쾌하던지 가슴이 뻥 뚫리는 듯하고 몸은 그대로 하늘로 두둥실 떠오르는 듯하고 그랬지요. 달리듯 시골 마을로 향했습니다.

어딘지 낯이 익다 싶었는데, 어느새 이 마을이 가까워졌더군요.

혹시 노인장을 다시 볼 수 있으려나 하는 기대를 품게 되었습니다. 노인장은 이 사람을 놀라자빠지게도 하였지만 삼천석 재산 다 찾아주고 욕심 많은 심보도 고쳐놓고 하였으니 제가 인사를 제대로 해야겠기에 찾았던 겁니다.

*

아, 처음 만났던 그날처럼 노인장이 이 원두막에 앉아 참외 깎아 먹는 걸 보고는 한달음에 달려왔지요. 그런데 노인장은 이 사람을 알아보지를 못하셨습니다. 일부러 그러는 건지 정말 모르는 건지…….

나를 본 적은 정말 없지만, 내 이야기는 그럴싸하게 들린다고요?

다시 말하지만 부끄러운 이야기였습니다. 물론 통쾌한 구석도 있는 이야기였지요. 그놈의 대감을 골려줄 때는 얼마나 통쾌하든지요. 대감이 징징 울듯이 하며 천석, 천석, 또 천석 돈 내놓을 때 이 사람 속 뒤집어지던 일 이제 알겠느냐고 묻고 싶고 그랬습니다. 한두 사람 울리지 않았을 테니 네놈은 더 고생해야 해! 하는 소리도 나오려 했습니다.

대감 재산 더 우려낼까 싶기도 했지요. 그랬습니다만 욕심을 내지 않았습니다. 노인장, 이 사람이 잘했지요? 그만하길 잘했지요?

네?

다시 이 망태를 써보는 건 싫습니다. 내가 욕심을 버렸으니 다시 돼지 될 일은 없습니다. 이 망태 뒤집어써서 내 이야기가 참말인지 증거로 삼을 수는 없지요. 그러니 괜히 써서 뭣하겠습니까. 아, 돼지 되지 않는데도, 쓰고 싶지가 않습니다. 내 이야기를 안 믿어줘서 물론 아쉽기야 하지요. 하지만, 노인장이 일부러 그러려니 생각합니다. 말 안 해서 그렇지 다 알고 있을 일인데 새삼 내가 믿어달라고 보챌 것도 없네요. 그렇습니다. 나도 이것 뒤집어쓰고 말고 할 일 없겠고 그렇습니다. 그 며칠 사이 참외가 다 익은 듯합니다. 푸른 빛 도는 건 아예 없어 보입니다. 어서 수확해서 파셔야지요. 나도 농사지으며 살던 때가 생각나네요. 밭한 뙈기 두 뙈기 늘어나는 재미로 살던 때가 있었지요.

아이고, 노인장, 욕심 없는 사람에겐 보통 망태일 뿐일지라도 다시 쓰고 싶지는 않습니다. 어찌나 놀랐는지 망태란 망태는 어떤 망태라도 앞으로 뒤집어쓰는 일 없을 겁니다. 이건 그냥 망태일 뿐이라고요? 아, 그래도 싫다니까요! 자라 보고 놀란 가슴 솥뚜껑 보고 놀란다잖습니까? 벼슬자리 욕심 다 버렸습니다. 다 버렸다니까요. 참외 맛있게 잘 먹었습니다.

참외도 이만큼 먹었으면 많이 먹었습니다. 답니다. 아주 달아요. 이야기도 다 끝났고 하니, 그럼 그만 가보겠습니다.

새털옷 신랑

옛날에 새를 잘 잡는 총각이 있었어.

우연히 제 재주를 알게 된 총각은 주위 어른이나 친구들이 뜯어말리는데도 남의집살이 집어치우고 세상을 떠돌았지.

새 하나는 귀신같이 잡았어. 참새든 메추라기든 겨냥만 제대로 하면 다 잡을 수 있었다니까. 산중이나 들판에서는 잡은 새 불에 구워 요기를 했겠지. 장끼와 까투리를 쌍으로 허리에 매달고 가거나 하다 보면 신기해하는 누군가를 만나기도 했겠지. 그때는 그 사람에게 잡은 새 넘겨주는 대신 밥상을 받을 수 있는 일이지. 옷을 얻기도 하고 잠자리를 얻기도 하고 말이야.

몇 날 며칠 붙들고서 새 잡는 법 배우겠다고 나서는 사람도 있었나 봐. 다리 뻗고 잘 수 있었지. 삼시 세끼 따뜻한 밥 먹을 수 있었지. 좋았지. 그래도 오래 한 곳에 머물지는 않아. 어디든 머물다 보면 묻는 사람들이 나온단 말이야. 이름은 뭐냐. 부모는 누구냐. 어느 고을에서 살았느냐. 재주는 어떻게 익혔느냐. 그 총각 자세히 이야기하는 법이 없어. 부를 때 새샙이라 부르면 된다, 뭐 그 정도만 시원하게 털어놓을 뿐이었다니까. 주위에서 새잠이 났다느니 해대더니 언젠가부터 새샙이라 부르더라는 사연, 뭐 그 정도도 잘 말하지 않았다니까.

한번은 어떤 동네에서 가을에 새 쫓는 일을 맡게 됐네. 막을 짓고 머물며 곡식 지켜주면 사례를 하겠다는 부탁받고서였지.

종우야, 너도 여기 와 들어봐라. 이 고모가 이야기를 막 시작한 터이니 앉아 들어봐라. 이번에는 새샙이 이야기다.

새 잘 잡는 총각이 세상을 떠돌며 살다가 한번은 어떤 동네에서 가을에 새 쫓는 일을 맡게 되었다고 했지. 내 그리 말했느니라.

막을 짓고 머물며 곡식 지켜주면 사례를 하겠다는 부탁받고서였다고 했지. 내 그리 말했느니라.

*

얼마간 한 곳에 머물게 된 거야.

그래도 새 잡는 일. 크게 답답하지는 않을 듯했어.

그 총각, 새샙이는 새를 쫓기 시작했지. 우여, 우여! 소리나 치던 마을 사람들은 돌팔매질로 그물질로 활로 새 잡는 걸 신기하게 지켜봐. 아, 따라다니는 애들도 있고 하지. 나중엔 한 마을 사람처럼 익숙하게 대하지만 말이다.

새샙이가 쉬엄쉬엄 마을 여기저기를 기웃거린 것은 약속한 날짜가 얼추 다된 다음이었어. 이제 사례금 받는 일만 남은 셈이라, 집집이 한두 그루씩은 꼭 있는 과실나무를 노리는 새나 재미삼아 쫓아볼 작정이었어. 아니나 다를까 새들이 보이네. 몇 마리를 잡았지. 꿩 따위 큰놈은 아니지만, 허리에 주렁주렁 달고 한량처럼 동네를 돌던 중엔 대갓집 배나무 가지에 앉은 참새 한 마리가 또 눈에 띄어. 새샙이는 침착하게 활을 당겼다가 놓았어. 명중이었지.

문제는 참새가 담장 밖이 아니라 안에 떨어진 일이야. 소리쳐 사정을 말하면 될 집이 아니야. 담장도 높은 대갓집. 난처한 노릇이지. 그래도 뒤란 쪽이니 얼른 들어갔다 나오면 괜찮겠지 싶었나 봐. 새샙이는 담장을 훌쩍 넘었어.

담장 안에 내려앉는 순간 웬 처녀와 눈이 마주치고 말았네. 처녀는 마루에 앉아 베를 짜던 중이었어. 놀랐는지 손놀림을 멈추고 가만 쳐다만 봐. 긴 머리를 늘어뜨린 처녀였어. 새샙이는 헛기침하고 얼른 둘러댔지.

"새를 잡았는데 하필 이 집 마당에 떨어지지 뭐유. 찾아 얼른 나가겠수다."

그 사이 배나무에는 다른 참새가 날아와 앉아 있네. 새샙이는 다시 활을 당기고는 놓았지. 이번에도 명중이야 명중.

순간 장난기가 솟아나는 거야. 떠꺼머리총각이 대갓집 처녀를 마주할 기회도 쉽게 오지 않는다 싶자 대담해진 거야. 마당 한구석에 모닥불을 피우기 시작했다니까.

처녀 사정이야 몰라라 하고 새샙이는 만사태평이었지. 산중이나 들판에서처럼 혼자 고기를 굽는 데 열중이었다니까.

새를 다 굽자 새샙이는 고기를 꼬치에 꽂았어. 처녀에게 가지고 갔어.

"이 새 구이 좀 먹어 보시려우?"

여전히 입도 벙긋 못하고 처녀는 가만있어. 새샙이는 처녀가 얼굴이며 몸매까지 참하다는 걸 확인했지. 더욱 짓궂게 꼬치를 쑥 내밀어 봤어.

"맛이 별나다우. 대갓집에서야 더 좋은 것 먹겠지만서두 별미라 생각하고 맛 한번 보시우. 아, 나는 막에서 머물며 새 쫓아달라는 부탁 받은 새잡이요. 새잡이가 새 잡았으니 누가 뭐라고 탓하지 않을 거유."

새샙이는 꼬치 내민 손을 거두지도 않고 그리 말했어. 그때쯤 처녀가 받아주지 않았다면 사설을 늘어놓았을지도 모를 일이지. 먹는 건 봐야 나가겠다는 뜻으로 새샙이는 권하듯 고갯짓을 했어.

처녀가 고기를 다 먹자 새샙이는 눈을 찡긋하고는 담을 훌쩍 넘었지.

뭐라? 성벽이라? 아, 성벽만큼 솟구치게 높진 않아도 대갓집 담장이니 낮지가 않지. 그 담장을 훌쩍 넘었다니까.

*

다음 날. 새샙이는 다시 그 집 찾았어. 처녀는 고기를 받아먹었어.

다음 날도 새샙이는 담장을 넘었고 베 짜는 처녀가 더 잘 볼 수 있는 곳에서 새를 구웠어.

이제 날마다 새잡이 총각이 담장을 넘고 처녀는 새 구이를 먹게 되려나 했나 봐. 그런데 그다음 날은 베를 다 짜도록 총각이 찾아오지를 않지 뭐야. 처녀는 돌멩이를 집어서 배나무에 앉은 새를 향해 던져 보았어. 돌은 한참이나 빗나갔어. 이튿날도 처녀는 배나무에 온갖 새들이 왔다 가는 것만 지켜보며 베 짜기를 마쳤지. 빈 활로 어떻게 새를 잡는지 궁금했는데 영영 알 수 없게

되었구나 싶었지. 처녀가 배나무 아래 한참을 서 있는데, 마당에
누가 내려앉은 소리가 났어. 총각이 다른 쪽 담장을 넘은 거야.

"새 고깃값 받으러 왔습니다."

농담이 아니라는 듯 총각은 그동안 새 쫓아준 사례금에 처녀
에게 구워 준 새 고깃값까지 보태 멀리 떠나는 날이라며 손을 내
미는 거야. 가진 돈이 없다는 처녀의 얼굴이 새빨갰지. 새샙이는
대갓집에 돈이 없을 리는 없고, 별당에 따로 둔 돈 없단 소리인
듯하니, 그럼 자기가 사랑채나 안채에 가서 받아야겠다고 했어.
처녀가 놀라 손을 내저어. 그건 안될 일이라 말리지. 그러자 새
샙이가 하는 말.

"그럼 우리 함께 멀리 가서 삽시다."

"……."

새샙이는 매일 새 잡아 맛나게 고기 구워 주겠다고 했어. 그리
고 처녀의 손을 덥썩 잡았지. 처녀가 고함을 쳐 누구를 부를지도
모른다는 생각에 새샙이는 그 뒤를 대비하고 있었어. 그런데 생
각지도 못한 대답이 들려오지 뭐야.

"이틀 뒤 오세요. 먼 길 떠나는 것이니 나도 생각을 좀 해야겠
어요."

"……."

대신 처녀는 그때까지 자기가 생각해보고 정녕 못 가겠다고

한다면 그 뜻은 두말없이 받아주어야 한다는 거야. 새샙이는 처녀 말에 감격하고 말았어. 붙든 손을 놓아주었어. 고개를 끄덕여 잘 알겠다는 뜻을 전했지.

뭐라고? 처녀에게 보기 좋게 속았다고?

*

"따라가겠습니다."

새샙이는 처녀를 미워하지 않을 작정이었지.

보기 좋게 속았더라도 며칠 재미난 놀이를 했노라고 하고 미련 없이 담장 넘어 나올 생각이었다니까. 경을 칠 일만 당하지 않으면 그만이라고 각오했다니까. 그런데 이번에도 뜻밖의 말로 새샙이를 놀라게 하는 거야.

처녀는 한밤에 찾아간 새샙이를 제 방에 들였는데, 함께 떠나려 꾸려놓은 짐이 정말 있는 거야.

"마지막으로 물을 게 하나 있답니다."

처녀는 그러고서 제가 그동안 궁금해하던 바를 이야기해. 빈 활로 어떻게 새를 잡는지 먼저 알아야겠다는 것이지 뭐야.

새샙이는 자신이 쓰는 활이 탄궁이라는 것을 밝혔어. 탄궁은……

음, 탄궁은 화살이 아니라 돌이나 쇠구슬 같은 탄환을 날리는
지라 얼핏 보면 빈 활 같긴 하다고 설명해주었지. 그 설명 뒤 새
샙이는 부모가 누구이고 어느 고을에서 살았고 재주는 어떻게
익혔는지 말하려 했어. 처녀는 지금 그런 소리 듣고 있을 때가
아니래. 함께 담을 넘으면 어디로 데려갈 거냐고 물어. 새샙이는
멀긴 하나 산속 외딴 오두막집을 봐둔 게 있으니 우선은 그곳에
숨어 살자고 대답했지.

부모님께 작별 인사 올린다며 처녀가 혼자 절을 해. 꾸려놓은
짐을 챙기면서는, 생긋 웃고서는 이리 말하네. 빈 활로도 새를
잡기에 놀랐다는 거야. 알고 보니 그건 아니지만 그래도 대단한
재주인 건 맞대. 나는 듯 담장 넘는 것도 재주는 재주래. 그리 좋
게 생각해주니, 새샙이는 고맙다고 했지.

"나까지 업고서 넘을 수 있나요?" 하고 처녀가 물은 것은 방에
서 나서면서였어.

새샙이는 몸에 힘이 솟아나서 처녀를 업고 담을 뛰어넘었지.
혼자 몸으로야 홀쩍 뛰어넘곤 했으나 다른 사람을 업고 그리 해
낼 수 있을지는 저 자신도 몰랐던 일이었어. 해보기나 하자고 했
더니 담벼락을 밟지도 붙들지도 않은 채 홀쩍 넘을 수 있었지 뭐
야. 정말 날 듯이 넘었다니까.

읍성 성벽처럼 솟구치게 높지야 않더라도 대갓집 높은 담을

새샙이가 날 듯이 넘었구나…….

*

"냄새가 고소했지요. 맛은 더 좋았습니다."

밤길을 가던 끝에 동이 트고 처녀가 입을 열어 처음으로 똑똑하게 한 말이었어. 새샙이는 앞으로 늘 구워주겠다며, 날 밝는 대로 새 잡아 구워 먹자고 했어. 새샙이는 신이 났지. 아, 새샙이야 신이 날 일이지.

멀리멀리 도망을 갔어. 처녀에게 말한 오두막집은 비어 있었고 두 사람은 처녀가 가져온 얼마간의 패물을 팔아 살림을 시작할 수 있었어. 그 사이 어떤 날 처녀가 "새 구이 먹자고 당신 따라나선 것 아니에요" 하고 말하기도 했어. 새샙이는 잘 안다며 밥도 먹으며 새 구이를 먹자고 했지. 처녀는 그 말에 한참을 웃고는 새샙이를 처음 봤을 때 놀라고, 당황하고, 또 자기대로 요량한 일을 털어놓아. 처녀는 자기가 얼른 고기를 받아야 담 넘어온 총각이, 새잡이라는 낯선 사내가 돌아가리란 요량으로 그리한 것이었대. 처녀는 새샙이가 먹는 것 봐야 나가겠다는 듯, 권하듯이 고갯짓을 해 고기를 먹은 것이었대. 어쨌든 냄새만 좋은 줄 알았던 새 구이가 맛은 더 좋았던 건 사실이었지. 별미란 말이 빈말은 아니었다고 했다니까. 그리고 이러는 거야.

"그래도 새 구이 먹자고 당신 따라나선 것 아니에요."

새샙이는 잘 안다며 예전 집보다 좋은 집에서 살도록 해주겠다고 했어.

오두막집에서 시작한 살림이었지. 그래도 색시는 밝은 낮에 고운 목소리로 신랑을 대했어.

*

한동안 새샙이는 세상을 다 얻은 기분이었지.

오직 하나 걱정한 일은 이 모든 게 꿈이 아닌가 하는 것이었어. 꿈인가, 꿈인가, 아무리 따져봐도 꿈이 아니었어. 처음에 대갓집 처녀가 산골 오막살이에 실망하고 제 결정을 후회하지는 않을까 하는 걱정이 없지 않았지. 부모 형제를 버린 죄책감이 허술한 집에 찬바람 들 듯 스미고 솜이불과 비단옷이 그리워지면 후회하지 말란 법이 없지 않겠느냐 말이야. 쉬엄쉬엄 베 짜고 수놓는 일이나 하던 손이 산을 타며 겨우내 삭정이 모아 땔감으로 보태고 눈 녹은 비탈에 돋아난 나물 캐 삶아 무치느라 거칠어지면 낯선 떠꺼머리총각에게 업혀 담장을 넘은 일이 터무니없는 실수였다고 후회할 수 있지.

산속에서 첫 겨울 나는 동안 새샙이는 그런 걱정은 했어. 그러나 봄이 되어서도 밝은 낮에 고운 목소리가 그대로야. 패물을 팔아 살림 마련할 때보다 오히려 더 잘 웃어. 신랑이 온갖 새 우짖는 소리를 흉내 내면 신기해하고 새들이 다투거나 사랑하는 일을 사람 일처럼 꾸며 들려주면 거의 틀림없이 웃음을 터뜨리곤 해. 이러니 걱정은 쓸데없는 걱정이 되어 어느 바람인지도 모를 바람에 멀리멀리 다 날려가 버렸지. 이 모든 일이 꿈인가, 꿈인가, 아무리 다시 따져봐도 꿈이 아닌 게 분명해 어떤 하루 새샙이는 장에 내다 팔 장끼 잡으러 나갔다가 그냥 색시에게 달려왔다니까.

"장끼란 놈들은 죄다 까투리와 노느라 나오지를 않는구려. 이 새샙이도 그냥 색시하고 놀아야지 어쩌겠수. 다음에 장끼와 까투리가 잘 놀고 알 까서 꺼병이 데리고 나오면 그때 몽땅 잡으면 될 일이라고 아뢰오."

이러고서 색시를 번쩍 안아 들지 뭐야. 장날엔 빈손으로 갈 거냐는 말에, 색시 손 잡고 구경이나 갈 거라고 답하곤 춤을 둥실둥실 춰. 이럴 때도 색시는 웃었어.

새신랑이 새색시 찾는 거야 당연한 일. 그런데 색시가 보기에 제 신랑 새샙이는 정도가 심해. 눈 쌓인 겨울은 그렇다 해도 봄이 되고 여름 되어서도 별로 다르지 않은 건 문제가 아닐 수 없었지. 새를 잡아도 큰놈으로 잡아 팔 생각은 않고 오두막집 주위의 새나 잡을 뿐이고, 장에 가서는 세상 돌아가는 사정도 살피고 또 살림을 내다봐 필요한 것 사와야 할 텐데 당장 급한 일만 처리하곤 쪼르르 돌아오는 식이었거든.

*

하루는 이 얘기 저 얘기 끝에 새샙이가 제 얘기를 해.

그동안 정신없이 사느라 못 한 것이라며 부모는 누구고 어느 고을에서 살았고 재주는 어떻게 익혔는지 말하는 거야. 오랑캐 변란으로 어린 나이에 부모 잃은 일이며 남의집살이한 일이며 나무하러 갔다가 늘 듣던 새 소리를 흉내 냈더니 새 한 마리가 날아오기에 꼴망태로 잡은 일이며, 그 새 구워 먹고는 별미라 돌팔매질부터 온갖 방법으로 새를 잡기 시작한 일이며, 탄궁을 얻은 일이며, 탄궁을 익힌 일이며, 남의집살이 때려치우고 세상을 떠돈 일까지 신이 나서 떠든 게지. 그 끝에 새샙이는 제 신분이 미천해 대갓집 아씨를 얻으리라고는 감히 생각 못 하고 장난이나 쳐보자 한 것인데 인연이란 묘하다고 덧붙이지 뭐야.

"신분 같은 것 봐서 당신과 길 떠난 것 아니어요. 그때 급히 떠나야 하기도 했지만, 옛날 일이 중요한 게 아니다 싶어 얘기를 막았던 거예요. 오늘 얘기한 거야 나쁠 것 없죠. 아니, 잘하셨어요. 언제 저도 제 얘기를 하지요. 당신이 인연이 묘하다고 한 말은 저도 동감이에요. 이 인연이 끝까지 좋은 인연으로 이어지려면 당신이 내 생각을 좀 따라줘야겠어요."

색시는 이제나저제나 하고 기다리던 때가 왔다 싶어 그리 말했어. 그리고 언제 장에 갔을 때 사다 놓은 책을 찾아내 내밀었지.

새샙이는 당신 읽으려던 책 아니었느냐며 자기는 까막눈이래. 까막눈이 글 읽다간 눈 버려서 새를 제대로 겨냥 못 한대. 너스레를 떨던 새샙이는 색시가 내민 책을 넘겨봤어. 까막눈 새샙이에겐 나뭇가지 같은 작대기가 어지럽게 얽혀 있을 뿐이었지. 어디 봐도 숨은 새 한 마리 눈에 띄지 않는 답답한 숲이더라 이거야.

그래도 공부를 시작했어. 눈치 보지 않고 색시 옆에 오래 붙어 있겠다 싶어서였지. 그런데 공부란 게 신랑 색시 사이에 배우고 가르치고 할 수 있는 게 아니었지. 색시는 밝은 낮에 고운 목소리로만 신랑을 대하기 어려웠어. 신랑은 색시의 낯빛이 붉으락푸르락하거나 목소리에 잔뜩 힘이 들어가는 게 싫기도 했지만, 저 자신 목이며 허리에 엉덩이까지 아프고 새 소리가 자기를 부르는 듯한 게 좀이 쑤셔서 참기가 힘들었지. 마침내 신랑은 이리 말했어.

"나 그냥 까막눈으로 살려니 그냥 두시우. 내 재주는 딴 것 아니오. 새 잡는 것, 뜀뛰는 것. 오늘부터 오십 리 안의 산이며 들을 다 뒤져 장끼도 잡고 까투리도 잡고 아직 알 깨고 나오지 못한 꺼병이까지 잡으리다. 날 듯이 뛰어서 장에도 다녀오고 하리다. 제발 내 재주껏 살게 해주시우, 마나님."

이러고 이마를 방바닥에 찧어대며 절을 하네. 색시는 글공부가 급한 게 아니니 이 일 계기로 새 잡는 일이라도 제대로 한다면 나쁠 것 없다 싶어 못 이기는 척 놓아주었어.

일하는 것도 힘들고 공부하는 것도 힘들고 그렇지. 노는 게 좋지. 그래도, 노는 게 좋아도 성벽을 넘고 그러진 말아라. 위험천만한 일이다.

이 고모는 어제저녁에 그 소리 듣고 무슨 난리가 또 난 줄 알았다. 그런 일은 말아라. 동무들끼리 장난으로도 그런 일은 말아라. 관아에서 그냥 넘길 리 없다. 새샙이처럼 날 듯이 훌쩍 넘을 재주 가지지 않았으면 제발 그러지 말아라.

내 너희 할아버지 제삿날 아니어도 당장 달려올 거다. 이 고모는 새샙이 색시처럼 사근사근 말하는 사람 아니다. 당장 회초리를 든다.

일이든 공부든 뭐 하나라도 정말로 좋아하는 사람 되기 어렵다. 일도 힘들고 공부도 힘들다.'그 심사는 너희도 새샙이와 마찬가지일 터. 그런데 또 뭘 그리 벌을 받을 것이라고 앞서가느냐? 새샙이가 벌을 받았으면 좋겠냐?

더 들어봐. 당장 일하러, 공부하러 갈 것 아니면 말이다.

*

갑오년 태어난 종우가 올해 열일곱. 세월이 이리 흘렀구나.

너희 할아버지가 맏손자 안아는 봤지만 돌잔치는 못 봤다. 종우 말고는 너희 누구도 할아버지를 못 봤지. 무덤도 못 봤지. 그런데도 매년 제사를 지낸다고 한자리에 모이는구나. 출가외인이래도 장녀라며 시집에서 보내주어 이 고모도 매년 온다. 제사전 이렇게 엉뚱스러운 옛이야기나 한다만……

새샙이는 가을 한 철 부지런히 새를 잡았어. 덤으로 약초까지 캐서 장에도 나가며 겨울나기 준비를 했어. 색시의 마음을 얻는가 싶었지.

첫눈 오고부터는 다시 집안에 틀어박히네. 긴 겨울 짧은 해를 핑계로 오두막 주변이나 맴돌곤 색시 치마 잡고 늘어지는 날들이 이어졌지. 색시가 책을 내밀면 공부하는 시늉은 해도 까막눈 신세 벗자면 어느 세월이어야 할까 싶을 정도였지. 날 풀리면 뜀뛰기 연습도 해서 멀리까지 나다닐 거라는 약속을 둘러대며 어느새 이불 밑으로 발을 뻗거나 색시를 안으려고만 해.

새 봄이 되어 얼마간 새 사람 시늉을 하긴 했으나 새샙이는 예전 버릇대로 살았어. 사실 색시와 혼인한 뒤에도 혼자 세상을 떠돌 때 버릇을 온전히 버리지 못했지. 색시가 보기에 안타까운 것은 제 재주 더 키울 생각을 않는다는 것. 탄궁 실력은 그대로였으나 뜀뛰기 실력은 날로 줄어드는 듯했어. 색시는 자기를 업고 새샙이가 담장을 넘었을 때의 일을 떠올리며 연습만 하면 산도 날아 넘을 수 있을지 모른다고 은근히 재주 키우기를 독려해봤지. 신랑은 고개를 절레절레 저어. 딱 한 번으로 족한 일이라나 뭐라나. 자기가 앞으로 어디 남의 집 처녀 업고 올 일이 있겠느냐는 뜻이라고 설명까지 보태지 뭐야.

새 사람 시늉도 온데간데없어진다 싶더니 하루는 아예 일을 나가지 않는 핑계를 대. 색시가 눈에 삼삼해 새를 겨냥할 수가 없다나 어쩐다나. 아이고, 색시는 기가 딱 막히는 것을 참고는, 먹과 벼루를 찾고 종이를 한 장 펼쳐놓았어.

색시는 별당에서 틈틈이 취미로 그림 그리기를 오래 했는지라 붓놀림이 좋았어. 뭘 그리려나 하고 새샙이가 지켜보니 몇 번 오간 선은 사람 얼굴에서 여자 얼굴로 분명해지고 곧 제 색시 얼굴을 만들어내.

"이 색시를 보세요."

색시는 내친김에 몇 장 더 그림을 그렸어. 다 제 얼굴이었지. 신랑은 살짝 미소 지은 색시의 모습이 제일 마음에 든다고 했어.

"저를 보고 싶다고 집으로 달려오지 마시고 앞으론 이것 펼쳐서 보세요."

새샙이는 이제 더 핑계를 못 대겠는지 웃더니 새를 잡으러 나갔어.

새샙이는 그날 저녁 돌아와서는, 한 걸음 걸을 때마다 그림을 봤다고 하며 흉내를 내 색시를 웃게 하였어. 이튿날 돌아와서는 나뭇가지 하나 꺾을 때마다 그림을 봤다고 하며 또 흉내를 내 색시를 웃게 만들었어.

색시는 몇 차례 더 그림을 그려주어야 했지. 신랑이 제일 마음에 들어 한 모습을 그렸는데, 정말 한 걸음 걸을 때마다 그림을 펼쳐서 보고 나뭇가지 하나 꺾을 때마다 그림을 펼쳐서 보고 할 리는 없을 텐데도 아주 오래는 못 가 종이가 너덜너덜해지곤 하니 안 그려줄 수가 없었지. 그렇게라도 일하게 하는 수밖에 없다고 생각하며 색시는 그림을 그렸다니까.

*

그해 가을 하루는 새샙이가 새를 쫓다가 쉰다는 게 아예 나무에 색시 얼굴 그림을 붙여놓고 누워 올려다보게 되었네. 가슴에 품고 있다가 한번씩 펼쳐서 보는 것보다 아예 그게 좋겠다 싶어 나무에 딱 붙여놓고는…….

혼자 히죽거리며 얼마쯤 보다가, 그만 잠이 들어버렸네. 밥을 먹은 뒤라 식곤증에 잠이 들었는데 색시가 나오는 꿈을 꾸게 됐지. 새샙이가 집에 돌아가려니 색시가 뭐라뭐라 소리쳐 주위를 두리번거리니 솔개가 한 마리 머리 위에 떠 있어. 웬 솔개가 이리 가까이 떠 있나 싶어 자세히 살피니 제 색시 얼굴을 한 솔개야. 제 색시임을 확인한 순간 솔개가 하늘 까마득한 곳으로 솟구쳐오르네.

그때 새샙이는 선뜻한 기운에 눈을 떴어. 나무에 붙여놓은 색시 얼굴 그림이 바람을 받아 막 날리려 해. 새샙이가 몸을 다 일으킬 새도 없이 그림은 바람에 휘말려 하늘로 날아올랐어. 회오리에 휘말린 것이었지. 나무들 위로 한참 솟구친 그림은 얼마 뒤 좌우로 왔다 갔다 하며 얼마간 내려왔어. 그러나 곧 다른 바람을 타고 새샙이의 눈에서 멀찍이 벗어난 곳으로 날아가지 뭐야.

그림은 몇 번이나 다른 바람을 타서 나뭇가지에 걸리지 않고 날아 한길까지 가 내려앉았어. 그때 그 길에 도포를 입은 사람들이 있었는데, 뭐가 산 위 하늘에서 날아오나 싶어 봤지. 무슨 그림 같다며 다들 지켜보는데 이게 한길에 막 내려앉는다 싶더니 새로운 바람을 만나 다시 두둥실 떠올랐어. 다시 떠올라서는 한참을 더 날아가. 드디어 내려앉는데, 어디에 내려앉았느냐 하면, 그 고을 관아 마당에 내려앉았지. 한길에 내려앉은 게 아니라 한참을 더 날아가 그 고을 관아 마당에 내려앉았더란 말이지.

관아 아전 누구 하나가 그림을 먼저 봤지. 새샙이 색시 얼굴을 봤지. 보고서는 다른 아전을 불러 뭐라 뭐라 수군거리더니 사또에게 갔지. 사또와 아전들이 그림을 보고 또 뭐라 뭐라 수군거리더니 궁에서 나온 사람들을 부르러 가야겠다고 하는 거야. 그래서 사람을 보냈는데, 하루 뒤 누구를 데리고 왔느냐 하면, 바로 그 도포 입은 사람들이었어.

한길에서 먼저 그림을 볼 뻔한 사람들. 아, 그 도포 입은 사람들. 그자들이 사또와 함께 뭐라 뭐라 수군거려. 누가 누구 얼굴을 그린 그림인지는 알 수 없었지만 산 위 하늘에서 날아온 것이란 사실은 밝혀졌지. 아전들은 그쪽 산중에 화공이 있을 성싶지 않다는 소리를 했고, 또 그쪽 산중에 이리 아리따운 여자가 있을 성싶지 않다는 소리를 했어. 그런데도 도포 입은 사람들은 얼굴 주인을 찾아보자며 우선은 산을 뒤질 계획을 세우는 거야. 그렇게 세운 계획은 사실 명이었지. 당장 여자를 찾아보라는 명이었지. 그자들은 왕빗감을 찾으러 나선 사람들이었어. 민가에서 왕빗감을 찾으러 나선 자들이었다니까. 고을 관아에 협조를 부탁

하고 떠났다가 하루 만에 다시 돌아온 게지. 그자들은 하나같이 그림의 얼굴 그대로라면 왕이 틀림없이 마음에 들어 할 것이라는 생각을 하고 있었어.

새샙이가 그림 한 장 잃어버린 일이 색시 잃는 일이 되고 마는 데는 오래 걸리지 않았어. 반신반의하던 관아 사람들은 궁에서 나온 사람들 지휘를 받아 산속을 몇 날 며칠 뒤졌네. 마침내 그림의 여자가 아닌가 싶은 여자를 찾아내는 데 성공했지. 계곡으로 물을 길으러 왔던 색시는 언제 어디서 숨어들어온 자냐는 취조성 질문을 받는다, 집안을 수색당한다 한 끝에 다른 그림까지 나오자 궁으로 가서 왕을 모시게 되었다는 소리를 들었어.

그래, 이번에도 색시 잃는 이야기구나. 색시 잃는 이야기. 감사가 빼앗아 가기도 하고 왕이 빼앗아 가기도 하는구나. 새샙이는 왕한테 색시를 빼앗겼구나.

＊

신랑이 있다는 소리도, 신랑에게 뭐라고 말이라도 하고 가야잖겠느냐는 소리도 다 통하지 않았어. 색시는 궁과 관아에서 나온 사람들에게 잡혀가는 신세가 되고 말았어.

우선 그 고을 관아로 끌려간 색시는 신랑 새샙이와 한 번 만날 수는 있었어. 그러나 둘 다 제 신세를 바꾸지는 못했지. 신랑은 남의 집 여자 꾀여낸 일 처벌 받지 않는 것만으로도 다행인 줄 알라는 소리를 들어야 했고, 신부는 왕의 명을 받고 떠나는 길인데 더 시비를 따지려 해서는 친정 집안이 결단 날 수 있다는 소리를 들어야 했어. 그 사이에 새샙이 색시는 왕비가 병석에 누운 지 오래인지라 새 왕비를 구하게 되었다는 것, 점술가가 그동안 조정 관료나 지역 명문가의 여식을 왕비로 삼던 관행을 깨고 민가의 여자를 데려와야 행복하리라는 점괘를 내놓았다는 것, 그동안도 은밀히 심사가 계속되었다는 것 따위를 알게 되었어. 그런데 궁에서 나온 도포짜리들은 이번은 틀림없다는 소리를 하지 뭐야.

옥방이나 마찬가지인 관아 객사에 앉아 색시는 마당에서 발버둥 치다 엎어져 있는 신랑과 잠깐 이야기할 수 있었어. 그때 색시는 이렇게만 말했어.

"글 읽기 삼 년, 새 잡기 삼 년, 뜀뛰기 삼 년, 그렇게 석삼년을 공부하면 만날 길이 있을 수 있습니다. 내 궁에 잡힌 몸이 되더라도 만날 기회는 만들어볼 테니 석삼년 공부하면서 기다려보십시오."

석삼년이라니 그때까지 자기가 살아나 있겠느냐는 신랑 새샙이의 우는 소리에 신부는 이리 말했어.

"잘하면 석삼년이 삼 년이 될 수도 있겠지요. 삼 년을 석삼년 처럼 공부하면 말입니다. 다른 수가 없으니 그 말만 명심하세요. 이 색시도 석삼년을 버틴다 각오하겠습니다. 그러면 삼 년 정도 야……."

새샙이는 신부의 알쏭달쏭한 소리만 듣고 짧은 만남을 마무리 해야 했어. 관아를 나서는 길에 생각하니 색시는 자기만큼 슬퍼 하지 않는 듯한 게 이제 영영 이별이구나 하는 생각이 들면서 눈 물을 주르르 흘리고 말았지.

그래, 벌을 받았구나. 벌을 받았다고 할 수도 있겠구나. 그런 데 이것, 내가 왜 이 눈물을 흘리누, 너희들 고모가 왜…….

*

우리가 일본에 합쳐졌다는데 이건 나라를 빼앗겼다는 것 아니 냐. 그동안에도 나라 꼴이 어찌 되려고 이러느냐는 한탄을 수시 로 들었고 수시로 하였다. 그렇다만 이젠 나라가 없어진 것 아니 냐. 아예 없어진 것 아니냐. 살길 찾는다고 이 나라 저 나라 불러 들였는데 일본이 대궐 차지하고는 이 땅에서 청나라와 싸운 것 도 갑오년 그해 일이구나. 청나라 제압한 뒤 만주로 올라가서는 노서아와 싸워 이기고 하는 일이 그동안 있었구나. 그리고 드디어…….

속아서, 속여서 조약을 맺었다지. 누구는 글 아는 사람 노릇 어렵다며 목숨을 끊었다지. 글 모르는 아낙네는 어찌해야 할꼬. 나는 이렇게 옛이야기나 주절거릴 뿐이구나.

너희 할아버지는 저 갑오년에 이미 나라가 이리되리라는 걸 아셨던 게다. 나라 망치는 자들을 몰아내기 위해 관아를 공격했다. 그 먼저 일본군의 전신선을 잘랐지.

이 고모 시집간 곳 성주다. 그 성주 읍성이 불탄 것도 갑오년 일. 여름 들어 동학도들이 세를 불리던 중 관아 향리들에게 붙들려 열 명도 더 죽자 달아났다가 추석 지나고 얼마 뒤 대마장터라는 곳에 새까맣게 모였어. 읍성으로 진격했어. 기세에 놀라 관아에서는 손을 놓거나 달아나거나 했지. 단숨에 관아를 장악한 동학도들이 향리들 집을 찾아 불을 질렀어. 보복이었지. 불은 그날 몹시 세게 분 바람을 타고 성안을 다 태워버렸어.

이 고모 시가도 불길을 피하지 못했다. 어른들 거처 급히 마련한 뒤 백릿길을 걸어 여기 선산 땅 친정으로 왔어. 뭐라도 좀 얻어가려고 말이다. 여기도 분위기가 심상치가 않더구나. 너희 할아버지가 동학도가 되어 있더구나.

동학도가 읍성을 공격했다. 김산에서 온 동학도까지 합세해 여기 읍성을 공격했어. 내가 친정 오고 얼마 안 되어서 일이다.

선산 관아 함락한 동학도들의 다음 목표는 일본군이었어.

일본군은 벌써 동학도 피해 도망간 해평 최씨 부자들 빈집을 차지하고 있었지. 성주처럼 될 것 두려워해 처음엔 동학도에게 협조하던 향리들이 틈을 타 일본군 찾아가 그 계획을 알렸어. 해평엔 수가 적었는지 저 위 낙동의 군인들이 왔네. 새벽에 읍성을 기습했다니까. 성안에 천 명이나 되는 동학도가 격렬히 저항했느니라. 그러나 사다리 타고 성벽 넘어 들어와 탕탕 총질해대는 일본군을 당할 수가 있나. 칼이나 창 따위로는 당할 수가 없었지. 동학도는 많은 희생자를 두고 퇴각하지 않을 수 없었어.

이어 대구 감영에서 동학군을 치러 나서고, 향리들은 동학도 막는다며, 그 뭐냐, 민보군, 그래 민보군을 만들었지. 동학도들은 흩어져 몸을 숨겨야 했다.

그때야 이 고모는 너희 할머니한테 그간의 상황을 들어 알게 됐지. 너희 할아버지가 동학에는 진작에 입도했다는구나. 나서서 활동하기 시작한 것은 갑오년 그 혼란 통에 일본군이 도적처럼 대궐을 점령한 소식이 알려진 뒤다. 동학도 물리치는 일 돕는다며 온 군대가 남의 나라 대궐을 차지한 것이지. 부산에서 올라온 일본군이 강을 따라 저 앞 해평에, 또 저 위 낙동에 병참부와 통신소를 설치했어. 서울까지 올라가는 군대에 물품을 보급하고 연락을 주고받으려는 조치였지. 흰 돛단배가 강을 따라 오르락내리락하는 걸 너희 할머니는 여러 차례 봤다더구나. 그때부터 이 나라 집어삼킬 꿍꿍이를 단단히 가지고 있었던 것이야.

해평에서 낙동 사이 전신주를 뽑거나 전신선을 자르거나 한 일. 너희 할아버지 여러 번 참여한 모양이다. 꿍꿍이를 알고 맞선 것이지. 동학도들은 벌써 짐작한 것이지.

처음엔 관아를 압박해 일본군에 협조하지 못하게 했다. 다음에는 일본군이 가설한 전신선을 단절시키려고 시도했다. 드디어는 관아를 습격하고 일본군 병참부를 몰아내려 했어. 읍성을 차지하고 해평병참부로 몰려갈 계획을 짜는 사이 기습을 당했지. 갑오년 그날 너희 할아버지 목숨 건져 달아났는지 어쨌는지 모르겠구나. 빠져나가기 위해 성을 넘다가 떨어져 죽은 사람이 많다더라. 그때 나는 옴팡지게 뒤집어쓴 재에서 몸 빼내 온 셈. 피비린내까지 스멀스멀 밀려드니, 아이고. 세월이 흐르면서도 느닷없이 재 냄새와 피비린내가 뒤섞여 머릿속 어지럽히는 일은 계속이었어. 세상살이가 맛난 음식 냄새만 맡는 게 아님은 당연지사겠으나 참기 힘들었지.

너희 할아버지 시신은 없었다. 시신은 없는데 다시 나타나지 않았어. 바로 그날을 무덤도 없는 너희 할아버지 제삿날로 삼은 것은 몇 해가 지나서다.

그동안 집안 누구도 입 밖에 끄집어내지 않은 이야기구나. 민보군도 무서웠으나 나라에 역적질한 것이라는 손가락질이 더 무서웠지. 동학도는 세금 가혹하게 걷고 백성 재물 빼앗는 관아에 분노했느니라. 신분의 귀천이나 따지는 자들에 분노했지. 제 한 몸 영달과 제 집안 번창만 생각하며 나라를 위태롭게 하는 자들에 분노했지. 손가락질이 무섭지 않구나. 부끄럽지 않구나. 조약을 맺었다니 이제 다 알겠구나. 그때 이미 나라를 잃었다는 것. 알고 나니 말이 절로 나오는구나.

너희 할아버지 제삿날 사연이 흘러나왔네. 어서 새샙이 이야기로 돌아가자.

*

그동안 여러 이야기를 했느니라.

이 고모 나들이라고 해봤자 일 년에 한 번 친정아버지 제사에 오는 게 전부. 그때면 이야기 하나씩은 해주었느니라. 공들여 한 이야기에는 우렁각시 이야기가 있구나. 산골 총각이 우렁이가 변한 여자를 색시로 맞았다가 감사에게 빼앗긴 이야기 말이다. 슬픈 이야기지.

세상에 다시 없을 예쁜 여자를 아내로 얻었으나 행차 나온 감사에게 발각돼 빼앗기지 않느냐. 산골 총각은 원통해 하다가 죽어 파랑새가 되고 말지 않느냐. 파랑새는 감사댁 별당 뜰로 찾아와 울어대지 않느냐. 감사에게 잡힌 각시도 파랑새가 되지만 그걸 어찌 백년해로했다고 할 수 있겠느냐.

또 슬픈 이야기를 하려나 어쩌려나. 산골 총각은 우렁이에게서 나온 각시를 감사에게 빼앗겼지. 새샙이는 대갓집에서 업고 나온 처녀를 왕에게 빼앗겼구나. 감사에게 빼앗긴 여자도 못 찾는 세상에 왕에게 빼앗긴 여자를 어찌 찾으려나.

산골 총각은 때가 되기를 기다리자는 우렁이 처녀를 졸라 혼인했다가 이별을 맞은 게 사실이지. 대갓집 색시가 하라는 일이며 공부며 어느 것 하나도 열심히 않고 색시 얼굴만 들여다보다가 이별을 맞은 게 사실이지. 그러니 이 이야기도 슬프겠다는 소리구나.

그리고 너 말은 석삼년 동안 무슨 일이 일어나 이번에는 다시 만나고 오래 같이 사는 일이 있을 것이라는 소리구나.

그래, 누가 맞나 보자. 마저 말할 테니 들어들 보아라.

*

아, 새샙이 색시는 궁으로 갔지.

새샙이 색시는 도포짜리들과 함께 궁으로 갔지. 가서 색시가 왕을 만나게 됐을 때, 왕은 족자를 들여다보고 있었어. 색시가 절을 올리자 족자를 돌려 보여주는데, 그곳엔 색시가 웃고 있었지. 신랑이 잃어버린 색시의 초상은 그사이 족자에 담겨 왕이 보고 있었던 것이야.

왕은 이 그림의 주인이 누구냐고 물어. 색시는 자기가 그린 것이라고 대답했지.

왕은 이 그림의 얼굴 주인은 누구냐고 물어. 색시는 자기 얼굴이라고 대답했지.

왕은 이 그림의 미소가 무척 마음에 든다고 해. 색시는 그 얼굴을 자기가 자기 신랑을 위해 그린 것이라고 했지.

그러자 왕은 새샙이 색시가 혼인한 여자라는 사실이 전혀 문제가 되지 않는다고 했어. 그동안 자기가 알아본 바로는 민가의 여자가 부모 허락 없이 한 혼인이라 사실 혼인이 될 수 없는 혼인이라고 했어. 색시는 법으로야 혼인이 무효일 수 있지만 그래도 다른 사람과 함께 산 여자인 것은 지울 수 없는 사실이라며 그런 처지로 왕비가 될 수는 없다고 했어.

그러나 이미 마음을 굳힌 왕을 어찌할 수는 없었어. 생각할 며칠을 주겠다고 한 동안에도 색시는 자신이 왕비가 되기를 거부했을 때의 온갖 분란을 이리저리 듣게 되었어. 결국 마음을 정할 수밖에 없었어. 고집 피우면 새샙이를 찾아내 쥐도 새도 모르게 처치하리라거나 친정까지 결딴날 수 있다는 추측은 자신도 해본 것이긴 했지. 이젠 현실이었지.

"명을 따르겠습니다. 단, 삼 년 동안은 옆에 두기만 해주십시오. 삼 년은 지나야 제 지난날이 완전히 지워질 듯합니다. 제 마음이 그렇습니다. 그뿐만 아니라 지금 왕비님이 몸져누운 상황에 당장 제가 임금님을 모실 수는 없는 일이라 생각합니다. 삼 년이 지나면 하라시는 대로 다 하겠습니다."

새샙이 색시는 단호하게 말했어. 그 뒤를 각오도 하고서였지. 다행히 왕은 색시를 왕비로 삼고 그 마음을 다 얻자면 그 길밖에 없다고 생각한 모양이었어.

*

어느덧 삼 년의 세월이 지나갔어.

그동안 왕은 삼 년이 지나지 않았으나 이만하면 삼 년이 된 셈 치자는 식으로 넌지시 새샙이 색시를 재촉하기도 했지. 왕은 색시가 점점 웃음을 잃어가는 것을 걱정하기도 했어. 색시는 좋은 날이 머잖았다며 슬그머니 제 뜻을 알렸지. 가뭄이나 물난리를 핑계로 대기도 했어. 오래 앓던 왕비가 세상을 떴을 때는 상을 제대로 모셔야 뒤탈이 없을 것이라고 둘러댔지.

왕비의 상을 치르고 일 년 뒤, 새샙이 색시가 궁에 온 지도 삼년이 다되어 갔지. 임금은 이제 때가 됐으니 자기랑 혼사를 치러야 하잖느냐는 눈치를 대놓고 내보이기 시작하지 뭐야. 색시는 더는 버틸 수 없다는 것을 알았어. 하루는 먼저 약속한 대로 뜻을 받들겠다며 그 전에 청을 하나 들어달라고 했어.

"대궐 문을 열고 거지 잔치를 열어 주십시오. 나라에 좋은 일이 있으면 가난하고 힘들게 사는 자들을 위로하는 잔치를 연다고 들었습니다. 이럴 때 재주 있는 광대도 얼마간 모인다고 하지요. 한동안 제대로 웃어보지 못한 저도 웃게 될지 모르니까요."

왕은 묘안이라고 생각했어. 왕과 왕비가 삼 년을 기다려 혼사를 치르게 되었으니 나라의 경사가 아닐 수 없긴 했지. 삼 년 동안 웃음을 점차 잃던 색시가 다시금 그림에 담긴 미소를 되찾는 일이라면 더한 일도 할 만한 것이었지.

"당장 나라 곳곳에 방을 내걸고, 잔치를 준비하리라."

자, 이리해 나라에서 거지 잔치를 베푼다는 소문이 퍼지자 거지들이 궁궐로 몰려왔지. 첫째 날과 둘째 날 눈에 띈 거지들은 셋째 날 왕과 왕비가 직접 지켜보는 잔치에서 놀며 재주 보일 기회를 가질 수 있었어. 이때 나라에서는 쓸 만한 광대도 찾고 장수도 찾고 하는 법. 거지 잔치로 궁궐 문을 연다는 소문을 들었을 때 새샙이는 색시가 석삼년 뒤 만날 기회 있으리라 한 말이 바로 이를 두고 한 소리였다는 걸 깨달았지. 새샙이는 새털을 이어 엮은 두루마기 차림으로 거지 잔치에 끼었고 뜀뛰기로 셋째 날 재주 보일 기회를 잡았구나.

셋째 날 색시는 왕과 함께 단상에 앉았지. 단상은 궁궐을 잘 지키도록 아주 높다랗게 만든 누각을 활용한 것이었어. 그 아래에는 혹시나 모를 난동에 대비할 수 있도록 병사들이 숨어 있었지. 앞선 이틀 동안 재미나게 잔치가 진행되었는지라 병사들은 느슨하게 경비를 섰고 왕과 왕비가 지켜보는 셋째 날에도 크게 다르지 않았어. 혹시 무기를 숨긴 자가 있을 수 있어 궁궐 문에서 이미 검색을 다 했는지라, 병사들이 할 일은 술에 취해 요란을 떠는 자들에 대처하는 일 정도였어.

*

나라 곳곳에서 모인 거지들인지라 재주 많은 자가 더러 있었어. 또 제 나름 눈에 띄어보려고 준비도 한 눈치라 왕은 몇 번 웃음을 터뜨리고 새샙이 색시에게 저것 보라고 하기도 했어.

색시는 그즈음 늘 그렇듯 웃지를 않았어. 그런데도 뭘 살피는 눈치야. 왕은 그것까지는 알지 못했지. 아, 색시는 새샙이를 찾고 있었던 게지. 새소리 흉내에 뜀뛰기 재주까지 가진 자가 있다는 소리는 첫날 이미 들은 터라 새샙이가 왔으리라 생각한 까닭이었지. 제 신랑 새샙이가 얼른 눈에 띄지는 않았어. 새털 두루마기에 머리까지 새 모양을 하고 있으니 알아볼 수가 없는 일이지. 그러나 새샙이가 뜀을 뛰기 시작하자 당장 알아볼 수 있었어. 새털 두루마기가 기상천외한 것이지만 그것도 새샙이가 입을 만한 옷이다 싶었지.

색시가 웃었어. 왕은 거지 잔치 뒤 진짜 혼사를 치를 왕비가 웃음을 되찾았다는 걸 깨닫고는 입이 벌어졌어. 드디어 웃음을 되찾았다고, 이제 예전 그 미소를 날마다 자기한테 보여주게 되었다고, 삼 년을 기다렸더니 정말 좋은 날이 왔다고 주위 신하들에게도 떠들썩하게 이야기했어.

색시가 자신을 보는 듯하자 새샙이는 신랑이라는 걸 분명히 알리기 위해 새들이 다투고 사랑하는 것을 사람의 일처럼 흉내 내는 거야. 당신 신랑 새샙이가 여기 왔으니 똑똑히 보시오 하고 속으로 소리치며 다시 뜀뛰기 시작했어. 색시는 웃었어. 왕비는 웃었어. 새샙이는 울었지.

새샙이는 아무 말도 못 했지. 왕은 왕비가 뭐가 그리 우스워 그동안 잃었던 웃음을 되찾았냐고 물어봤어.

"저 옷이며 저 이상한 머리 모양이며 다 우습습니다. 그리고 저렇게 경중경중 뛰는 것도 우습고요. 이상하게도 오늘 저 거지를 보니 웃음이 마구 나오네요."

"그럼 내가 저리하면 왕비는 늘 웃겠구려. 나는 그 웃음을 볼 수 있을 테고 말이오."

왕은 혼자 무슨 생각을 했는지 슬그머니 자리에서 일어났어. 신하들은 제가끔 구경하고 잔을 나누고 했는데 왕비는 왕의 움직임을 유심히 지켜봤어.

좀 있다 저 아래 새샙이가 뜀뛰기를 멈추더니 어디론가 사라지네. 아마도 단상 아래 병사들에게 불려간 게 아닌가 싶었어. 색시는 무슨 일이 일어나려나 하고 지켜봤는데 얼마 뒤 새샙이가 다시 나타났어. 왕까지 거지들 사이에 끼어 있었어. 그런데 왕이 엉거주춤한 게 좀 이상하다 싶어.

색시는 곧 어떤 상황인지를 알아챘지. 새털 두루마기 입은 자가 뜀뛰기를 시작하고 왕이 어쩔 줄 몰라 주위에 선 모습을 본 순간이었지. 왕이 저도 왕비를 웃겨보겠다고 뜀을 뛰기 시작한 것. 그런데 왕이 뛴다고 해봤자 새샙이 흉내 낼 수 있는 게 아니었지.

뭐가 어찌 돌아가는지 모르겠다고? 아, 둘이 옷을 바꿔 입었단 소리야. 그 소리를 내가 한 게야.

"샙아, 샙아, 새샙아!"

이건 색시가 한 소리야. 일어나 아래를 지켜보던 색시는 목에 힘을 모아 소리쳤어. 그 소란한 와중에도 새샙이가 색시를 올려다봐. 왕과 옷을 바꿔 입은 새샙이가 색시를 올려다봐.

"글 읽기 삼 년, 새 잡기 삼 년, 뜀뛰기 삼 년, 그렇게 석삼년 공부해서 뭘 알게 되었느냐?"

새털 두루마기를 입은 왕은 여전히 되지도 않는 뜀뛰기를 혼자 신나 하고 있었어. 새샙이는 어리둥절해 하며 여기 봤다가 저기 봤다가 해.

"샙아 샙아 새샙아. 여기까지 올라올 재주 있으면 뛰어올라라."

그 말에 새샙이는 색시의 뜻을 깨달았지. 새샙이는 임금의 옷을 입은 채로 번개처럼 단상으로 뛰어올랐어. 누각에서 무슨 일인가 지켜보던 신하들은 왕이 날 듯이 풀쩍 뛰어 올라오자 놀라 나자빠지고 난리였지.

새샙이가 맞았어. 새샙이는 막상 올라오고서는 숨만 몰아쉬어. 색시는 소리치지.

"샙아 샙아 새샙아. 저 거지 물리쳐라. 재주 같잖은 재주 부리는 저 꼴 보기 싫구나."

새샙이는 이제 제 색시가 원하는 바를 모두 깨달아. 소매에 숨겨두고 있던 탄궁 활에 줄을 매고 쇠 탄환을 날리지. 탄환은 왕의 머리에 명중하는구나.

왕은 기절한 채 궁궐 밖으로 실려 나가고 새샙이는 그날 용상
에 앉지.

*

새샙이가 나라의 왕이 되었으니 각시는 왕비가 되었지. 진짜
왕비가 되었지. 새샙이는 나라를 잘 다스리며 왕비와 평생을 행
복하게 잘 살았어.

그 전에, 궁궐에서 혼사를 치른 날 삼 년 동안의 많은 일 말한
끝에 두 사람은 이런 말도 나누었어. 새샙이가 제 색시에게 언제
당신 얘기를 하겠다고 하지 않았느냐고, 새 구이 먹자고 나를 따
라나선 게 아니라 했는데 그럼 뭘 바라고 따라나선 것이었느냐
고 물으면서 말이지.

"그 말씀이군요. 이제 그 이야기를 짧게라도 하지요. 새 구이
먹자고 당신 따라나선 건 아니어요. 처녀가 집안에 몰래 들어온
총각과 말 나눈 게 들통날까 두려워서도 아니고요. 왕가에 분란
이 일어나 용상이 급작스레 바뀌었을 때 잠시 긴장했으나 아버
지는 탈 없이 관직을 지켰습니다. 그런데 그게 끝이 아니었지요.
파도가 한 차례만 칠 일이 아니었지요. 아버지는 결국 관직을 잃
으셨습니다. 당시 낙심한 아버지는 집안을 제대로 살피지 않으

셨답니다. 당신이 우리 집 담장을 넘어온 무렵 말입니다.

저는 저대로 두어 번 혼담이 오가다 어긋나면서 집안의 천덕꾸러기 같은 신세가 되어 있었답니다. 아버지를 보며 문약하다는 걸 처음으로 깊이 생각하게 됐습니다. 글을 읽어 늘 반듯하고 강건하다 싶던 분이 뭐가 모자라 그리 흔들리나 생각해봤지요. 또 그 무렵 글공부한 도령들이란 자들의 생각이 뜻밖일 정도로 좁기도 하다는 걸 알게 되자 실망한 터에, 빈 활로 새를 뚝뚝 떨어뜨리고 담장을 훌쩍 뛰어넘는 사람에게 마음이 가지 않았나 합니다. 당신 재주를 보고 따라나섰다는 뜻입니다."

"아하, 그래서 나보고 늘 공부 타령이었구려."

"글공부만 뜻한 건 아니지요. 글공부도 어느 정도는 해야 한다고 생각해 먼저 권한 거지요. 당신 재주가 새 잡는 것이고 또 뜀뛰는 것이라는 걸 잘 알고 있었습니다."

"아, 그동안 글공부도 좀 했구려. 틈틈이 공부해 나라에서 거지 잔치 베푼다는 방을 내건 걸 내 눈으로 읽었지요. 이제 당신 신랑 새샙이도 까막눈 아니라우."

"그걸 당신 눈으로 읽었군요. 그래도 제 뜻을 다 알아채지는 못하고 어리둥절해 했습니다. 궁궐로 들어올 때 어떤 각오를 했습니까?'

"아, 나야 사실 당신 얼굴이나 한 번 더 본단 생각밖에 못 했다우. 석삼년의 뜻을 제대로 몰랐으니까. 그저 그냥은 견딜 수가 없어 새를 잡고 뜀을 뛰고 했던 것이지요. 한동안은 제정신이 아니었다우. 몸도 온전할 리 없었지요. 새를 보며 차차 살아야겠다고 마음먹었지요. 그리곤 석삼년 수련하듯이 삼 년을 보낸 셈이구려. 궁에서 죽을 수도 있단 생각은 했지요. 혹시나 하고 활을 작대기처럼 꾸며 지녔던 것도 그래서라우. 궁으로 출발하면서는 그동안 내가 잡은 새들의 혼을 위로하는 제사를 올렸답니다. 내가 새 잡아 먹고살았고 또 내 뜀뛰기 재주도 날아다니는 새들 따라 하느라 익힌 것이라는 생각이 들자 제사를 지내지 않을 수 없더군요. 그래서 새들의 혼을 위로하고 당신이 이상하기 짝이 없다는 두루마기, 새털옷을 입고 나섰던 겁니다. 새털옷을 입으면 더 높이 뛸 수 있었으니까요.

아, 그날은 새털옷 없이도 그 높은 곳까지 단숨에 뛰어올랐구려. 당신이 하라면 나는 할 수 있게 되나 보우. 당신 업고 담장을 홀쩍 뛰어넘었고, 단상에도 홀쩍 뛰어올랐고 말이우. 이야기하는 중에 당신 사연 일찍 들었으면 내가 빨리 정신 차렸을 터라고 생각했는데, 다시 생각하니 그것도 아닌 듯하우. 그때는 들었어도 몰랐을 거유. 그래도 많이 늦지 않아 다행이다 싶소."

그렇게 제 얘기 한참 하고서 새샙이는 물어. 관아에서 헤어질 때부터 다 계획한 것이냐고 물어. 왕을 쏘라고 할 뱃심은 도대체 어디서 얻은 것이냐고도 물어. 색시가 어찌 대답했는지 짐작해 봐라. 이리 대답했느니라.

"미리 다 내다볼 수는 없는 일이지요. 석삼년 동안 어떻게 될지 알 수 없는 일이지요. 그 모든 생각은 당신 재주를 똑똑히 본 순간에야 제대로 할 수 있었지요."

이런 말까지 나누고, 두 사람 어찌 되었느냐 하면, 이미 다 말했다만 그래도 끝에 한 번 더 말하자면, 오래오래 행복하게 잘 살았지. 오래오래…….

새샙이 이야기를 하다가 나라 잃은 일 이야기했구나. 무덤도 없는 너희 할아버지 제삿날 오늘이 된 사연까지 털어놓았어. 갑오년에 이미 나라 잃으리라는 것 알고 일어난 너희 할아버지 이야기를 조약까지 맺어 나라 잃은 것 분명하게 된 뒤에야 했어. 출가외인이 조카들 모아놓고 말이다. 그때는 갑오년. 지금은 경술년.

너희는 벌써 심각하게 석삼년 수련할 생각을 하는 모양이구나. 넋이라는 게 있어 그동안 제삿밥 받으러 왔다면 너희 할아버지가 맏손자만 본 게 아니겠구나. 너희 모두를 모를 리 없겠구나.

제사부터 먼저 모시자.

작가노트
옛이야기란 무엇인가

옛이야기란 무엇인가

옛이야기가 무엇인지 말해보고자 합니다.

옛이야기를 논의하는 자리에서 그것을 달리 지칭하는 경우를 자주 봅니다. 전래동화라고도 하고 옛날이야기라고도 하지요. 한 사람이 한 자리에서 그것들을 뒤섞어 사용하는 경우도 많습니다. 이는 옛이야기가 하나의 장르 용어로 자리 잡지 못했다는 것을 의미한다고 봐야겠지요.

옛이야기는 지나간 시대와 함께 사라진 장르라고 봐야 할까요? 마치 신라 시대의 향가처럼 말입니다. 우리의 글이 없던 때 향찰이니 이두니 하는, 한자의 음과 훈을 빌어 기록해서 모두 25

수만이 간신히 오늘에 전해진 저 고대의 시가 형식처럼 말입니다. 근대적 인쇄술의 보급으로 책이 흔해지고 텔레비전이 서민의 안방에까지 보급되는 사이 입담 좋은 이야기꾼들 앞에 모이던 청중은 점차 줄어들었을 겁니다. 옛이야기는 바로 그 청중이 확실히 줄어들면서 사라진 서사(이야기) 장르이지요.

그런데 놀라운 일이 있습니다. 말로 전해진 옛이야기가 무려 85권에 이르는 '대계'를 이루고 있다는 것이지요. 『한국구비문학대계』 말입니다. 1970년대 말 한국정신문화연구원이 창립하면서 전국적인 조사 작업에 착수해 1990년대 초에 최종 마무리한 결과가 그것이지요. 설화가 무려 15,000편 가까이 담겨 있다고 합니다. 여기에 민요와 무가가 더해져 '대계'를 더욱더 '대계'답게 하나 봅니다.

뒷방에 물러나 있던 전국 방방곡곡의 이야기꾼들. 조사원의 녹음기 앞에서 그들이 기억을 되짚으며 옛이야기를 구연했고 그것은 글로 옮겨져 다음 세대에 전해질 수 있게 되었습니다. 옛이야기는 그냥 맥없이 사라지지 않을 수 있게 된 것이지요. 향가처럼 25수만 남는 운명을 피할 수 있게 된 것입니다.

옛이야기가 완전히 되살아나자면? 아무리 '대계'일지라도 '대계'에만 고여 있어서는 곤란합니다. 오늘의 삶 속으로 흘러야겠지요.

'다시 만나는 옛이야기'의 모든 이야기는 어른용입니다. 굳이 따지자면 그렇다는 말입니다. 옛이야기가 곧 전래동화인 분들에게는 강조할 필요가 있다고 생각합니다. 우리의 신화와 전설과 민담 같은 옛이야기는 아이들한테나 읽히면 그만이라는 생각이 은연중 많은 사람을 지배한다면 이건 확실히 문제입니다.

『이제 그만 가보겠습니다』는 어떤 어른 독자, 특히 어떤 이야기를 기대하는 독자를 위한 것일까요? 아홉 편의 이야기는 크게 둘로 나눌 수 있겠습니다. 먼저 하나는 "무시무시하거나 기이한" 이야기들. 여기에는 「나는 할멈이 아니오」와 「여우 누이와 세 오빠」 그리고 「산속 거인」과 「지네 처녀와 함께 보낸 삼 년」과 「호랑이가 들려준 이야기」가 속합니다. 다른 하나인 "유쾌하거나 통쾌한" 이야기들. 「호랑이는 모를 이야기」와 「은진미륵도 배꼽 잡을 일」 그리고 「이제 그만 가보겠습니다」와 「새털옷 신랑」이 여기에 속하지요.

이 세상에는 기이하면서 무시무시한 것도 많습니다. 하지만 기이하다고 해서 다 무시무시한 것은 아닙니다. 어느 쪽인지 굳이 규정하자면 「나는 할멈이 아니오」는 무시무시한 이야기가 아닐까 합니다. 「나는 할멈이 아니오」는 「이상한 뼈」나 「소금 장수와 이상한 뼈」로 알려진 옛이야기가 원전이 되는 작품입니다. '이상한'이란 표현은 '기이한'이란 표현과 아주 가깝다고 할 수 있겠지요. 그러나 그 옛이야기는 분명 무시무시함에 초점이 맞춰져 만들어지고 또 전해진 작품으로 보입니다. 소금 장수가 우연히 발견해 만진 뒤부터 그를 졸졸 뒤따르는 뼈다귀. 어찌어찌해 그 뼈다귀를 따돌린 소금 장수는 뒷날 그것의 정체와 행방이 궁금해 그때 그곳, 따돌린 그곳으로 가보지요. 뼈다귀는 보이지 않고 전에 없던 오막살이가 한 채 있습니다. 그 집에서 하룻밤을 묵게 된 소금 장수, 주인 노파에게 자기가 겪은 일을 이야기하게 되고 그 마지막에 뼈다귀가 어찌 되었을지 궁금하다고 흘리듯 말합니다. 그때 노파는, 자신이 바로 그 뼈다귀라며 와락 달려듭니다.

절정의 순간은, 오막살이의 노파가 바로 자신이 그 뼈다귀임을 밝히며 와락 달려드는 그 순간일 터입니다. 이 옛이야기를 구연한 사람이 어떤 전략으로 이야기를 펼쳐나갔을지 상상해보시겠습니까? 말이 난 김에 모두가 누구에게 구연한다고 가정하고서 한번 상상해보도록 하지요. 의뭉스럽게 이야기를 펼쳐나가야 할 겁니다. 이야기를 듣는 사람이 뼈다귀가 어찌 되었을까 하는 문제에만 정신을 모으게 해놓아야겠지요. 그리고 느닷없이 노파로 변한 뼈다귀의 존재를 드러내며 덮쳐야겠지요. 불쑥 일어나 덮치는 시늉까지 한다면? 이야기를 듣던 사람은 틀림없이 뒤로 나자빠지거나, 적어도 '등골이 오싹해지며' 움찔할 겁니다.

이 '이상한' 뼈다귀 이야기는 '무서운' 이야기이지요. 한순간 오싹 무섭게 하는 이야기입니다. 「나는 할멈이 아니오」는 바로 그 무서움에 초점을 맞춰 다시 쓴 작품입니다. 그러나 여기에서의 무서움은 벼락 치듯 하는 고함과 느닷없이 덮치는 동작에서 오는 무서움만은 아니라 생각합니다.

「나는 할멈이 아니오」에서 노파의 정체는 작품 중간 부분에 이미 밝혀집니다. 끝까지 다 읽고도 모르겠다는 이들도 있지만, 작가로서는 사실 다 밝혀놓았다고 생각합니다. 작가와 독자의 이 엇갈림이 왜 발생하는가 하는 문제와 이는 어떻게 판정해야 하는가 하는 문제는 따지자면 한참 길어질 일입니다. 방향을 살짝 바꿔 하나 물어보겠습니다. 노파의 정체를 밝힌 뒤 작가는 그 무서운 정체에 대한 합리적 설명을 덧붙이던가요?

원전에 담기지 않은 설명을 시도하고 있긴 합니다. 그러니까 이상한 뼈다귀가 도대체 무엇이기에 할머니로 변신해 있었고 또 소금 장수를 잡아먹기까지 했는가에 대한 서사적 해명, 그러니까 개연성 부여가 되어 있다는 말입니다. 이 작품의 무시무시함은 바로 그 뼈다귀의 정체를 밝혀내야만 하는 존재(소금 장수)가 사투를 벌이듯 이야기하는 과정 자체에서 오는 공포라고 해야겠습니다. 마치 천일야화의 세에라자드처럼 목숨 걸고 하는 이야기를, 그가 그토록 애를 쓴 이야기를 다 듣고서 사람들은 어찌했는가요?

누구 없느냐는 외침. 어느 누가 대답했는가요? 아무런 대답이 들려오지 않은 것은 모두 도망간 까닭인가요? 노파의 정체를 다 밝혀놓았는데도 모르겠다는 독자들은 주막집에 모여 소금 장수의 이야기를 듣던 그 사람들인 셈이지요. 뭔지 확실하게는 모르겠으나 그냥 그대로 앉아 있어서는 안 되겠다는 두려움이 몰려든 것인가요?

한순간의 놀라움을 불가사의한 존재 그 자체와 그 존재의 정체 밝히기 과정에서 오는 공포로 승화하기 위해서는 새로 덧붙인 것들이 분명 있습니다. 이것은 패러디와 같은 현대적 새로 쓰기는 아닙니다. 새로 쓰기의 요소가 분명히 있으나 큰 틀에서 보자면 다시 쓰기라는 게 작가의 생각이지요. 꼭 이 원본 이야기가 그렇다는 것은 아니지만, 『해가 되어라 달이 되어라』 작가노트에서도 이미 밝혔듯 많은 옛이야기에는 전파하고 전승하는 과정에 유실된(잊히거나 지워진) 부분이 있게 마련입니다. 작가와 독자의 엇갈림은 결국 우리의 삶에서도 제가끔, 그러니까 크거나 작거나 유실이 있었던 까닭입니다.

'다시 만나는 옛이야기'의 작가로서 나는 유실된 그것을 찾아내 살려보고자 했습니다.

*

잊히거나 지워진 무엇을 찾아내 복원하는 일 말입니다.

이에 대해서는 또 다른 "무시무시한" 이야기 「여우 누이와 세 오빠」를 통해 분명하게 논의해보기로 하지요. 여우 누이 이야기는 제법 알려진 옛이야기이니 논의가 좀 더 수월할 수 있을 듯합니다.

아들 셋을 둔 부잣집이 있습니다. 이 집 부모가 치성을 드려 얻은 딸이 언제인가부터 밤이면 여우로 변하여 집안의 소와 말을 잡아먹지요. 이 누이동생의 정체를 아버지에게 고하였다가 셋째 아들은 오히려 집에서 쫓겨나는 신세가 됩니다. 각편(버전)에 따라서는 절이나 용궁에서 지낸 뒤 셋째는 병 세 개 혹은 다섯 개를 가지고 집으로 돌아와 마침내 여우 누이를 물리치지요. 이와 같은 이야기 내용을 오늘의 많은 독자는 짧은 전래동화나 그보다 더 간명한 그림책을 통해 알고 있을 겁니다. 다시 쓴 「여우 누이와 세 오빠」는 어떠한가요? 200자 100장을 훌쩍 넘는 분량이니 결코 짧다고도 간명하다고도 할 수 없겠습니다. 그래도 대부분의 독자는 자신이 익히 아는 바로 그 이야기라고 생각하겠지요. 이 이야기는 새로 쓴 것이 아니라 다시 쓴 것이 분명하다고 말할 것입니다.

현대소설로서의 개연성과 구체성을 고려하여 세세한 부분을 제법 그려 넣었습니다. 하지만, 대부분의 독자는 익히 알고 있는 그것 그대로라고 느끼리라 생각합니다. 작가로서 나는 독자가 작품을 정직하게 되새기면서 어떤 요소나 어떤 느낌이 자신이 익히 알던(익히 안다고 생각하던) 이야기에도 그대로 있었는지 되짚어 볼 수 있기를 희망합니다.

우리가 이 옛이야기에서 아무렇지도 않게 넘겼던 부분이 있다는 점을 지적해보도록 하지요. 여우 누이가 태어난 집안이 소와 말을 많이 키워 부잣집이었다는 점. 우리 전통사회에서 소와 말을 많이 키워 부자가 된다는 것은 결코 흔한 일도 자연스럽게 넘길 수 있는 일도 아닙니다. 이는 이질적인 요소가 우리 전통사회에 스며든 일을 반영한 것으로 보아야 하지 않을까요? 농경사회에 유목(목축)민적 삶이 유입되고 또 유목 사회의 남아선호 사상이 이상하게 뒤틀려 홍역을 일으킨 일이 이 옛이야기에 반영된 것은 아닐까요?

① 오라버니도 아는지 모르지만, 우리 조상은 먼 북쪽 들판에서 말 달리며 짐승을 키우는 사람들이었어. 전쟁 때인가 언제 이 남쪽 땅에 들어왔다가 남게 되었다지. (⋯중략⋯) 말과 차림새가 다 이 땅 사람과 같아졌어. 그래도 짐승 키우는 재주는 잊지 않았지. 이곳에서보다도 더 아들을 귀하게 여기던 풍습도 바뀌지 않았지. 짐승 잘 길러 부자가 된 우리 집은 선조 때부터 그랬듯 아들을 더 귀하게 여겼다니까. 부모님도 마찬가지였어. 그런데 뒤늦게 딸 욕심이 생겼지.

② 어쩜 우리 집안 전체로 봐서 오랫동안 한쪽으로 기운 것에 대한 벌충을 하느라 아버지 어머니 대에 이르러 그리 일이 풀려나갔는지도 모르지. 어쨌든, 뭐, 딸을 귀하게 여겨 나쁠 건 없지. 딸도 소중해. 하지만 그 소중한 걸 잘 다루는 법은 몰랐던 것이지. 문제는 그거야!

위 두 대사는 여우 누이가 "말 한 끼 오라비 한 끼"를 중얼대며, 오랜만에 재회한 셋째 오빠를 잡아먹으려 하기 전에 한 것입니다. 집안과 자신의 비밀에 대해 명시적으로 언급한 이 부분과 관련된 유목과 남아선호의 모티프는 작품 전체를 지배한다고 할 수 있습니다. 이러한 모티프가 배경에서 작동한 까닭에 여우 누이는 평면적인 성격이 아니라 입체적인 성격의, 사람이냐 여우냐 하는 문제로 고민하다가 부모로부터 더 귀염받을 수 있는 여우로 살 것을 선택하고 마침내 집안과 마을을 망친 존재로 독자의 마음을 흔들어놓을 수 있었다고 봅니다.

유목과 남아선호의 모티프는 다시 쓴 것이기도 하고 새로 쓴 것이기도 합니다. 분명히 이 이야기의 기원에 스며 있던 요소로 생각된다는 점에서 다시 쓴 것이라 할 수 있고, 그동안 오늘의 독자에게 익숙한 전래동화 같은 데서 철저하게 잊히고 지워져버렸다는 점에서는 새로 쓴 것이라고도 할 수 있겠습니다.

그렇다면 새로 쓰기의 한 예라 할 「나는 할멈이 아니오」는 무엇을 다시 쓰고 있는 것일까요? 여기서 복원한 것은 내가 반드시 그것이라고 생각하는 무엇은 아닙니다. 그러나 여러 옛이야기를 생각했을 때 충분히 개연성 있게 제시될 수 있는 무엇이라 생각합니다. 창조여신(지모신)인 마고할미가 무시무시한 마귀 할미로 추락 변신한 일은 연구자들에 의해 이미 밝혀진 일이지요. 남성중심의 왕권 사회가 자리 잡은 뒤 창조신의 지위를 내주고 어느 지역 산신 정도로 물러앉거나, 아예 두렵고 위험한 존재로 온갖 할미들이 추방당한 정황은 다른 여러 옛이야기에서 보입니다. 바로 그 유실된 것을 작가는 되찾아, 놓아둬도 괜찮겠다 싶은 자리에 놓아봤습니다.

무시무시한 이야기인 「나는 할멈이 아니오」와 기이한 이야기인 「산속 거인」을 함께 놓고 살펴본다면 두 봉우리에 한 다리씩 걸치고 오줌을 눈 노파(할미) 같은 거대한 존재가 무엇을 의미하는지 달리 설명하지 않아도 좋으리라 생각합니다. 「나는 할멈이 아니오」는 바로 그 추방당한 창조여신을 복원했지요. 이 작업의 다시 쓰기는 이런 의미에서의 다시 쓰기입니다.

누가 새로 쓰기라고 주장한다면? 그리 생각해도 좋다고 허용하렵니다. 엄격하게 구분하는 누군가가, 다시 쓰기와 새로 쓰기의 중간쯤인 고쳐 쓰기라고 한다면? 그 또한 옳다고 하렵니다.

*

『이제 그만 가보겠습니다』에서 기이한 이야기는 「산속 거인」 말고 두 편이 더 있습니다. 「지네 처녀와 보낸 삼 년」과 「호랑이가 들려준 이야기」가 바로 그것들이겠지요.

먼저 살펴볼 「지네 처녀와 보낸 삼 년」은 두 편의 우리 옛이야기가 한 사람에 의해 구연되는 형식으로 이루어진 작품입니다. 두 편의 옛이야기를 이어 붙여 다시 쓴 것이라는 말인데요, 두 편의 우리 옛이야기는 '지네 장터' 설화와 '지네와 구렁이의 싸움(승천 다툼)' 설화입니다. 중학교 교과서에도 실린 '지네 장터' 설화는 독자들에게 '나도 아는 이야기'로서 쉽게 읽히나 봅니다. 지네의 제물로 바쳐진 처녀 아이를, 처녀 아이가 밥을 먹여 키웠던 두꺼비가 제 몸을 던져 구해내는 이 이야기는 희생공희와 관련한 인류학적 문제가 담겨 있으나, 요즘 독자들에게는 보은의 이야기 정도만으로 이해되도록 보급하나 봅니다. 어쨌든 "충청북도 청주의 지네장터에는 옛날에 지네를 위한 당집이 있었다고 하는데"로 시작하는 이 친근한 설화를 읽은 뒤, 독자들은 지네에 대한 부정적 시각을 은연중 품고 '지네와 구렁이의 싸움' 부분으로 넘어가게 됩니다.

궁핍한 살림살이 탓에 자살을 결심한 한 가장. 그가 산으로 들어갔다가 기도하러 온 처녀를 만나 한집에 살게 되면서 돈을 마음껏 써보는 등 자신의 존재를 확인하는 이야기가 전개됩니다. 독자는 남자의 아버지가 꿈에 나타나 함께 사는 여자가 지네의 변신이라 일러주는 말에 지네에 대한 부정적 시각을 다시 확고히 하게 됩니다. 그런데 남자는 번민하긴 하나, 자신을 살리고 가족에게 살 길을 열어준 지네 처녀를 죽이는 대신 자신이 그녀에게 희생당할 것을 각오하지요. 반전은 이렇게 하여 일어납니다.

사람 살리는 일로 승천하려던 지네 처녀는 사람 죽이는 일로 승천하려던 구렁이를 승천 싸움에서 이깁니다. 꿈에서만이 아니라 직접 앞에 나타나 지네를 죽이라 재촉하고 방법까지 알려준 것이 사실은 아버지가 아니라 구렁이였다는 것까지 다 밝혀진 뒤, 남자는 승천한 지네 처녀가 남겨놓은 돈궤를 짊어지고 가족이 있는 집으로 돌아옵니다. 자신의 안위보다 인간의 도리를 생각한 그에게 전화위복이 된 것이지요.

두 설화를 한 자리에서 구연한 사람은 지네 처녀와 함께 삼 년을 보낸 바로 그 남자입니다. 그는 옛적에 처녀 아이를 살린 두꺼비를 사당에서 모시던 마을에 지네 처녀의 비석을 세우려는 자신의 계획을 추진하는 과정에서 부딪힌 저항을 헤쳐나가기 위하여 두 이야기를 함께했던 것입니다. 이 이야기를 다 읽은 독자가 지네를 악의 존재로만 볼 수 없겠다고 이해하듯 마을의 어른들도 지네 처녀가 옛적 지네장터의 당집에서 처녀 제물을 받던 그 지네와는 겉모습만 같을 뿐 속은 다른 존재임을 이해하고 비석 세우는 일을 허락하지요. 그리해 풀숲에 묻혀가던 두꺼비 사당은 반듯하게 보수되고 지네 처녀의 비석도 세워져 두 이야기는 오늘날의 우리에게까지 무사히 전해지게 되었다는 의미가 흐릅니다.

다들 이해해주시는군요.

이제 제가 생각하는 바를 정리해서 말씀드리겠습니다.

먼저, 풀숲에 묻혀 종당엔 그 터마저 잊힐 위험에 처한 사당을 다시 짓도록 하겠습니다. 저를 돌봐준 향이에게 보은하기 위해 몸을 던져 지네와 싸운 두꺼비의 이야기가 오래도록 전해지고 그 넋이 우리 마을 사람들과 교감할 수 있도록 사당을 다시 지어 잘 관리할 수 있도록 하겠습니다.

지네 색시를 위해서는 비석 하나만 세우겠습니다. 다시 말씀드립니다. 사당은 필요하지 않습니다. 비석 하나면 충분합니다.

비석을 처녀의 집이 있던 자리, 풀밭으로 변한 그 자리에 세우는 게 더 온당하지 않을까 하는 생각도 해봤습니다. 마을도 없는 그곳에 비석을 세워서는 지네 색시의 이야기가 제대로 전해지기 어렵다는 생각이 들었습니다. 아무래도 이야기란 사람과, 사람의 입과 함께해야 하니까요. 비석을 제가 사는 이 마을에 세우는 게 좋겠다고 판단한 것은, 제가 앞으로 하려는 일이 지네 색시가 했던 일과 같은 것이기도 한 까닭입니다.

구비문학의 구비는 말로 새긴 비석, 즉 비석에 새긴 것처럼 오랫동안 전승된 것이라는 의미를 담고 있습니다. 옛이야기는 오랜 세월 동안 많은 사람이 보태고 다듬어 쌓은 것 같다는 의미에서 적층문학이라고도 하고, 모인 사람들 사이에서 말로 나누던 것이라 그때마다 다른 모습을 할 뿐만 아니라 특별한 언젠가는 크게 변하기도 한다는 의미에서 유동문학이라고도 합니다. 옛이야기는 공동의 작품으로 가변성과 유동성을 지닙니다. 그런 한편 구비문학으로서 불변성과 고정성을 지니기도 한다지요. 그렇다면 변하면서도 변하지 않는 것들이 옛이야기의 기원이거나 핵심이라고 할 수 있지 않을까 합니다. 그것은 고대에서부터 전통시대에 걸쳐 민중이 파악한 세상이고 민중이 꿈꾼 삶이겠지요.

민속학이나 구비문학계 학자들은 '지네와 구렁이의 싸움' 설화를 이물교류담 혹은 이물교혼담으로 분류합니다. 현대를 사는 우리로서는 기이하게만 느낄 수 있는 이물과의 교류는 전통시대에도 낯선 일임이 틀림없었을 것입니다. 그러나 전통시대의 사람들은 우리보다 훨씬 더 고대의 인류처럼 두 세계의 벽을 넘나드는 데 결정적 장애가 없지 않았을까 합니다.

「호랑이가 들려준 이야기」도 이물이 교류하고 교혼하는 이야기이겠습니다. 세 설화가 한 자리에서 구연이 되는 이 작품에는 호랑이와 사람이 서로의 뜻을 교류하여 목숨을 함께 구한 일도 있고, 호랑이와 인간이 교혼한 뒤의 비극과 영광도 있습니다. 이 이류의 교혼에는 자연과 문화의 갈등이 묵직한 생각거리로 담기기도 하고, 자연에서 문화로 나아가고자 하는 치열한 의지가 사찰의 종소리처럼 울려 나오기도 하지 않나 합니다.

이제 독자는 "무시무시하거나 기이한" 이야기들의 주제가 결국 그런 곳, 벽을 넘나드는 교류에 대체로 가닿아 있다고 이해하게 되었으리라 믿습니다.

나는 그렇게 믿고 "무시무시하거나 기이한" 이야기들의 해설을 마무리하도록 하겠습니다.

*

'다시 만나는 옛이야기'의 작업은 입말투와 현장성을 살려 옛이야기를 복원하고 계승하는 작업이라고 할 수 있습니다.

앞에서는 주로 복원과 계승에서 내용적인 측면과 관련한 사항들을 말한 셈입니다. 이제 서둘러 말하려 하는 것은 형식적인 측면과 관련한 것인데요, "유쾌하거나 통쾌한" 이야기들인 「호랑이는 모를 이야기」와 「은진미륵도 배꼽 잡을 일」과 「이제 그만 가보겠습니다」에 대해서는 내용 해설을 생략하고 입말투와 현장성에 대한 형식 논의로 신속하게 정리하는 것이 가능해 보입니다.

당연한 소리이지만, 소설은 혼자 읽는 것이고 옛이야기는 마주 앉거나 둘러앉아 하고 듣는 것이지요. 옛이야기를 제대로 복원하겠다면 옛이야기의 근원상황, 그러니까 마주 앉거나 둘러앉아 하고 듣는 상황을 반드시 주목해야 합니다. 우리가 한 사람의 고독한 독자로서 소설을 읽을 때 작가는 곁에 없습니다. 그는 우리가 정확하게 알지 못하는 어느 곳 어느 때 소설을 쓰고 기계적 인쇄의 과정을 거쳐 미지의 우리에게 보냅니다. 그러나 옛이야기를 하는 사람, 구연하는 사람은 이야기를 듣는 우리 앞에 있어야만 하지요. 이것은 엄청난 차이입니다. 이 차이가 바로 소설과 옛이야기 사이의 거리입니다.

'다시 만나는 옛이야기'는 소설이되 옛이야기입니다. 그냥 소설이 아니라 옛이야기를 복원하고 계승한 소설이라는 것이지요. 복원이나 계승은 그것이 함께 논의될 때 결코 단순하게 받아들일 수 없는 개념이 됩니다. 이 작업의 복원은 박물관용 복원이 아닙니다. 그것은 현실을 지워버리고 옛것 그대로의 육체를 복원하는 일이 아니라 새것과 다른 옛것의 특징을 발견해 그 근본 정신을 복원하는 일입니다. 그리고 계승은 새것이 상실해버렸으나 옛것에는 있는 것 가운데 계승할 가치가 있고 또 계승할 수 있는 것을 계승하는 일입니다. 나는 옛이야기의 특징 가운데서도 복원할 수 있고 복원할 가치가 있는 것을 오늘의 상황에 맞게 계승하려 합니다. 그것을 나는 입말투와 현장성으로 요약해서 받아들이고 있는 것이지요.

블로그에 발표하는 동안 한 독자가 댓글로 입말투(구어체)에 대해 몇 번 언급하고 있더군요. 댓글이 올라온 순서대로 나열하면 다음과 같습니다.

① 처음 읽을 때는 말투가 낯설어 어색했지만 읽으면 읽을수록
정겹게 느껴지는 것이 이야기에 빠져버렸습니다.

② 낯설게만 느껴졌던 입말투에 점점 매력을 느끼고 있습니다.

③ 입말투로 인한 옛날이야기라 재미있게 읽었습니다. 그렇지
만 왠지 직접 듣는 입말투에 관한 생동감이나 긴장감이 좀 더 강
했으면 하는 아쉬움이 남습니다.

순서대로 살펴보았을 때 입말투에 대한 느낌이 뚜렷하게 변하
고 있음을 알 수 있습니다. 처음에는 낯섦. 낯섦이 어느 정도 사
라지자 도리어 매력적으로 느껴진다는 것. 그리고 마지막에는
더 생생한 입말투와 함께 말하는 순간의 긴박감까지 더 전해졌
으면 하는 아쉬움. 입말투에 대한 대부분 독자의 반응이 이 독자
의 그것과 비슷하지 않을까 합니다.

*

되풀이 말하지만, 옛이야기는 원래 마주하거나 둘러앉은 상태
에서 구연한 것입니다. 구연과 관련한 것은 입말만이 아니지요.

옛이야기는 글이 아니라 말로 이뤄진 문학이라는 것을 앞에서 우리가 확인했는데, 말은 팔다리를 다 접고 종이에 얌전하게 박히는 것이 아니라 누구의 앞에서 날개처럼 펼쳐져야 합니다. 구연은 단순하게 보자면 입말로 하는 연기이지만 입말만이 아니라 듣는 사람을 집중시키고 결정적인 반응이 나올 수 있도록 하는 몸짓과 표정의 도움도 받아 이루어지는 것입니다.

구연에 동원되는 입말과 몸짓과 표정. 이야기를 듣는 사람과의 상호작용 가운데 그것들은 나온다고 봐야 합니다. 그러니까 그것들은 이미 결정된 채 시간에 맞춰 펼쳐놓게 되는 게 아닙니다. 미리 해둔 계획과 마주한 순간 파악한 분위기와 진행 과정에서의 순발력 넘치는 대응이 어우러져 빚어내는 결과가 구연이지요. '다시 만나는 옛이야기'의 작업이 현장성을 살려 옛이야기를 복원하고 계승한다는 말은 이야기꾼과 이야기를 듣는 사람 사이의 현장 상황이, 그 상호작용이 이야기 자체에 영향을 미친다는 점을 주목하고 그것까지 반영하려 했다는 의미입니다.

이야기의 현장성이 반영되었다고 할 수 있는 부분을 몇 대목 예로 들어보도록 하겠습니다.

① 애야, 너 안 잤느냐? 다 듣고 있었냐? 별 재미도 없다며 잔다더니 다 들었구나. 그래, 웃음을 참을 수가 없지. (…중략…) / 그

런데 너 옥수수 먹고 싶은 것 어떻게 참았느냐? 침이 꼴깍꼴깍 넘어갔을 텐데 자는 척하느라 괜히 손해 봤구나? / 옥수수는 우리가 다 먹었다.

② 너, 열두 살이랬지? / 그래, 좋을 때다. 열 살 때가 더 좋겠지만 아직 좋을 때다. 엉덩이에 뿔이 날 나이이긴 하다만, 그래서 데면데면한 낯짝으로 아무 말 않거나, 괜한 심통을 부리기 시작할 때다만 그래도 좋을 때다. (…중략…) / 잘 지내고, 갑니다요. 이제는 내가 저놈 순구를 달랠 차례네요.

③ 내가 어찌 돼지가 되었는가 하면, 노인장이 이, 바로 이 참외 망태를 덮어쓰게 해서 그리되었는데……. / 이리 이야기하면 노인장은 계속 영문 모를 소리라 하겠군요. 나는 답답해하기만 하겠군요. 그러니 처음부터 차근차근 이야기해야겠습니다요. 처음부터…….

④ 호랑이보다 곶감이 더 무섭다는 그 이야기. 맞습니다요. 아시네요? 다 알면 이것 어쩝니까? 그만둘까요? 다 해놓고 뭘 그만두느냐고요? 아, 이게 끝이 아닙니다요. 이제 시작인 걸요. 여기서 끝나는 게 아닙니다요. 그날 송아지를 눈독 들인 놈이 하나 더 있었거든요. 예, 계속합니다, 그럼.

⑤ 호랑이 이야기 하나씩 해보자고 해서, 호랑이 들끓는 산을 여럿 함께 넘기로 하고 이 봉놋방에 모여 앉았다가 우리가 이야기

를 시작했는데, 별별 재미난 이야기가 참 많네요. 나도 하나 생각해내서 보탰습니다. / 슬슬 하품도 나오는 게 밤이 깊었습니다. 이제 누울 자리를 잡지요. / 이 주막집 봉놋방이 좁아도 발 뻗고 자도록 합시다. 아, 그래야 내일 산을 거뜬히 넘지요.

①과 ②는 모두 「은진미륵도 배꼽 잡을 일」에서 뽑은 장면입니다. 하나는 하룻밤 묵어가게 된 소금 장수에게 가족 모두가 이야기를 듣던 중 졸음이 와 잔다던 아이가 웃음을 참지 못하면서 깨어 듣고 있었음이 들통나는 장면이지요. 이야기꾼과 이야기를 듣는 사람 사이에 일어나는 자그마한 일이 이야기의 한 부분을 이루는 대표적인 대목이라고 하겠습니다. 다른 하나는 소금 장수가 아침밥까지 얻어먹은 보답으로 새로운 이야기를 하나 더 한 뒤 작별 인사를 하는 장면이자 이 작품의 마지막 장면으로, 아이의 심통이 풀린 정황과 소금 장수가 이제는 길을 가며 제 조수인(길동무인) 순구를 달래야 하는 정황까지 보여줍니다.

③은 「이제 그만 가보겠습니다」에서 자신에게 일어난 일을 당연히 알고 있으리라 생각한 상대가 무슨 소리인지 도통 모르겠다는 듯이 나오자 이야기꾼이(제가 겪은 일을 털어놓느라 결국 이야기꾼이 된 사람이) 당황하고서는 그동안의 일을 '차근차근' 이야기해보겠다고 다짐하고 또 상대에게 알리는 대목입

니다.

④와 ⑤는 「호랑이는 모를 이야기」의 장면들입니다. 하나는 익히 알고 있는 이야기를 시작했다가, 다 아는 이야기라는 반응이 나오자, 그럼 그만 둬야 하느냐고 너스레를 떠는 한편, 당신이 아는 이야기와는 달리 여기서부터가 제대로 된 시작 부분이라며, 얼마나 다른 무슨 이야기가 펼쳐지는가 기대해보라는 자극을 주는 부분입니다. 다른 하나는 호랑이 이야기판의 주재자가 판을 마무리하며 하는 말로, 주막집 봉놋방에서 함께 밤을 보내게 된 사람들의 상황과 그들 사이에 형성된 인정이 표현되는 대목이지요.

*

몇 대목 뽑아 살펴본 대로 '다시 만나는 옛이야기'의 작업은 이야기(서사)에 개연성과 구체성을 부여한 것만이 아닙니다. 이야기하는 사람과 이야기 듣는 사람 사이의 상황, 즉 현장성이라 명명한 그 상황까지 그려내고자 한 것입니다.

마치 누군가 제 옆에서 / 옆에서 누가 말해주는 것처럼 / 정말
소금 장수 앞에 앉아 직접 이야기를 듣는 듯한 느낌 / 옛이야기를

직접 듣는 듯한 느낌 / 글을 읽는 느낌이 아니라 이야기를 듣는 기분 / 중간에 이야기를 해준다는 느낌을 주기 위한 장치들 / 중간중간 화자의 처지나 청자의 생활이 엿보여서 친근

'다시 만나는 옛이야기' 거의 모든 작품은 블로그를 통해 먼저 독자와 만났습니다. 그래서 작가는 마치 독자가 마주 앉은 듯이 보인 반응을 살필 수 있었습니다. 블로그의 독자들은 입말투와 현장성과 관련해 위에서와 같은 반응을 댓글로 많이 보여주었습니다. 뒤이어 흥미와 몰입감을 언급하기도 하는데요, 이전에 소설을 쓰면서 내가 잘 받아보지 못한 반응입니다. 이야기의 흥미로움을 더해 몰입하게 하는 데 성공했다는 점 그 자체로도 기분 좋은 일입니다.

그런데 옛이야기의 근원상황이라 할 입말투와 현장성을 주목한 것은 흥미 배가와 같은, 그러니까 겉보기보다 훨씬 깊은 의미를 지니는 것입니다. 여기에서는 일단 그 점만 말해두기로 하겠습니다. 이에 대해서는 별도의 논의를 하는 게 마땅하니까요. 그 자리는 많은 분이 훨씬 더 진화한 서사 장르라 생각하는 소설이 실제로는 옛이야기의 빈약한 후계자임을 지적하는 자리가 될지도 모르겠습니다. 만약 그렇다면 옛이야기의 풍성한 자산을 계승할 방법을 궁리해보는 자리가 되기도 해야겠지요.

옛이야기는 오래전부터 전해진 말입니다. 전하며 새롭게 하는 말입니다. 몸짓과 낯빛을 더하여 연기하는 말입니다. 기억하기 좋도록 단순한 구조인 말입니다. 여럿이 함께 만들고 널리 즐긴 말입니다. '다시 만나는 옛이야기'는 이 같은 옛이야기를 단지 오늘날의 미학적 감각에 맞춘다며 멋대로 소설화한 것이 아닙니다.

'다시 만나는 옛이야기'는 전통시대 의사소통의 문화적 정수를 복원하고 계승하는 일입니다. 옛이야기가 "사람과, 사람의 입과 함께" 오늘의 삶 속으로 흘러가기를 기원합니다.

*

다음 자리를 예고했습니다. 그런데 아직 언급하지 못한 작품이 있군요. "유쾌하거나 통쾌한" 이야기 중의 하나인 「새털옷 신랑」이 바로 그것이지요. 『해가 되어라 달이 되어라』의 독자라면 이 이야기가 「우렁각시」와 비슷한 점이 많은 작품이라 생각할 것입니다. 「우렁각시」가 「나무꾼과 선녀」와 닮아 보이는 것은 두 작품 모두 가난한 노총각이 선녀와 혼인하는 행운을 얻지만, 금기를 지키지 못해 헤어지고 그 헤어짐에 어머니의 탓도 포함된 까닭일 것입니다. 그렇다면 「우렁각시」가 「새털옷 신랑」과

닮아 보이는 것은 왜일까요? 두 작품 모두 왕이나 원님 같은 권력자에게 각시를 빼앗기는 일이 있어서가 아닐까요?

네, 그렇습니다. 「우렁각시」나 「새털옷 신랑」은 '관탈민녀'의 모티프를 가진 이야기로 함께 분류되기도 합니다. 이런 이야기에서는 지배계층과 하층민의 대립이 주요한 갈등이겠지요. 행차 나온 원님에게 각시를 빼앗긴 산골 노총각이나, 부잣집에서 업고 나온 각시를 왕에게 빼앗긴 떠돌이 새잡이나 할 것 없이 주인공 사내는 하층민입니다. 「우렁각시」의 하층민은 "울다가 울다가, 혼절하기를 밤낮으로 되풀이하다가, 그만 숨을 놓"고는 파랑새가 되어 각시가 갇힌 별당의 뜰에 날아와 또 울어댈 뿐입니다. 「새털옷 신랑」의 하층민은 어떠한가요? 떠돌이 새잡이였다가 산속 오두막에 숨어 사는 하층민 새샙이는 "글 읽기 삼 년, 새잡기 삼 년, 뜀뛰기 삼 년, 그렇게 석삼년을" 수련하듯 공부해 때가 오자 새털옷을 입고 높다란 누각(단상)으로 뛰어올라 단숨에 왕을 처치하지요.

떠돌이 새잡이가 부잣집 처녀를 각시로 얻고, 제 각시를 왕에게 빼앗겨 관아 객사 마당에서 발버둥 치다 엎어지지만, 마침내 각시를 되찾을 뿐만 아니라 왕좌까지 차지합니다. 하층민이 지배계층을 이기는 일, 우리 역사에서 좀체 없었던 일, 통쾌한 일을 벌입니다. 우리 옛이야기 가운데 그동안 크게 이름을 알리지 못했던 「새털옷 신랑」이 「우렁각시」 못잖은 이름을 얻으리라 예측해보는 것으로 이 글 마무리하겠습니다.

옛이야기가 무엇인지 살펴보지 않은 건 아니지만 또 자작 해설이 된 이 글 마무리합니다.